GUADALUPE
NETTEL

NACH DEM WINTER

GUADALUPE NETTEL

NACH DEM WINTER

Roman

Aus dem Spanischen von
Carola Fischer

Blessing

Originaltitel: *Después del invierno*
Originalverlag: Editorial Anagrama, Barcelona

Seite 7: Charles Baudelaire, Spleen, LXXVIII in: *Les fleurs du mal*, Paris 2003, S. 159; Roberto Bolaño, Literatura + enfermedad = enfermedad in: *Der unerträgliche Gaucho*, übersetzt von Hanna Grzimek und Peter Kultzen, München 2006, S. 147–148.
Seite 128: John Milton, *Paradise Lost*, London 1996, S. 10; César Vallejo, *Trilce*, übersetzt von Curt Meyer-Clason, Aachen 1998, S. 51.
Seite 221: Salvatore Quasimodo, *Das Leben ist kein Traum*, übersetzt von Gianni Selvani. München und Zürich 1987, S. 6–7.

MIX
Papier aus verantwortungsvollen Quellen
FSC® C014889
www.fsc.org

Verlagsgruppe Random House FSC® N001967

1. Auflage 2018

Neumarkter Str. 28, 81673 München
Umschlaggestaltung: Bauer + Möhring Grafikdesign GbR
Satz: Leingärtner, Nabburg
Druck und Einband: Pustet, Regensburg
Printed in Germany
ISBN: 978-3-89667-613-9

www.blessing-verlag.de

Für Ian, in memoriam.

Und für meinen Vater, der so viel gekämpft hat.

Et de longs corbillards, sans tambours ni musique,
Défilent lentement dans mon âme; l'Espoir,
Vaincu, pleure, et l'Angoisse atroce, despotique,
Sur mon crâne incliné plante son drapeau noir.

Charles Baudelaire, Spleen, LXXVIII

Vögeln ist das Einzige, was sich die, die bald sterben werden, wünschen.

Roberto Bolaño, Der unerträgliche Gaucho

I

CLAUDIO

Meine Wohnung befindet sich in der siebenundachtzigsten Straße, Upper West Side, New York City. Ein steinerner Gang, der einer Gefängniszelle ähnelt. Pflanzen habe ich keine. Alles Lebendige löst ein unerklärliches Grauen in mir aus, so wie andere sich vor einem Spinnennetz fürchten. Lebendiges ist für mich eine Bedrohung, man muss sich darum kümmern, oder es stirbt. Kurz gesagt, es raubt mir Zeit und Aufmerksamkeit, und weder das eine noch das andere habe ich zu verschenken. Manchmal gelingt es mir, mich an dieser Stadt zu erfreuen, aber wenn man nicht aufpasst, kann sie einen wahnsinnig machen. Deshalb habe ich im Alltag eine Reihe strenger Regeln und Restriktionen eingeführt. Dazu gehört, dass mein Schlupfwinkel absolute Privatsphäre ist. Seit ich hier eingezogen bin, ist niemand außer mir über die Türschwelle getreten. Allein bei der Vorstellung, dass irgendjemand seinen Fuß auf diesen Boden setzen könnte, verliere ich die Fassung. Ich bin nicht immer stolz darauf, dass ich so bin, wie ich bin. Manchmal sehne ich mich nach einer Familie, nach einer stillen, zurückhaltenden Frau und einem – vorzugsweise stummen – Kind. In meiner ersten Woche hier habe ich mit allen Hausbewohnern – größtenteils Immigranten – gesprochen, um die Regeln deutlich zu machen. Ich bat sie, höflich, mit einem leicht drohenden Unterton, nach neun Uhr abends absolut keinen Lärm mehr zu machen. Um diese Zeit komme ich gewöhnlich von der Arbeit nach Hause. Bis jetzt wurde meine Anweisung befolgt. In den zwei Jahren, die ich nun in diesem Haus wohne, hat noch keine einzige Party stattgefunden. Aber meine Forderung bedeutet auch für mich selbst gewisse Verpflichtungen. So habe ich es mir zum Beispiel zur Regel gemacht, Musik ausschließlich über Kopfhörer zu hören und nur im Flüsterton zu telefonieren. Den Apparat habe ich auf lautlos gestellt, ebenso den Anrufbeantworter. Einmal am Tag höre ich auf niedrigster Lautstärke die Nachrichten ab. Das sind im Übrigen recht wenige. Die meisten Nachrichten hinterlässt Ruth, obwohl ich sie mehrmals gebeten habe, mich nicht mehr anzurufen, sondern zu warten, bis ich mich bei ihr melde.

Ich habe diese Wohnung aus gutem Grund gekauft: dem Preis. Als die Immobilienmaklerin während des ersten Besichtigungstermins die Summe nannte, spürte ich ein Kribbeln im Bauch: Endlich würde ich mir etwas in Manhattan leisten können. Allein die Angst, mich lächerlich zu machen – sie verlässt mich nie –, hielt mich davon ab, mir die Hände zu reiben, und so konzentrierte sich mein Glücksgefühl schließlich in meinen Eingeweiden. Über nichts kann ich mich mehr freuen als darüber, etwas Neues günstig zu erwerben. Erst als der Kauf abgeschlossen war, stellte ich leicht enttäuscht fest, dass die Wohnung kein Fenster zur

Straße hin hat. Die einzigen beiden Fenster dürften ungefähr dreißig Quadratzentimeter groß sein und gehen auf eine Mauer hinaus.

Mir über diese Wohnung Gedanken zu machen ist mir zuwider, und dennoch tue ich es die ganze Zeit. Das ist genauso wie mit dieser Frau, die sich in mein Leben gedrängt hat, ohne dass ich es verhindern konnte. Ruth ist so wachsam und hartnäckig wie ein Reptil; droht mein Absatz sie zu zerquetschen, schafft sie es, zu entkommen und zu warten, bis ich sie wiedersehen will. Sobald meine Gelassenheit zurückkehrt, gleitet sie erneut auf mich zu, glatt und geschmeidig. Ruth intelligent zu nennen wäre übertrieben. Ihre Fähigkeiten sind, meiner bescheidenen Meinung nach, eher ihrem Überlebensinstinkt geschuldet. Es gibt Tiere, die in der Wüste existieren können, und zu dieser Spezies gehört auch sie. Wie ließe es sich sonst erklären, dass sie mich erträgt? Ruth ist fünfzehn Jahre älter als ich. Sie sieht immer so aus, als würde sie gleich anfangen zu weinen, und das verleiht ihr eine gewisse Anziehungskraft. Stilles Leid hat etwas Erhabenes. Die Falten, gemeinhin Krähenfüße genannt, verleihen ihr das Aussehen einer orthodoxen Ikone. Diese märtyrerhafte Aura ersetzt bei ihr die objektiv fehlende Schönheit. Einmal in der Woche gehen wir zusammen aus, meistens am Freitag. Wir gehen essen oder ins Kino. Ich übernachte in ihrer Wohnung, und wir vögeln bis zum Morgengrauen. Das bedeutet: Ich kann meinen Säbel schleifen und mein Wochenpensum an sexuellen Bedürfnissen befriedigen. Ich will die Vorzüge meiner Freundin gar nicht bestreiten. Sie ist attraktiv und elegant. Ein Spaziergang mit ihr grenzt schon fast an Prahlerei, als hätte man eine Schaufensterauslage untergehakt: Handtasche von Lagerfeld, Brille von Chanel. Kurz gesagt, sie hat Geld und Stil. Es versteht sich von selbst, dass so eine Frau einem in der Stadt, in der ich lebe, alle Türen öffnet. Sie ist wie ein Orisha, ein Gott der *Santería*, der alle Wege freiräumt. Nur dass sie so sehr Frau ist, das verzeihe ich ihr nicht. Es wäre mir unmöglich, mich öfter mit ihr zu treffen. Ich habe ihr schon häufiger erklärt, dass ich es nicht ertragen würde, mehr Zeit mit ihr zu verbringen. Ruth sagt, dass sie das verstehe, und dennoch bleibt sie beharrlich. So sind die Frauen, sage ich mir und habe mich beinahe schon damit abgefunden, mein Leben mit einem Menschen zweiter Klasse zu teilen.

Jeden Morgen öffne ich die Augen, und wenn der Wecker um sechs Uhr klingelt, weiß ich nicht, wie lange ich schon aus dem Fenster schaue, als hätte ich nie etwas anderes getan. Die graue Mauer von gegenüber kann ich kaum erkennen, denn die Fensterscheibe ist mit einer Art Gitter gesichert. Ich vermute, früher hat hier ein Kind gewohnt oder ein Selbstmordgefährdeter. Ich habe die Angewohnheit, in Embryonalstellung auf meiner rechten Seite zu schlafen, sodass ich beim Aufwachen als Erstes dieses Fenster sehe, durch das zwar Licht fällt, aber vor dem kein einziges Bild auftaucht, abgesehen von dem der Mauerrisse, die ich bereits auswendig kenne. Durch die Glasscheibe dringt das

Rauschen der Stadt. Einen Moment lang stelle ich mir vor, dass diese Mauer nicht da ist und ich von meinem Fenster aus die Menschen auf der Straße zur Arbeit oder zu Geschäftsterminen eilen sehe, wie sich windende Würmer in einem Goldfischglas. Dann bin ich dankbar, dass der Zufall eine Barriere zwischen meinem Körper und dem Chaos draußen errichtet hat, die mir beim Aufwachen das Gefühl gibt, *sauber*, abgeschottet und beschützt zu sein. Nur wenige Menschen entkommen dieser gleichförmigen Masse, deren hektisches Geschrei an meine Ohren dringt, nur wenige Menschen sind wirklich so klar, selbstständig, einfühlsam, unabhängig wie ich. Ein paar davon habe ich im Laufe meines Lebens über ihre Bücher kennengelernt. Da wäre zum Beispiel Theodor Adorno, mit dem ich mich stark identifiziere. Die gewöhnlichen Menschen haben Fehler, und es lohnt sich nicht, mit ihnen in Kontakt zu treten, es sei denn, es ergeben sich daraus Vorteile. Jeden Morgen, sobald der bedrohliche Lärm der Welt durch mein Fenster dringt, stelle ich mir dieselben Fragen: Wie schütze ich mich vor Ansteckung? Wie kann ich mich unter die Masse zu mischen, ohne von ihr korrumpiert zu werden? Wenn mir das bisher gelungen ist, dann aufgrund einer Reihe von Gewohnheiten, ohne die ich gar nicht auf die Straße gehen könnte. Jeden Tag führe ich eine Routine aus, die ich schon vor vielen Jahren entwickelt habe und auf die sich meine gesamte Existenz stützt. »Ausführen« ist eines meiner Lieblingswörter. Ein Beispiel: Wenn ich aus dem Bett steige, setze ich beide Fußsohlen gleichzeitig auf. So fühle ich mich sicher, unerschütterlich. Ich gehe sofort ins Bad und nehme eine kalte Dusche, um munter zu werden. Beim Abtrocknen achte ich darauf, die raue Seite des Handtuchs zu benutzen, und ich frottiere meine Haut, bis sie rot wird, denn das regt den Kreislauf an. Manchmal schaue ich unabsichtlich in den Spiegel – wodurch ich kostbare Sekunden verliere – und stelle mit Erschrecken fest, dass meine Brust, genau wie meine Arme und Beine, vollkommen behaart ist. Es gelingt mir nicht, mich mit dem hohen Prozentsatz an Animalischem abzufinden, der den menschlichen Körper ausmacht, Instinkte, Impulse, körperliche Bedürfnisse verdienen unsere ganze Verachtung, denke ich, während ich mich zur Darmentleerung auf die Toilette setze, die sich an einer strategisch günstigen Stelle befindet, wo keine Spiegel sind. Das Papier werfe ich nie in die Schüssel, allein bei der Vorstellung, dass die Toilette eines Tages verstopft, packt mich blankes Entsetzen. Jeden Morgen halte ich den Hebel der Spülung so lange mit einem Finger gedrückt, bis die Ausscheidung für immer im antiseptischen Strudel des vom Desinfektionsmittel blau gefärbten Wassers verschwunden ist. Meine Nahrung nehme ich schnell im Stehen zu mir, und zwar vor dem anderen Fenster, das, wie ich schon erwähnte, ebenfalls auf eine Mauer zeigt. Von hier blickt man auf das gegenüberliegende Gebäude, wo von Zeit zu Zeit ein Nachbar mit einem dämlichen Lächeln im Gesicht seine Balkonpflanzen gießt. Sobald dieser Nachbar auftaucht, verzichte ich lieber auf mein Frühstück, als das Risiko einzugehen, einen Gruß erwidern zu müssen. Wenn ich zulasse, dass meine Höflichkeit als Einladung verstanden wird, könnten die Nachbarn unter irgendeinem Vorwand bei mir vor der Tür stehen oder, schlimmer noch, mich um einen Gefallen bitten. Das ist wirklich bedauerlich, denn theoretisch scheint mir die Höflichkeit etwas sehr Schönes zu sein. Es gefällt mir, wenn fremde Menschen nett zu mir sind. Ich genieße das sehr und würde mich gern erkenntlich zeigen. Leider reagieren nicht alle Menschen auf die gleiche Weise. Höflichkeit kann auch die Tür zur Privatsphäre öffnen, und es versteht sich von selbst, dass die Schmarotzer in der Überzahl sind.

CECILIA

Es gab Zeiten in meinem Leben, da haben mir Gräber Schutz geboten. Als ich noch klein war, begann meine Mutter heimlich eine Beziehung mit einem verheirateten Mann, und wenn sie sich mit ihm treffen wollte, brachte sie mich zu meiner Großmutter. In Oaxaca, oder zumindest in meiner Familie, war es nicht gern gesehen, wenn die kleinen Kinder, noch bevor sie in die Grundschule kamen, zur Betreuung weggegeben wurden. Wenn die Mutter sich nicht selbst um das Kind kümmern konnte oder wollte, sollte sie ihre vierjährige Tochter tagsüber lieber bei den Schwiegereltern lassen, als sie in den Kindergarten zu schicken. Meine Großmutter lebte in einer alten Villa mit einem Innenhof und einem Springbrunnen. Dort wohnten auch die noch unverheirateten jüngeren Brüder meines Vaters. Meine Großmutter, die Hausmädchen und auch meine Onkel überschütteten mich mit Aufmerksamkeit, und deshalb machte mir die Abwesenheit meiner Mutter nicht allzu viel aus. Ich habe nur noch verschwommene Bilder dieser Zeit im Kopf, aber an ein paar Dinge erinnere ich mich gut. Zum Beispiel daran, dass die Küche sehr groß war und einen Holzofen hatte. Jeden Morgen schickte meine Großmutter das Mädchen auf den Markt, wo es Rohmilch für mich kaufen sollte, und wenn die Milch auf dem Herd überkochte, wurde es streng zurechtgewiesen. Im Hinterhof züchtete meine Großmutter Hühner, aber es war mir verboten, ihn zu betreten. Eines Morgens stand die Küchentür, die auf den Hof hinausging, offen, und ich schlich mich hinaus, um diesen Ort nach Belieben auszukundschaften. Eine Weile lief ich im Hof umher und achtete nicht auf die verängstigten Rufe meiner Verwandten, die im Haus nach mir suchten. Ich wollte noch nicht wieder hinein, deshalb versteckte ich mich hinter einem Pflaumenbaum, wo sich ein Erdhügel mit einem Kreuz erhob. Obwohl ich noch sehr jung war, begriff ich sofort, dass es sich dabei um ein Grab handeln musste. Ich hatte schon einige Gräber entlang der Landstraße gesehen und auch aus der Ferne, wenn wir im Auto am Friedhof vorbeifuhren. Aber sooft ich auch fragte, ich konnte nicht herausbekommen, wessen Überreste im Hof begraben waren. Meine Großmutter gab meinen Bitten, mir etwas darüber zu erzählen, nie nach, und schließlich wurde das Grab – wie es bei verbotenen Dingen häufig der Fall ist – für mich zu einer fixen Idee.

Am Ende jenes Jahres verließ uns meine Mutter und ging mit ihrem Geliebten in eine Stadt im Norden des Landes. Papá und ich zogen in das Haus meiner Großmutter. Ich wuchs mit dem Stigma auf, von meiner Mutter verlassen worden zu sein. Die einen verspotteten, die anderen behüteten mich deswegen allzu sehr. Um mich vor dem Urteil und dem Mitleid der Leute zu schützen, flüchtete ich mich in die Bücher der Schulbibliothek und in das Kino unseres Viertels, eines der wenigen, die es damals in der Stadt gab. So vergingen die Jahre. Ich erhielt Zutritt zu dem verbotenen Hinterhof, blieb stundenlang unter dem Pflaumenbaum sitzen und betrachtete den Grashügel. Insgeheim beschloss ich, den Hügel als das Grab meiner Mutter anzusehen. Wenn ich weinen musste oder allein sein wollte, kam ich an diesen Ort, wo die Hühner frei herumliefen. Hier setzte ich mich hin, um zu lesen oder Tagebuch zu schreiben. Und ich begann, mich auch für andere Grabstätten, auf dem Friedhof oder in Kirchgärten, zu interessieren. Am zweiten November, wenn die Familien ihrer Verstorbenen gedachten, bat ich meinen Vater, mit mir zum Friedhof zu fahren. Und mit der Zeit machten wir es uns zur Gewohnheit, dort jedes Jahr gemeinsam hinzugehen. Wenn man noch nie erleben musste, dass ein geliebter Mensch stirbt, fällt es leicht, sich für die Toten zu begeistern. Seit Mamá weggegangen war, hatte ich niemanden mehr verloren, der mir nahestand. Der Tod traf die anderen, und manchmal konnte ich ihn aus der Nähe betrachten, aber mit mir legte er sich nie an, zumindest nicht während meiner Kindheit und Jugend. Ich muss schon acht Jahre alt gewesen sein, als ich zum ersten Mal an einer Totenwache teilnahm. An diesem Nachmittag brachten meine Nachbarn eine schwarze Schleife an der Haustür an und ließen sie, wie es auf dem Dorf und in Kleinstädten üblich ist, offen stehen, damit jeder, der wollte, ihnen sein Beileid aussprechen konnte. Ich trat ins Haus und streifte im Zimmer umher, ohne dass mich jemand beachtete. Der Verstorbene war ein Greis, ein alter Patriarch, der schon seit mehreren Jahren an Alzheimer gelitten hatte. An diesem Tag begriff ich, dass sein Ableben den Angehörigen, auch wenn sie unendlich traurig waren, Erlösung und Befreiung gebracht hatte. Der Duft nach Kerzen, nach dem Kopal und den Chrysanthemen der Trauerkränze prägte sich mir für immer ein. Einige Jahre später – ich war etwa zwölf – kamen Zwillinge, Klassenkameraden von mir, auf der Rückreise aus dem Urlaub bei einem Verkehrsunfall ums Leben. Als die Direktorin uns den Tod unserer Mitschüler mitteilte, bat sie uns, eine Schweigeminute einzulegen. Ich erinnere mich an das Entsetzen, das uns mehr als eine Woche lang nicht losließ, eine Mischung aus Mitleid und Angst um uns selbst: Das Leben war zerbrechlicher geworden, und die Welt war bedrohlicher, als es bisher den Anschein gehabt hatte. In dieser Zeit vermachte der Maler Francisco Toledo der Stadt seine Bibliothek, und in einem alten Klostergebäude, das überraschenderweise sehr gemütlich war, wurde ein Lesesaal eröffnet. Dieser Ort, nur wenige Häuserblocks entfernt, wurde zu meiner Zuflucht. Dort entdeckte ich die wichtigsten lateinamerikanischen Autoren, aber auch Übersetzungen aus anderen Sprachen, die meisten aus dem Französischen. Voller Eifer las ich Balzac und Chateaubriand, Théophile Gautier, Lautréamont, Huysmans und Guy de Maupassant. Mir gefielen die fantastischen Erzählungen und Romane, vor allem wenn ein Friedhof darin vorkam.

Mit ungefähr fünfzehn Jahren lernte ich eine Gruppe Jugendlicher kennen, die sich auf der Plaza de la Constitución traf. Ihre Kleidung unterschied sie von den anderen Bewohnern der Stadt: Sie war dunkel, verschlissen, mit Totenkopfmotiven bedruckt; sie trugen schwere Boots, schwarze Lederjacken. Auf den ersten Blick hatte ich nichts mit diesen Jugendlichen gemeinsam, außer dass ihr Lieblingstreffpunkt das Panteón San Miguel war. Ich nutzte die erste Gelegenheit, die sich mir bot, um dieser Gruppe zu beweisen, dass ich alle ihre Schlupfwinkel kannte. Der Hang dieser Jugendlichen zur Morbidität erinnerte mich an meine Lieblingsautoren. Ich fing an, ihnen von den Büchern zu berichten, die ich gelesen hatte, ich erzählte ihnen Geschichten von Erscheinungen und Gespenstern, und schließlich wurde auch ich ein Mitglied ihrer Gruppe. Durch sie lernte ich Tim Burton kennen und Philip K. Dick, in dessen Romane ich mich sofort verliebte, und auch andere Autoren wie Lobsang Rampa, für den ich mich aber nie richtig begeistern konnte. Mein Vater sah diesen Umgang gar nicht gern. Er hatte Angst, dass mich meine neuen Freunde mit einer bestimmten Art Literatur bekannt machen würden, mit Drogen und natürlich auch mit Sex, ein Gedanke, der ihn empörte, solange er nicht in einem institutionellen Rahmen wie der Ehe oder dem Bordell stattfand. Er schien nicht zu bemerken, dass ich extrem schüchtern war und meine Treue zu ihm stärker als jegliche Neugier oder Unabhängigkeitsbestrebungen. Das sexuelle Erwachen, ganz normal in diesem

Alter, war für mich wie ein Tornado, den man aus der Ferne beobachtet. Mein Verhalten war alles andere als verführerisch und sicher nicht sexy. Der einzige Grund, warum ich an diesen Jugendlichen Interesse fand, waren die gemeinsamen spätnachmittäglichen Spaziergänge zwischen den Grabsteinen und die haarsträubenden Geschichten, die sie erzählten. Doch dann, es war etwa zur selben Zeit, verlor ich auf einmal das Interesse an dieser Welt, auch an den Romanen und meinen neuen Freunden. Hatte ich vorher wenig geredet, so flüchtete ich mich jetzt in eine Schweigsamkeit und allgemeine Apathie, die meine Familie noch mehr erschreckten als meine exzentrischen Bekannten. Statt das Ende meiner Pubertät abzuwarten, schickte mich mein von Zweifeln geplagter Vater zum Psychiater. Der Arzt empfahl mir, einige Monate lang eine Mischung aus Serotonin und Lithium einzunehmen, um die Chemie in meinem Gehirn wieder ins Gleichgewicht zu bringen. Ich begann also mit der Behandlung, aber mein Zustand verschlechterte sich zusehends: Ich blieb nicht nur weiterhin extrem verschlossen, sondern ich schlief überall, wo ich saß und stand, ein. Selbst der Arzt meinte, dass die Tabletten bei mir die gegenteilige Wirkung hätten, und ordnete Laboruntersuchungen an, deren Ergebnisse mein Vater glücklicherweise nicht sehr ernst nahm. Danach gingen wir nie wieder zum Arzt. Ich durfte so bleiben, wie ich war. Die Straßen von Oaxaca sind voller Geistesgestörter, die ungeniert Passanten ansprechen. Ein an Mutismus leidendes Mädchen konnte die

Ehre der Familie nicht allzu sehr schmälern, solange es keusch und enthaltsam war. Anders als die Eltern vieler meiner Kommilitonen hatte mein Vater nichts gegen mein Literaturstudium – im Gegenteil. Er hatte es übernommen, mich an der Universität von Oaxaca für Französische Literaturwissenschaft einzuschreiben, und als ich das Studium mit Auszeichnung abschloss, half er mir, ein Stipendium für Paris zu bekommen. Der plötzliche Umgebungswechsel fiel mir nicht leicht. Bisher war ich immer von meiner Familie und meinen Lehrern beschützt worden. Alles, was ich über das Leben wusste, hatte ich aus Büchern gelernt und nicht auf der Straße, weder von meinen Gothic-Freunden noch auf dem Campus der Universität.

RUTH

Ich wurde Ruths Liebhaber, weil ich überzeugt davon war, in Sachen Liebe behindert zu sein. Anfangs gefiel sie mir nicht einmal. Es waren vor allem ihre Eleganz, ihre teuren Schuhe, ihr Duft nach Parfüm, die mich anzogen. Ich lernte Ruth bei einem Abendessen kennen, zu dem mich meine Freundin Beatriz, eine Schwedin, die zur gleichen Zeit nach New York emigriert war wie ich und die in zwei Galerien in Soho ausstellt, eingeladen hatte. Beatriz wohnt in einem Loft in Brooklyn, eingerichtet mit Siebziger-Jahre-Möbeln aus den Garagenverkäufen, zu denen sie regelmäßig geht. Vielleicht hatte ich an diesem Abend das Gefühl, dass etwas in der Luft lag, vielleicht war ich auch einfach nur besonders einsam, und dieser Umstand begünstigte, dass ich mich mit Leuten abgab, die ich normalerweise meide. Künstler scheinen mir generell frivole Menschen zu sein, deren einziges Interesse darin besteht, ihre Egos aneinander zu messen. Während des Essens sprachen sie fortwährend von ihren Projekten und wie sie die Anerkennung der Kritiker erlangen konnten. Unter den Gästen war auch Ruth, eine Frau über fünfzig, die sich damit begnügte, den anderen von einer Zimmerecke aus zuzuhören. Neben ihr saß ein Kakadu der besonderen Art, in schrillen Farben gekleidet und eine gelbe Brille auf der Nase, und beschrieb die neueste Ausstellung von Willy Cansino als Wunderwerk, das sämtliche lateinamerikanische Künstler aus Chelsea vor Neid erblassen ließe. Ruths Schweigsamkeit gefiel mir, und ich konnte darin nur eine Geste des Mitgefühls sehen: Ruth war erwachsener und gelassener als der Rest der Runde, sodass ich Lust bekam, mich zu ihr in diese Ecke zu setzen. Vor allem verspürte ich den Wunsch, an ihrer Seite zu schweigen, mich in ihrer Nähe auszuruhen, und genau das tat ich dann auch. Sobald die Frau mit der glänzenden Brille aufstand, um sich einen weiteren Whisky einzuschenken, war ich so unverschämt, mich auf ihren Platz zu setzen. Ich lächelte Ruth mit aufrichtiger Sympathie an, und für den restlichen Abend vermochte keine Menschenseele, nicht einmal meine Freundin Beatriz, mich von dort fortzulocken. Das war der Beginn unserer Liebesbeziehung. In ihren Gesichtszügen, die die Wunder der Kosmetik gut erhalten hatten, entdeckte ich eine faszinierende Müdigkeit. Ich erahnte – und ich denke, ich habe mich nicht getäuscht –, dass Ruth eine kraftlose Frau war. Ihre Anwesenheit war so leicht, dass sie nicht die geringste Bedrohung für mich darstellte. Mehr als eine Viertelstunde lang sah ich sie an, ohne ein Wort zu sagen, und anschließend versicherte ich ihr, ohne Umschweife und ohne mich ihr vorzustellen, dass ein Mund wie ihrer meine ganze Bewunderung verdiente, dass der Anblick eines solchen Mundes genügte, um für den Rest meines Lebens in Anbetung vor ihr niederzuknien.

Ruth hat große, volle Lippen, aber das war es nicht, was mich an jenem Abend zu dieser Bemerkung veranlasste, und auch nicht der rote Lippenstift, sondern diese vollkommene Art zu schweigen. Ich fragte sie nach ihrer Telefonnummer. In der folgenden Woche, ich weiß nicht mehr, ob am Samstag oder Sonntag, lud ich sie ins Kino ein. Ein französischer Film, *Herbstgeschichten* von Eric Rohmer, ein Film, in dem nichts passiert, so wie in allen meinen Lieblingsfilmen. Es gab nicht viel zu sagen, als wir das Kino verließen, aber ich nutzte die Gelegenheit, um Ruth mit meinem Französisch zu beeindrucken. Sie hatte die Sprache in der Schule gelernt, aber nur wenig davon behalten. Ruth suchte die Bar in Tribeca aus, wo wir den einzigen Drink des Abends nahmen, einen ausgezeichneten Wein für fünfundvierzig Dollar das Glas. Mir gefiel, wie maßvoll Ruth alkoholische Getränke zu sich nahm. Die Frauen, die ich in dieser Stadt kennengelernt habe, tranken entweder gar nicht, oder sie überließen sich vollkommen dem Alkohol, was meist in sehr peinlichen Auftritten endete. Ruth hingegen trank fast immer nur ein Glas, allenfalls zwei, aber niemals mehr, und dieses Verhalten schien mir ein Beweis ihrer Vernunft zu sein. Sie bestand darauf zu bezahlen, und diese Großzügigkeit überzeugte mich nicht nur von ihrer Herzensgüte, sondern war auch verlockend, die schützende Aura reicher Frauen, an die ich mich nach und nach gewöhnt habe. Zwei Wochen später rief ich sie an, genug Zeit, um in ihr etwas Angst und Sehnsucht zu wecken. Im April werde ich immer romantisch und verführerisch; bei Ruth wandte ich meine wirksamste Methode an: eine wechselnde Mischung aus Gleichgültigkeit und Interesse, Zärtlichkeit und Verachtung, die die Frauen in die Knie zwingt. Diese unerschütterliche Frau blieb dennoch ruhig und resigniert. Anscheinend war es ihr gleich, ob ich den Drang verspürte, sie zu küssen, ob ich sie für frivol oder für reizlos hielt. Ihre Liebenswürdigkeit machte mich neugierig.

Einmal rief Ruth mich im Büro an. Ich war länger geblieben, weil ich noch ein Geschichtsbuch für die Oberstufe redigierte, und war inzwischen der Letzte im dreiundvierzigsten Stock. Ich nahm ihren Anruf mit Erleichterung entgegen, weil ich wusste, dass niemand mithörte. Sobald jemand in meiner Nähe ist, kann ich am Telefon kaum einen Satz sagen, ohne das Gefühl zu haben, der ganze Verlag würde gespannt mithören. An dem Tag genoss ich es, vollkommen allein auf dem Stockwerk zu sein, und setzte mich direkt vor die Fensterfront des Büros. Die Stadt gab schon ihr nächtliches Gemurmel von sich. Die Lichter von Manhattan lagen mir zu Füßen. Beim Anblick der Penn Station, deren Bau mir absolut vertraut ist, geriet ich ins Schwärmen, als ob ich nicht mit einer mir fast unbekannten Frau telefonierte, sondern der Stadt selbst ins Ohr flüsterte, dieser unpersönlichen Stadt, die ich für die Freiheit, die sie mir gibt, so liebe. Ich erzählte ihr von meinem Tag, wo und mit wem ich zu Mittag gegessen hatte und welches Buch ich gerade redigierte. Ich erwähnte das Fitnessstudio, in das ich nach der Arbeit gehe, und beschrieb ihr die Freude, die es mir bereitete, die Geschwindigkeit des Laufbands zu erhöhen.

»Wann sehen wir uns?«, fragte Ruth, und ihre rauchige Stimme holte mich wieder in die Realität zurück. New York lag mir gegenüber, aber da war noch jemand am anderen Ende der Leitung. Beinahe hätte ich den Hörer aufgelegt. »Möchtest du zum Abendessen kommen?«, hakte die Stimme nach. »Meine Kinder übernachten heute nicht zu Hause, wir wären ganz für uns.« Das Wort *children* hallte in meinen Ohren wider. Mich überraschte die Selbstverständlichkeit, mit der Ruth es aussprach. Diese Frau, die mir bis zu diesem Moment durchscheinend, zittrig vorgekommen war wie ein Blatt Seidenpapier, auf das man nur durchpausen, aber nicht schreiben oder malen konnte, offenbarte eine ganz unvermutete Seite. Zum ersten Mal kam mir der Gedanke, dass Ruth eine Geschichte, eine Familie, ein Leben haben könnte.

»Du hast mir gar nicht gesagt, dass du Kinder hast.«

»Ich sage es dir jetzt«, erwiderte sie so ruhig und gelassen wie immer.

Ich kam mit einem Wein für drei Dollar nach Tribeca, den meine einfühlsame Gastgeberin in die Speisekammer brachte und unauffällig gegen einen qualitativ besseren austauschte. Meine Flasche hat Ruth aufgehoben wie ein kostbares Andenken an jenen Besuch; sie steht neben den Weinen Saint-Émilion und Château de Lugagnac aus ihrem Keller.

Das erste Mal vögelte ich mit Ruth in ihrer Küche. Sie hatte sich auf Zehenspitzen gestellt, um irgendein Gewürz im Speiseschrank zu suchen. Ich hob ihren Seidenrock hoch und besorgte es ihr wie keiner zuvor, denn sie war noch nie mit einem Latino zusammen gewesen und erst recht nicht mit einem Mann, wie es sie nur auf der Insel gibt, wo ich geboren wurde. Mit ihren über fünfzig schreit Ruth noch wie eine Katze, wenn mein Schwanz ihre Eierstöcke durchrüttelt. An diesem Abend landeten wir schließlich unter pfirsichfarbenen Laken in ihrem Bett und schliefen zusammen ein. Am nächsten Morgen verließ ich lautlos ihre Wohnung und kam verschlafen und mit einer Alkoholfahne zur Arbeit. Keiner meiner Kollegen sagte etwas dazu. Sie kennen mich gut genug, um zu wissen, dass ich keine Indiskretion dulde. Doch auch wenn mir klar war, dass es im gesamten Büro nicht eine Menschenseele gab, die mein Vertrauen verdiente, hatte ich Lust, jemandem von meinem Abenteuer zu erzählen. Deshalb entschied ich in der Mittagspause, Mario anzurufen, meinen engsten Freund, der seit unserer Kindheit in El Cerro alles von mir weiß, nur von den jüngsten Ereignissen meines Lebens ahnte er nichts. Unser letztes Gespräch war mehr als ein Jahr her, und seitdem hatte keiner von uns beiden den Kontakt gesucht.

Als ich meine Geschichte zu Ende erzählt hatte, leidenschaftlich, beinahe romantisch, schwieg Mario, was ich als Zeichen des Respekts deutete. Wahrscheinlich wollte er meine Geschichte noch eine Weile auf sich wirken lassen.

»Die arme Frau«, stieß er schließlich mit leiser Stimme aus. »Was hat sie nur getan, dass sie dich verdient?«

Er meinte es vollkommen ernst.

Als ich den Hörer auflegte, wurde mir klar, warum wir uns voneinander distanziert hatten. Die Höflichkeit zwischen Mario und mir war von einer unerbittlichen Aufrichtigkeit zerquetscht worden. Wieder sah ich Ruth vor mir, an die Wand ihrer Speisekammer gelehnt, halb entblößt von meiner wilden Zärtlichkeit. Ich hatte wieder ihren Ausdruck der Verlassenheit vor Augen, den eines Menschen, dem es Vergnügen bereitet, sich einem anderen hinzugeben, auch wenn der ein Fremder war, die blonden Haare am Spülbecken, die Sommersprossen auf der Schulter. Dieser schlanke Körper, der sich auf vermeintlich unschuldige Weise erobern ließ, glich dem einer naiven Fünfzehnjährigen. Mir wurde übel, warum, weiß ich nicht. Einen Monat lang rief ich Ruth nicht mehr an.

PARIS

Das idyllische Paris, das Paris aus den Filmen, das der Tourist zu entdecken hofft, beginnt im Mai und dauert, mit etwas Glück, bis Anfang September. In diesen Monaten scheint die ganze Stadt entschlossen, eine Amnestie, eine Pause von ihrer Hysterie, ihrer Raserei zu machen. Es duftet nach Blumen, die Pariser trällern vergnügt ein Liedchen, wenn sie die Straße entlanggehen, Kellner und Kioskverkäufer sind freundlich, die gute Laune liegt in der Luft wie eine wohltuende Wolke. Ich kam zu dieser Zeit in die Stadt und verbrachte meine ersten Monate dort in einer Postkartenidylle. Mit fünfundzwanzig betrachtete ich glückliche Menschen mit einem gewissen Argwohn. Ich dachte, dass intelligente Menschen, die mutig genug waren, um sich der Realität zu stellen, im Leben nur tieftraurig sein konnten. Diese frühlingshafte Freude erschien mir nicht nur aufgesetzt, sondern enttäuschte mich auch. Ich hatte mein Land verlassen, um dem Gedudel der Leierkastenmänner von Oaxaca zu entkommen. Den mexikanischen Geräuschpegel fand ich bedrückend. Ich stellte mir Paris nicht als eine Stadt vor, in der sich unzählige Pärchen jeden Alters in Parks und auf Metro-Bahnsteigen küssten, sondern als einen regnerischen Ort, wo die Menschen Cioran und La

Rochefoucauld lasen, während sie mit spitzen, sorgenvollen Lippen ihren Espresso ohne Milch und Zucker tranken. Wie viele andere Ausländer, die dann für immer bleiben, kam auch ich in der Absicht oder, besser gesagt, unter dem Vorwand, ein Postgraduiertenstudium zu absolvieren. Die französische Regierung hatte mir ein Stipendium gegeben, und ich hatte mich für ein Aufbaustudium im Bereich Literaturwissenschaft am Institut des Hautes Études de l'Amérique latine eingeschrieben. Es war Juni und Prüfungszeit, und die meisten Professoren waren nicht erreichbar, meiner auch nicht. Ich hatte keine Freunde in der Stadt. Von den vier Millionen Parisern kannte ich keinen einzigen. In meinem Adressbuch standen nur zwei Namen: David Dumoulin und Nicole Loeffler. Diese beiden, entfernte Bekannte meines Vaters und meiner Onkel, waren meine einzigen Anknüpfungspunkte. Obwohl ich es mehrmals versuchte, gelang es mir nicht, Scheu und Scham zu überwinden und sie anzurufen, um zu fragen, ob ich bei ihnen wohnen könne. Stattdessen war es mir lieber, mir in einem billigen Hotel in der Rue Saint-Jacques ein Zimmer mit einer jungen Rumänin zu teilen, die keine Sprache außer ihrer eigenen beherrschte.

Eines Nachmittags, als ich in der Warteschlange stand, um die Einschreibung an der Universität zu bezahlen, begann ich ein Gespräch mit einem Mädchen französisch-kubanischer Herkunft namens Haydée. Die Schlange war lang, und während wir vorrückten, nutzte Haydée die Zeit, um mir in atemberaubender Geschwindigkeit aus ihrem Leben zu erzählen. Sie erklärte mir, dass sie schon seit vier Jahren Visuelle Anthropologie studiere und ihre Doktorarbeit über religiöse Riten der Karibik schreiben wolle. Als ich ihr meine Lage geschildert hatte, bestand sie darauf, dass ich bei ihr wohnte. Obwohl ich sie kaum kannte, war mir Haydée bei Weitem lieber als die Rumänin. Wenigstens konnten wir uns unterhalten. Deshalb verließ ich noch am selben Nachmittag das Zimmer in dem kleinen Hotel in der Rue Saint-Jacques und zog in die Wohnung meiner neuen Freundin, die im sechsten Stock eines Altbaus im XVII. Arrondissement lag. In Paris ist die Wohnfläche sehr wichtig. Die Leute reden meist als Erstes über die Quadratmeterzahl ihres Zuhauses, bevor sie auf die Lage oder die Anzahl der Zimmer zu sprechen kommen. Die Wohnung, in der Haydée und ihr Freund lebten, hatte dreiundfünfzig Quadratmeter, die sich auf eine amerikanische Küche mit einem Tresen, der als Esszimmer diente, ein Wohnzimmer, ein kleines Zimmer und ein noch kleineres, ein Bad und einen Balkon verteilten. Haydée war ein herzlicher Mensch und eine Frohnatur. Von dem Nachmittag an, als ich mit fünf Koffern in ihrer Wohnung erschien, brachte sie mir eine übertriebene Liebenswürdigkeit entgegen, die mich anfangs verwirrte, bis ich irgendwann begriff, dass sie ein Ausdruck lateinamerikanischer Solidarität war. Nachdem ich dort eingezogen war, meinte ich meine Dankbarkeit am besten zeigen zu können, indem ich Haydées Leben so wenig wie möglich störte, mich unauffällig verhielt und selbstverständlich Geld zum Haushalt beisteuerte. In den ersten Tagen versuchte ich, zu anderen Uhrzeiten zu frühstücken und zu essen als Haydée und ihr Freund, aber das ließen sie nicht zu: Vor jedem Essen klopften sie an meine Tür, um mir zu sagen, dass ich mich zu ihnen setzen könne. Mit der Zeit war ich, allein aufgrund der Tatsache, dass ich dort wohnte, Teil ihres Beziehungsalltags. Es war genau das passiert, was ich, aus Rücksicht auf die anderen, hatte vermeiden wollen.

Der Freund von Haydée studierte Visuelle Kunst. Er hieß Rajeev und war in Indien geboren. Sie bewohnten gemeinsam das größere Zimmer und boten mir das Atelier an. Im Unterschied zu Haydée ging Rajeev nie auf Partys. Die Vorlesungen und Seminare an der Uni hatte er bereits abgeschlossen und versuchte nun, seine Magisterarbeit zu schreiben. Jeden Morgen verließ er so gegen sechs Uhr das Schlafzimmer, duschte und setzte sich sofort auf den Wohnzimmerteppich, um irgendein Atemritual zu vollführen. Sobald er damit fertig war, legte er Sitarmusik auf und bereitete einen Vanilletee zu, den er mehrere Minuten lang ziehen ließ und dessen Duft sich in der ganzen Wohnung verbreitete. Er öffnete sein Laptop auf dem Küchentresen und schrieb bis halb zehn, dann stand gewöhnlich Haydée auf.

Die meiste Zeit verbrachten wir beim Frühstück miteinander. Wir tranken den starken Tee von Rajeev und aßen dazu Baguette mit Marmelade, während Haydée uns von ihrer nächtlichen Tour durch die Bars der Stadt berichtete.

Wenn Markttag war, nutzte Rajeev die Zeit, die seine Freundin mit Baden und Anziehen verbrachte, und ging einkaufen. Wenn er zurückkam, kochte er das Mittagessen. Die Gänge zum Markt, zur Post und zur Bibliothek waren die einzigen Gelegenheiten, bei denen Rajeev die Wohnung verließ. Gegen zwei ging Haydée aus dem Haus, und wir sahen sie den ganzen Nachmittag nicht mehr. Diese dreiundfünfzig Quadratmeter große Wohnung war ein guter Ort, um in der französischen Hauptstadt anzukommen, mich mit den Menschen, ihren Sitten und Gebräuchen vertraut zu machen. Wenn ich draußen war, kam mir die Stadt fremd und irgendwie bedrohlich vor. Einen Großteil meiner Zeit verbrachte ich mit bürokratischen Angelegenheiten, in der Präfektur und in der Universität. Meine Tage verliefen für gewöhnlich ruhig, und dennoch ließen mich Angst und Ungewissheit nachts nicht schlafen, und ich wälzte mich im Bett herum. Ich hörte Rajeev nebenan atmen, sehr viel ruhiger als am Morgen, den Straßenlärm, der mich aufschreckte, das Surren des Fahrstuhls … Haydée und ich waren sehr verschieden, und vielleicht haben wir uns gerade deswegen so gut verstanden. Trotz des großzügigen Angebots, bei ihr zu wohnen, wurden wir nicht gleich Freundinnen. Wir brauchten ein paar Wochen, um einander zu entdecken, aber als uns das gelungen war, fassten wir eine Zuneigung zueinander, die bis heute besteht. Ich erinnere mich an einen Nachmittag, als ich erschöpft nach Hause kam. Ich hatte den ganzen Tag lang Einwanderungsformalitäten erledigt und wollte mich gerade hinlegen, als Haydée fragte, ob sie hereinkommen dürfe. Ich dachte, sie suche etwas im Schreibtisch oder in ihren Studienmappen, und wenn sie mich im Bett sähe, würde sie nicht lange bleiben. Doch sobald sie im Zimmer war, setzte sie sich auf die Bettkante. Ganz offensichtlich hatte sie die Absicht, sich mit mir zu unterhalten. Sosehr ich es auch versuchte, es gelang mir nicht, ihr zuzuhören. Ihre Stimme schläferte mich ein, und ich hatte große Mühe, die Augen offen zu halten. Aber wer kann schon eine Kubanerin zum Schweigen bringen, die reden will? Bis heute kenne ich niemanden, dem das je gelungen wäre. Von diesem Nachmittag an wurden solche Gespräche zur Gewohnheit. Jedes Mal, wenn Haydée Lust zu reden hatte und ich die Zimmertür nicht rechtzeitig schloss, kam sie herein, um mir den Blödsinn zu erzählen, der ihr gerade durch den Kopf ging. Manche Gespräche waren interessant, andere überhaupt nicht. Letztendlich gewöhnte ich mich an ihre ungelegenen Besuche, ich verspürte sogar ein ehrliches Interesse an ihren Alltagsgeschichten.

Während ich in ihrer Wohnung lebte, nahm Haydée mich genau in Augenschein. Sie musterte meine Kleidung und meine Schuhe, als ob meine Art, mich anzuziehen, ein schwer entzifferbarer Code wäre. Nach ein paar Tagen wagte sie es, sich Gewissheit zu verschaffen, und fragte mich mit sichtlicher Ungeduld: »Sind deine fünf Koffer etwa voller Lumpen wie die da?« Ich war nicht beleidigt, mich überraschte mehr ihre Unverfrorenheit. Sofort bot sie an, mich in ein paar Geschäfte in der Nähe der Metrostation Alésia zu begleiten, wo ich Sachen finden würde, »in denen ich nicht wie ein Schulmädchen aussähe«. Ich nickte, denn ich wollte ihr nicht widersprechen, aber ich achtete darauf, dass es nie dazu kam. Im Gegensatz zu Haydée war mir Kleidung nicht wichtig. Für mich war und ist eine Hose nichts anderes als ein Stück Stoff und kein gesellschaftliches Statement. Aber Haydée beharrte, was das anging, sehr auf ihrer Meinung.

»Als Erstes musst du dir ein Fahrrad kaufen«, sagte sie eines Tages mit dem für sie typischen Taktgefühl. »Damit du deine ganzen überflüssigen Kilos loswirst.«

Bald wurde mir klar, dass diese Besessenheit vom eigenen Körper nicht allein Haydées Charakter zuzuschreiben war, sondern eine typisch französische Haltung darstellte. Die Werbeplakate in der Metro priesen unaufhörlich die schlanke Linie, ganz zu schweigen von den Zeitschriften, die an den Kiosken auslagen. Die gesamte Stadt schien die Schönheit zu kultivieren, als wäre das eine Frage von Leben oder Tod. Haydées Badezimmer zum Beispiel verriet viel darüber, wie die Werbung sich eines Teils ihres Gehirns bemächtigt hatte. Im Badezimmerschrank häuften sich die Schönheitsprodukte, die meisten dienten dazu, die Haut zu straffen. Vichy, Galénic, Decléor, sämtliche Marken, die es in den Apotheken der Stadt zu kaufen gab, standen auf ihren Regalen, und es war kein Platz mehr für weitere Flaschen. Jedes Mal, wenn ich mit dem Handtuch meine stämmigen

Oberschenkel genau dort abtrocknete, wo sie ihren Körper mit diesen Luxuslotionen eincremte, fragte ich mich mit aufrichtiger Neugier, ob diese Produkte Wirkung zeigten und ob es sich lohnte, ein Vermögen dafür auszugeben.

Selbst wenn es so klingt, Haydée war keine oberflächliche Person. Sie las die Tageszeitungen und bildete sich eine Meinung zu Politik und Kunst. Unter diesem dichten Lockenkopf versteckten sich unzählige Fragen, über die sie gern laut nachdachte. Mit einem kubanischen Vater und einer marokkanisch-jüdischen Mutter französischer Staatsangehörigkeit, aber lateinamerikanischem Nachnamen fühlte Haydée Cisneros sich als Teil fast aller Kontroversen, die in dieser Stadt entbrannten. Nie habe ich jemanden kennengelernt, der schneller beleidigt war als sie. Sie konnte weder über das Embargo gegen Kuba noch die Konflikte in den *banlieues* oder den Krieg in Israel sprechen, ohne sich persönlich betroffen zu fühlen. Wenn die anderen Fidel Castro verteidigten, nahm sie das Exil und die Verfolgung der Intellektuellen und Schwulen auf sich, als wäre es ihr eigenes Schicksal. Sobald aber jemand Castro kritisierte, verteidigte sie vehement die Erfolge und Errungenschaften der Revolution im Bildungs- und Gesundheitsbereich, die, verglichen mit dem durchschnittlichen Niveau von Lateinamerika, unbestreitbar waren.

Nachdem ich lange darüber nachgedacht hatte, beschloss ich eines Tages, Haydées Rat zu befolgen, und kaufte in einem Laden in Saint-Michel ein Fahrrad. Aber ich wusste nicht, wie ich auf dem Rad nach Hause fahren sollte. Mit äußerster Anstrengung gelang es mir, das Rad zu tragen und damit in die RER zu steigen. Damals fürchtete ich nichts mehr, als mich zu verlaufen, deswegen ging ich in diesen ersten Monaten nie allein spazieren. Damit ich das Fahrrad benutzte, fing ich an, Haydée in die Bibliothek des Centre Georges Pompidou zu begleiten, wo sie höchstens zwei Stunden lang für ihre Prüfungen lernte. Den restlichen Nachmittag verbrachten wir in einem Café-Brasserie in der Rue Vieille du Temple mit Namen Le Progrès, das Haydée aber nur »der Kommunist« nannte. Hier traf sie sich jeden Tag mit den Kommilitonen ihres Instituts und allen anderen, die sie sehen wollten. Rasch gewöhnte ich mich an Haydées Tagesrhythmus und an ihr Leben, das so anders war, als meines gewesen wäre, hätte ich sie nicht kennengelernt.

Während ich bei ihr wohnte, nahm Haydée mich mit in einige Nachtklubs von Paris. Das waren Le Nouveau Casino, La Locomotive, das 9 Billards, das Satellit Café, die fast alle auf dem rechten Seine-Ufer lagen. Wir gingen immer erst spätnachts hin, nie vor zwei Uhr, wenn die meisten Bars zumachten. Mein Lieblingsklub hieß Le Bateau Phare. Das war ein in der Seine verankertes Schiff, auf der Höhe der Bibliothèque nationale de France, wo Jazz, Reggae und Latinomusik gespielt wurde. Dort fanden die besten Partys dieses Sommers statt, Kostümpartys, bei denen es galt, eine besonders exotische und humorvolle Verkleidung zu finden. Einige Gäste verkleideten sich als Transvestiten, andere wie die Jackson Five, mit Schlaghosen und Afroperücken; es gab auch Frauen mit Bananenröcken wie Josephine Baker. Wo wir auch hingingen, der Abend lief mehr oder weniger nach demselben Programm ab: Um reinzukommen, mussten wir zunächst in einer Schlange vor der Tür warten – etwa zwanzig bis sechzig Minuten –, anschließend gingen wir zur Garderobe, wo wir unsere superschwere Tasche abgaben, in der sich alles Mögliche befand, von Videokassetten und Schminkutensilien über Wechselkleidung bis hin zu einer Flasche, die meine Freundin gewöhnlich mit sich herumschleppte. Sobald wir drinnen waren, machten wir eine Runde durch den Laden und begrüßten alle, die wir kannten. Auf diese Weise erkundete Haydée das Terrain. Sobald diese Phase abgeschlossen war und einer ihrer Lieblingssongs lief, begab sie sich auf die Tanzfläche.

Wenn Haydée tanzte, war es unmöglich, den Blick von ihr abzuwenden. Neben ihr war ich vollkommen unsichtbar, schlimmer noch, ich war eines ihrer Accessoires, wie ein Page oder ein Haustier. Natürlich hätte ich mich von dieser Frau fernhalten, mich unters Volk mischen können, das rauchte und lachte, als wäre es ein einziger Körper. Ich hätte meine eigene Version des Abends leben können, in der ich selbst die Protagonistin war, dennoch nahm ich mir nie diese Freiheit, warum, weiß ich nicht. Jeden Abend hing ich am Zipfel von Haydées ultrakurzen Röcken, geißelte mich selbst, weil ich mich nicht im Takt der Musik bewegen konnte, weil ich nicht versuchte, jemanden kennenzulernen, weil ich die Musik nicht genoss – in dieser Verfassung streifte ich an ihrer Seite durch die verschiedenen Nachtklubs von Paris.

Die anderen Freundinnen von Haydée, mit denen sie sich in der Rue Vieille du Temple traf und die mitten in der Nacht ebenfalls in den Klubs oder auf den Privatpartys auftauchten, waren genauso dünn wie sie selbst. Einige studierten noch, die anderen arbeiteten in der Filmbranche oder am Theater, oder sie produzierten Kultursendungen fürs Fernsehen. Und obwohl es ihnen nie an Gesprächsthemen mangelte, konnten sie sich für nichts so sehr begeistern wie für die neuesten Mittel gegen Wassereinlagerungen. Wann genau habe ich selbst angefangen, von meiner Figur besessen zu sein? Wann habe ich die gesunde Gleichgültigkeit gegenüber allem Körperlichen aufgegeben, um mit meinem eigenen Unbehagen zur Massenpsychose beizutragen? Durch das Radfahren und den Lebensrhythmus, mit dem mich Haydée fünf Wochen lang vertraut machte und durch den keine Zeit fürs Abendessen blieb, verlor ich Gewicht, ohne es zu bemerken. Meine Hosen saßen lockerer als sonst, und mein Gesicht sah im Spiegel ein klein wenig kantiger aus, aber anstatt mich damit zufriedenzugeben, weckte diese Veränderung eine sonderbare Gier in mir: Auf einmal genügte es mir nicht mehr, weniger dick zu sein, ich wollte zu der privilegierten Schicht der Dünnen gehören. Es war mir gleich, dass ich breite Knochen hatte und dass meine »mexikanische Statur«, wie Haydée es nannte, schon seit meiner Kindheit eher robust war. Irgendeine Optimierungsmöglichkeit würde es auch für mich geben. Jeder, der sich für das Abnehmen interessiert, weiß, dass Alkohol das Erste ist, worauf man verzichten sollte. Allerdings: Diese jungen Frauen tranken, und wie! Eine einzige Nacht genügte, um das herauszufinden. Fast jedes Mal, wenn ich mit ihr ausging, bestellte Haydée verschiedene Cocktails. Sie hielt sich nicht damit auf, die Anzahl der Gläser oder die Euros zu zählen, die sie ausgab, bis sie pfeilschnell zum Gipfel der Alkoholeuphorie gelangte, und niemand, nicht einmal ich, war fähig, den Rausch, auf den sie geradewegs zusteuerte, zu verhindern. Normalerweise erreichte sie den Höhepunkt gegen halb fünf Uhr morgens. Glücklicherweise gab es in den afters, wo wir hingingen, nur einen widerlichen Rum, den nicht einmal Haydée trinken konnte, sodass sie nach einigen Stunden auf der Tanzfläche wieder genügend Anstand besaß, um mit dem Nachtbus nach Hause zu fahren, dessen Strecken und Fahrzeiten sie auswendig kannte. Ein paarmal kam es vor, dass wir beim Heimkommen auf Rajeev trafen, der bereits mit seinem Prana Yoga und den anderen morgendlichen Reinigungsritualen beschäftigt war. Ich verstehe bis heute nicht, wie die beiden zusammen sein konnten, zumal sie sich fast nie sahen. Paarbeziehungen sind ein Rätsel, und für mich waren sie damals aufgrund meiner mangelnden Erfahrung ein noch viel größeres.

Am Ende des Sommers kannte ich bereits die Hälfte der Pariser Läden. Haydée meinte, dass diese Ferien zu den intensivsten ihres Lebens gehörten – kein Wort darüber, was sie für mein Leben bedeuteten! Für meine Freundin bedeuteten sie einen Leberschaden und Schulden bei der Bank. Beides zusammengenommen hinderte sie einige Monate lang daran, nachts auszugehen. Wenig verwunderlich, aber zu Hause eingesperrt zu sein gefiel ihr gar nicht. Sie war immerzu genervt und stritt fortwährend mit dem armen Rajeev, der daran gewöhnt war, der Herr und Gebieter über dieses stille Königreich von dreiundfünfzig Quadratmetern zu sein. Ich fand, dass der Moment gekommen war umzuziehen. Zu dieser Zeit war mir Haydées Viertel schon vertrauter als jedes andere, und deshalb meldete ich mich auf die Inserate, die an der Tür der Bäckerei klebten: *Studio à louer, 12m carrés*. Mindestens fünf davon sah ich an. Die meisten Einzimmerappartements waren ehemalige Dienstbotenzimmer ohne Bad oder Küche. Die zwölf Quadratmeter waren in Wahrheit nur neun. Die Gemeinschaftsdusche lag einen Stock tiefer oder am Ende eines langen Flurs, wo es furchtbar zog. Die einzige Wohnung mit Bad befand sich im Dachgeschoss, die Decken waren niedrig und schräg, aber die Besitzerin führte mich mit mir unbegreiflichem Stolz herum. Die begehrte Innentoilette befand sich in der Küche, zwischen Herd und Kühlschrank, getrennt nur durch eine dünne Vorhangstange. Die Besitzerin schlug mir vor, einen Vorhang oder ein Rollo anzubringen, falls ich Besuch bekommen sollte. Ich konnte mich nicht damit abfinden, in einem dieser Löcher hausen zu müssen. Bevor ich mein Glück bei den Studentenwohnheimen versuchte (Anfang September waren bestimmt schon alle Zimmer vergeben), wollte ich es bei den Leuten probieren, mit deren Kontakten ich nach Frankreich gekommen war. Zuerst rief ich Nicole Loeffler an. Eine Freundin meines Vaters hatte mir ihre Nummer gegeben, weil ihr ein Mietshaus in Paris gehörte. Vielleicht konnte ich eine der Wohnungen mieten.

Madame Loeffler wusste, dass ich in Paris war. Unsere gemeinsame Freundin hatte sie benachrichtigt, als ich Mexiko verlassen hatte, und sie wartete schon seit zwei Monaten auf meinen Anruf. Sie erzählte mir, dass eine ihrer Eigentumswohnungen ab Ende Oktober frei sei. Es handelte sich um eine *deux pièces* von dreißig Quadratmetern, mit Bad und in gutem Zustand. Ich hoffte nur, dass die Miete mein schmales Budget nicht überschreiten würde. Señora Loeffler empfing mich in ihrem Haus, als wäre ich eine entfernte Verwandte. Sie servierte mir Tee und Mandeltörtchen. Ich hatte den ganzen Tag nichts gegessen und machte mir Sorgen, dass meine Gastgeberin die Freudengeräusche hören könnte, die meine Verdauung von sich gab, während mein Mund ihre köstlichen *financiers* hinunterschlang: Wenn ich kein Geld für Essen hatte, könnte ich erst recht keine Miete bezahlen. Das wäre zumindest einem argwöhnischen Franzosen durch den Kopf gegangen. Madame Loeffler hingegen – die in ihrer Kindheit das Exil und den Krieg miterlebt hatte – zweifelte meine Zahlungsfähigkeit nicht an. Sie verlangte keine Bürgschaft und auch keine Kaution. Als wir mit dem Tee fertig waren, begleitete sie mich zu der *deux pièces*. Sie war bereit, die Miete so niedrig anzusetzen, wie für mich nötig. Also liefen wir zusammen die Rue du Chemin Vert bis zum Boulevard de Ménilmontant hinauf, wo sich das Haus befand. Der Herbst hatte gerade begonnen, und die Bäume waren noch voller grüner und gelblicher Blätter. Das war das Erste, was ich sah, als ich an diesem Nachmittag aus dem Fenster blickte. Hinter dem Blätterdach erstreckte sich der große Friedhof. Diese Landschaft schien mir mehr als ein Glücksfall zu sein, sie war ein Zeichen. In ganz Paris gab es keine Wohnung, die besser zu mir passte. Sämtliche Mängel verloren an Bedeutung. Zum Beispiel kümmerte es mich nicht, dass es nur einen alten, wackeligen Heizkörper gab, um sich gegen den Winter zu stemmen.

Im November waren die Blätter, die ich bei meinem ersten Besuch gesehen hatte, allesamt verschwunden. Der Taxifahrer lud meine fünf Koffer aus, und während Haydée sie in den Eingang stellte, suchte ich in meinem Notizbuch nach dem Türcode. Ich war so glücklich, endlich meine eigenen vier Wände zu haben! Ich liebte dieses Haus vom ersten Moment an, obwohl es modrig roch, das Parkett bei jedem Schritt knarzte und ein eisiger Wind durch die Fenster drang. Haydée und ich mussten dreimal laufen, bis wir alle meine Habseligkeiten nach oben gebracht hatten, denn die Treppen waren steiler als in einem Gebäude des neunzehnten Jahrhunderts üblich.

»Ach du lieber Gott!«, rief Haydée angesichts der ruhigen Grablandschaft aus, das Einzige, was man vom Fenster aus sah. »Bei dem Ausblick bekommst du Depressionen, noch bevor der Winter anfängt.«

Ich versuchte, ihr zu erklären, dass die Gräber mich nicht störten. Mir waren extrem stille Nachbarn lieber als ihr Gegenteil. Das eine Zimmer hatte ein Klappbett, einen kleinen Schreibtisch, ein Bücherregal und einen funktionsunfähigen Kamin, über dem ein sehr großer Spiegel hing. Das andere Zimmer – das wir optimistisch als den Salon bezeichneten – möblierte ich mit zwei marokkanischen Teppichen, die ich hier im Viertel gekauft hatte, und einigen Sitzkissen. Das Bad hatte etwa die Größe eines Schranks. Hinter einem Faltvorhang in Form einer Ziehharmonika befanden sich Dusche, Waschbecken und Toilette. Haydée und ich benutzten die Toilette mehrmals an diesem Nachmittag, nicht um mein neues Revier zu markieren, sondern weil es so kalt war.

Meiner Wohnung fehlt es nicht nur an Fenstern, sie ist ein Mausoleum, das den wichtigen Momenten meiner Existenz eine epische Dimension verleiht, den Büchern, die mich geprägt haben, einigen Briefen, bestimmten Fotografien und vor allem meiner CD-Sammlung, ohne die das Leben farblos und fade wäre. Wenn ich die Kopfhörer aufsetze, umgibt mich eine fast perfekte Stille, ich überlasse mich der Musik von Keith Jarrett, und dann kann es sein, dass ein Gefühl auftaucht, eine sanfte, dezente Empfindung, wie ein Sonnenstrahl, dem es gelingt, bis zu meinem Bett vorzudringen und einige Minuten lang Wärme und Licht auf der Tagesdecke und dem Boden zu verbreiten. Es sind kurze Momente, in denen sich ein Teil von mir, der gewöhnlich tief verschüttet ist, verzaubert von Sanftmut und Zärtlichkeit, zu regen scheint. Die Lungen dehnen sich, öffnen und schließen sich im Takt des Klaviers. Ich fühle mich so zerbrechlich wie als Kind. Die stinkenden und kaputten Straßen der Altstadt von Havanna kommen mir wieder in Erinnerung, die brütende Hitze, an die ich mich nie gewöhnen konnte, meine Brüder, die mit dreckigen Fingern in den Topf langten, wo die *malanga* noch kochte. Diese Knolle gab es ständig zu essen, und ihr ekelhafter Geruch verbreitete sich im ganzen Haus, sodass ich in den Innenhof floh, wo die Nachbarn spielten. Trotz der Musik von Jarrett kann ich diese Erinnerung nicht länger ertragen. Dieses Leben, hart, elend, dauert mich.

Im Alter von fünf Jahren lernte ich zu hassen, als die Familie von Facundo Martínez bei uns einzog. Bis dahin hatten wir das alte, einstöckige Haus mit Innenhof ganz für uns allein gehabt, das heißt meine Eltern, meine Brüder, mein Onkel und meine Tante und meine Vettern. Wir wohnten auf der einen Seite des Innenhofs und die Familie des Onkels auf der anderen; das Zusammenleben war harmonisch und ausgeglichen. Ich erinnere mich noch an den Morgen, als der Umzugswagen gegenüber vom Haus hielt. Ein Milizsoldat näherte sich mit einem Blatt Papier in der Hand und einem Lächeln auf den Lippen und informierte uns darüber, dass der Familie Martínez die Hälfte des Grundstücks zugeteilt worden war. Erst da begriff ich, dass mein Haus, das Haus, in dem ich geboren worden war und die ersten Lebensjahre verbracht hatte, eigentlich nicht mir gehörte, sondern der Revolution und dass die Revolution dort einquartieren konnte, wen sie wollte. Wir, also unsere Familie und die meines Onkels, wurden zu einer einzigen Familie, die Ruvalcaba, und aus diesem Grund stand uns die Hälfte des Grundstücks zu. Dass die Martínez acht waren und wir fünfzehn, war nicht weiter wichtig. An diesem Tag verwandelte sich das Haus in ein Schachbrett, sie waren Schwarze und wir Weiße. Mit meinen fünf Jahren verfolgte ich das Geschehen mit dem zeitlosen Blick desjenigen, der seine Welt zusammenbrechen sieht. Meine Mutter empfing den Soldaten im Hauskleid, mit Schürze und dem gleichen resignierten Lächeln, das er ihr zuwarf. Dann begrüßte sie freundlich die Mutter von Facundo und führte sie durchs Haus, während meine Brüder und ich unseren Vettern halfen, ihre Sachen aus der gegenüberliegenden Haushälfte in unsere zu bringen. Meine Mutter zeigte der Mutter von Facundo die Küche, den Hinterhof, wo meine Tante und sie die Wäsche mit der Hand wuschen und wo von diesem Tag an Facundos Unterhosen an der Leine flatterten wie eine Fahne, zur symbolischen Verteidigung seines Territoriums. Ich versteckte mich hinter einer Säule und beobachtete, ohne mit der Wimper zu zucken, den Einzug der Familie Martínez. Und ich sah auch, ohne mit der Wimper zu zucken, dabei zu, wie sie die Zimmer meines Onkels und meiner Tante mit ihren leuchtend bunten Möbeln und ihren religiösen Statuen in Beschlag nahmen. Von nun an blickten uns die Barmherzige Jungfrau von Cobre und der heilige Lazarus bedrohlich an, sobald wir auf ihrer Seite des Grundstücks spielten. Als alle Kisten und Taschen ausgeladen waren, tauchten zwei Füße, die kaum so groß waren wie meine, aber sehr viel breiter, neben der Säule auf, hinter die ich mich geflüchtet hatte. Ich hob die Augen und sah einen Jungen mit strohblondem Kraushaar. Wir wechselten kein einziges Wort miteinander, aber ein prüfender Blick, und mir war klar, dass sich die Säule auf seinem Gebiet befand, das heißt in dem Teil des Innenhofs, der näher an dem Bereich seiner Familie lag, sodass ich zum Eindringling wurde, als ich mich dort versteckte. Facundo streckte mir die Hand zur Begrüßung hin, so wie sein Vater dem meinen, und ich nahm die Hand mit dem gleichen demütigenden Ausdruck. Ich wusste, wir würden zusammen aufwachsen und auch, dass ich ihn für den Rest meines Lebens hassen würde. Doch das war eine von diesen Gewissheiten, die sich später verflüchtigten, etwa so, wie man sich an den Lärm in der Nachbarschaft gewöhnt. Mit der Zeit hört man weder die Müllabfuhr noch das Brummen der Wasserpumpe. Facundo war jeden Tag meiner Kindheit da. Ich sah ihn so oft mit mir aus der Schule kommen und abends das Licht in seinem Zimmer ausschalten, dass ich irgendwann aufhörte, ihn oder meinen Hass zu bemerken, so wie man auch seine Leber nicht bemerkt, solange sie zuverlässig arbeitet, bis sie eines Tages kaputtgeht und man den unverkennbaren Geschmack der Galle kostet.

Wie ich schon erwähnte, vergeht die Zeit in diesem Alter langsam, und nach einigen Monaten vergaß ich, dass die andere Seite des Hauses von feindlichen Eroberern besetzt war. Die Familie Martínez war mir nicht länger verhasst, sie wurden einfach unsere Nachbarn und somit ein Teil unseres Alltags. Facundo und ich waren ungefähr gleich alt, aber damals kamen mir unsere Lebensweisen sehr verschieden vor. Während die Straßen von El Cerro – ein Viertel, in das ich irrtümlich und zufällig hineingeboren wurde – für mich feindliches Gebiet waren, wo unbekannte Menschen wohnten, die wie Verbrecher aussahen, betrachtete sie Facundo lediglich wie einen erweiterten Schulhof. Wenn ich den ganzen Nachmittag fleißig lernte, um im Colegio Felipe Poey mitzukommen, das ich dank eines entfernten Verwandten im Comité Central besuchte, spielte Facundo mit den anderen Jungen im Park Baseball. Trotzdem liefen wir immer wieder zusammen zur Schule oder nach Hause, oder ich aß nachmittags bei ihm in dem mit Kerzen und Heiligenfiguren vollgestellten Esszimmer Brot mit Öl und Knoblauch, das seine Mutter für uns zubereitete, oder Brot mit Guave, was unser Lieblingsessen war. Je knapper die Lebensmittel wurden, desto dünner wurden auch die Guavenscheiben, bis sie so transparent waren, dass man durch sie wie durch ein Diapositiv hindurchblicken konnte. Am Samstagvormittag kam Facundos Kusine Regla zu ihnen, um bei der Hausarbeit zu helfen. Regla war ein schwarzes Mädchen von sechzehn Jahren, deren Pobacken der Form und Festigkeit von Kokosnüssen nacheiferten. Ihre weiche Haut und ihre sanften Bewegungen brachten eine elektrisierende Spannung in dieses Haus, in dem fast nur Männer wohnten. Der damals noch nicht einmal zehnjährige Facundo war der Einzige, der anscheinend nicht in den Bann seiner Kusine geriet. Trotzdem bemerkte er die Verwirrung, die das Mädchen in mir hervorrief, und er machte sich einen Spaß daraus, mich in Verlegenheit zu bringen, wann immer er konnte. Er nutzte jeden Vorwand, um mich in sein Haus einzuladen, während Regla die Hausarbeit erledigte. Mein Herz schlug schneller, wenn ich diese junge Mulattin bügeln sah oder wenn sie sich hinunterbeugte, um etwas aus dem Küchenregal zu holen. Facundo schien mein Verlangen zu genießen. Wenn Regla am Ende des Tages duschen ging, führte Facundo mich durch den hinteren Teil des Hauses bis zu der Stelle, wo er eine schmale Öffnung in die Wand geschabt hatte. Für einen Peso durfte ich Regla durch den Spalt beobachten.

»Steht er dir schon?«, fragte Facundo, als wüsste er Bescheid.

Und es war eine Tatsache, dass Regla – angezogen oder nackt – ein unaufschiebbares Bedürfnis in mir hervorrief. Sobald sie, in ihr sauberes Handtuch gewickelt, die Dusche verließ – ein unvergesslicher Moment –, lief ich in das Bad, wo sie nackt gewesen war, und masturbierte. Ich weiß nicht, was passiert wäre, wenn Facundo mir dieses Vergnügen aus irgendeinem Grund verweigert hätte; wahrscheinlich wäre unsere Geschichte anders verlaufen, so wie mein Leben anders verlaufen wäre, wenn unser Anwesen durch den Einzug seiner Familie nicht einfach zu einem weiteren Mehrfamilienhaus in diesem trostlosen Viertel geworden wäre. Man könnte sagen, dass dieser Kindheitsfreund die Rolle dessen übernahm, der mich in die Freuden des Voyeurismus einführte, ein beschämendes Verhalten, von dem ich lange nicht loskam. Es gibt Irrungen des

Geistes, die sich genauso leicht übertragen wie Geschlechtskrankheiten.

Mario, den ich jetzt immer seltener sehe, trat in dieser Phase des Erwachsenwerdens in mein Leben, und vielleicht ist er deshalb heute noch so wichtig für mich. Er war ein Jahr älter, aber Facundo und er kannten sich aus der Schule, und hin und wieder spielte er mit uns in unserem Innenhof. Mario liebte das Lesen und die Bücher genauso sehr wie ich, und da es bei ihm zu Hause nicht viele gab, versuchte er sie mit Grips und Geschick in den verschiedenen Bibliotheken der Stadt aufzustöbern. Als er entdeckte, dass die Haushälfte meiner Familie voller Romane und Gedichtbände war, begann er uns häufig zu besuchen, ohne sich noch die Mühe zu machen, bei Facundo vorbeizuschauen. Ich sehe ihn noch vor mir, wie er auf einem Stuhl stand und die verstaubten Bücherregale in unserem Haus inspizierte. Mit Mario verband mich die erste intellektuelle Freundschaft, an die ich mich erinnere. Ihm gefielen die Theaterstücke von Lorca und Ionesco, aber auf meine Empfehlung hin las er auch gern Sophokles. Zusammen studierten wir die Werke von Hesse, Borges und Cortázar, und als sich in unseren Regalen keine Bücher mehr fanden, die wir noch lesen konnten, gelang es ihm, mit einem gefälschten Ausweis des Schriftsteller- und Künstlerverbandes einige Titel aus der Nationalbibliothek auszuleihen. Dafür, dass Mario in El Cerro wohnte, war er auffällig blond. Mit vierzehn Jahren wirkte er bereits erwachsen. Ganz selbstverständlich ging er zu den Festen in den Privatwohnungen der Schriftsteller in El Vedado und traf sich auch mit einigen Knallköpfen aus meiner Schule. Während es mir vor allem darum ging, meinen Platz an der Schule zu behalten, und ich wie verrückt lernte, verband ihn mit meinen Klassenkameraden eine Freundschaft, von der ich nicht einmal zu träumen wagte. Mehrmals sah ich ihn im Auto durch die Calle 23 fahren. Meistens trug er weiße Kleidung. Seine Hemden waren stets makellos. Er hatte nicht nur Erfolg bei den Mädchen aus El Vedado, sie liefen ihm geradezu hinterher. Bei sich daheim, nur wenige Straßen von unserem Haus entfernt, legte Mario seine Maske ab; dann war er nicht mehr die öffentliche Person, der einfallsreiche Tänzer, den die Leute kannten, sondern ging den einfachen, alltäglichen Gewohnheiten unserer gesellschaftlichen Klasse nach. Ich glaube nicht, dass irgendjemand Mario je so gut kennengelernt hat wie ich. Wenn er zu mir nach Hause kam, trug er statt der weißen Anzüge graue Hosen, die er von seinem Vater geerbt hatte, oder die Schuluniform. Aber er war immer elegant und gepflegt. Da es damals schon schwierig war, an Deodorants ranzukommen, badete Mario mindestens zweimal täglich und wusch sich die Seife nicht von den Achseln. Er kaute immer etwas Petersilie, um Mundgeruch und Verdauungsstörungen zu vermeiden. In einer Umgebung, wo alle Menschen schwitzten, wo sich ein klebriger Film aus Feuchtigkeit auf die Haut legte, wo der Schweißgeruch die Luft in eine dichte, stickige Masse verwandelte, zeigte mir mein

Freund, dass manche Menschen, wenn sie sich pflegten, auch eine angenehme Gesellschaft sein konnten – und dafür war ich ihm dankbar.

Unglücklicherweise ging Mario für zwei Jahre nach Cienfuegos, und ich verfiel in eine abgrundtiefe Einsamkeit. Zwei Tage vor seiner Abreise fuhr er in einem Auto vor unserer Haustür vor. Es muss an einem Sonntag gegen zwölf Uhr mittags gewesen sein. Mario trug seinen typischen weißen Aufzug, in der Hand hielt er eine offene Flasche Havanna Club. Am Steuer des Wagens saß ein Typ mit Sonnenbrille und einem karierten, kurzärmeligen Hemd.

»Steig in den Wagen!«, sagte Mario. »Ich will mit dir anstoßen.«

Ich gehorchte, ohne im Haus Bescheid zu sagen. Ich fragte nicht, wohin wir fuhren. Marios Freund brachte uns zum Innenhof der UNEAC, wo Alejandro Robles gerade *Ficciones ornitológicas* vorstellte. Wir setzten uns einen Moment in den Garten des Hauses, in dem der Schriftsteller- und Künstlerverband untergebracht war. Irgendjemand servierte uns ein paar Mojitos. Als die Veranstaltung begann, sagte Mario, ich solle mit ihm in die Bibliothek kommen. Es war die größte Büchersammlung, die ich je gesehen hatte. Mario hielt mir seinen Ausweis hin:

»Der ist für dich, mein Freund. Pass gut auf ihn auf.«

»Bist du sicher?«, fragte ich überrascht.

»Natürlich. Dir nutzt das Ding mehr als mir in Cienfugeos. Hier sind fast alle Bücher, die auf der Insel erlaubt sind. Wenn du damit fertig bist, such nach den verbotenen. Wenn sie nicht schon vorher zu dir finden.«

Ich folgte Marios Rat. Von diesem Nachmittag an wurde der Lesesaal der Bibliothek der UNEAC zu meinem zweiten Zuhause. Ich machte mir nicht einmal die Mühe, die Bücher auszuleihen, ich ließ sie gekennzeichnet im Saal liegen und kam am nächsten Tag wieder, um weiterzulesen. Diese zwei Jahre waren entscheidend für meinen Reifeprozess. Je mehr Zeit ich in der Bibliothek verbrachte, desto mehr zogen mich Regla und ihre Besuche in der Dusche in ihren Bann. Ich hätte alles Geld der Welt bezahlt, um ihr mehrmals pro Woche zusehen zu können, aber sie kam nur samstags. Die restliche Zeit musste ich mich mit der Erinnerung an sie begnügen.

»Warte nicht, bis sie aus dem Bad kommt!«, drängte Facundo. »Mach es, wenn du Lust hast. Niemand weiß, dass wir hier sind.«

Regla rief ein so dringendes Verlangen in mir hervor, dass ich eine Hand so lange in der Hose behielt, bis diese von meinem Samen verkleistert war. Anfangs blieb Facundo so standhaft wie immer, aber das Mannesalter verschont niemanden, und letztlich schloss er sich dem Samstagnachmittagsvergnügen an. Dabei war er nicht so schamhaft wie ich: Statt die Hand durch den Hosenschlitz zu stecken, wie ich es tat, holte er seinen Pimmel heraus, groß und schwer wie seine Füße, und in der Stille der hereinbrechenden Nacht ejakulierte er und bespritzte großtuerisch die Bodenfliesen oder die Mauer, durch deren Spalt wir Regla zusahen.

Manchmal, wenn die Klavierklänge in dem steinernen Gang widerhallen, schiebt sich eine Schutzmauer zwischen diese inneren Bilder und mich. Diese Mauer hat jahrelang mein Überleben ermöglicht, obwohl ich weiß, dass mein Vater krank ist und allein in der Provinz Cienfuegos lebt und meine Brüder immer noch in demselben Haus wohnen, in dem wir unsere Kindheit verbracht haben, nur haben sie jetzt ihre eigenen Familien. Die CD ist zu Ende, und die Normalität kehrt zurück. Gepriesen sei meine Barriere, die dafür sorgt, dass ich trocken und für Gefühle undurchlässig bleibe.

Ein paar Wochen lang erhielt ich kein Lebenszeichen von Ruth. Keinen Anruf, keine E-Mail mit einer Einladung ins Kino oder zum Abendessen in ihrem Loft in Tribeca, gar nichts. Die ersten zwei Wochen war ich froh darüber, ihre Raucherstimme nicht mehr auf dem Anrufbeantworter zu hören. Nichts schien darauf hinzuweisen, dass wir uns kennengelernt hatten. Ich hatte nicht einmal den Eindruck, dass sie an mich dachte und sich nur zurückhielt. Sie war einfach verschwunden. Wie immer war nur selten eine Nachricht auf dem Anrufbeantworter, höchstens von einem Arbeitskollegen, der den Termin einer Druckfahne besprechen wollte, oder von einem Freund der Familie, der gerade aus Havanna in die Stadt gekommen war und mich von meiner Mutter grüßen wollte – aber kein einziges Wort von Ruth.

Von Jahr zu Jahr kommen mir die Neuigkeiten aus Kuba mehr wie eine Fiktion vor. Die Stimme meiner Mutter im Telefonhörer klingt wie die einer greisen Hörspielsprecherin, die aus dem Alltag von Charakteren erzählt, die immer unschärfer werden und schließlich in Vergessenheit geraten. Was zum Teufel geht es mich an, dass Tante Carmen sich die Haare rot gefärbt hat oder dass ihr Sohn Roberto nach vierzehn Jahren von seiner Freundin verlassen wurde? Ich kann mich nicht einmal an alle erinnern, die meine Mutter als meine Freunde bezeichnet und deren neueste Geschichten sie mir erzählt, während ich mein Geld an den AOL-Telefonkartenservice verschenke. Ich kann das Verlangen, manchmal einfach den Hörer aufzulegen, gar nicht in Worte fassen. Wenn ich es nicht tue, dann nur, weil die einzigen scharfen Bilder, die sich zwischen die verschwommenen Gesichter und Namen in meinem Gedächtnis schieben, die von ihr selbst sind; ihre Hingabe und ihre Fürsorge, wie sie in meiner Kindheit nicht von meiner Seite gewichen ist, wenn ich krank war, die unzähligen Male, in denen sie meine Brüder aus dem Zimmer verscheuchte – wo wir alle sechs schliefen –, damit ich in Ruhe und Frieden lesen konnte. Nur ihretwegen, nur weil sie die Gewissheit hatte, dass ich aus all den Faulpelzen, die sie geboren hatte, als Einziger herausragte, war es mir möglich, alle Klassiker und Russen zu lesen, César Vallejo und Pablo Neruda, Walter Benjamin und Marcuse. Mehr als ein Mal ging meine Mutter mit dem Geld, das sie mit dem Waschen fremder

Wäsche verdiente, in die Buchhandlung La Moderna Poesía und kaufte mir dort ein Buch – meistens ein bislang verschmähtes, wie die kommunistischen Gedichte von Nicolás Guillén oder *Con las mismas manos* von Fernández Retamar, Empfehlungen des Buchhändlers. In diesem unlesbaren Gedichtband sah ich nur die Stunden, in denen meine Mutter dreckige Hemden gewaschen hatte. Jede einzelne Seite erzählte von der Hoffnung, die sie in mich setzte, ihren einzigen würdigen Sohn, ihr Wunderkind, ihre Daseinsberechtigung, ihr Rettungsboot. Später erzählte mir Mario, dass Retamar das Manuskript José Lezama Lima zu lesen gegeben hatte, um seine Meinung zu erfahren. Nach einigen Wochen suchte er Lezama Lima auf und fragte, wie ihm seine Gedichte gefallen hätten. Lezama stellte die vortreffliche und feine Ironie, für die er bekannt war, unter Beweis, als er sagte: »Dieses Manuskript – *Con las mismas manos* – mit denselben Händen, mit denen du es geschrieben hast, vernichte es.« Ich habe nie erfahren, ob diese Anekdote sich wirklich so zugetragen oder ob mein Freund sie nur erfunden hatte, wie so oft.

In der dritten Woche wurde aus der Erleichterung über Ruths Abwesenheit eine kurzweilige, neugierige Frage: Was war nur los mit der *cougar*? Es schien mir undenkbar, dass sie sich zurückzog, nachdem sie sich zwischen ihren aprikosenfarbenen Laken so vortrefflich mit mir amüsiert hatte. War sie krank geworden? War sie verreist? Hatte sie einen anderen Mann kennengelernt? Mit der Zeit verwandelte sich meine Ablehnung ihrer Person in wohlmeinende Neugier. Wenn ich einen Starbucks betrat und eine Frau sah, die mich an Ruth erinnerte – obwohl ich genau wusste, dass sie nie in so einen Coffeeshop gehen würde –, dachte ich an ihre Wohnung, an das gute Essen dort, und ich fragte mich: Wie geht es ihr wohl? Bevor ein ganzer Monat ins Land ging, rief ich sie an, um die Antwort herauszufinden.

»Wo hast du gesteckt?«, fragte ich mit aufrichtigem Interesse.

»Ich war die ganze Zeit hier. Du hast gesagt, du würdest dich melden, und ich habe auf deinen Anruf gewartet.«

In dem Moment fiel es mir wieder ein. Als ich ihre Wohnung verließ, hatte ich meinen üblichen Spruch gebracht, den jede Frau, mit der ich schlafe, zu hören bekommt: »In nächster Zeit muss ich viel arbeiten. Ich rufe dich an, sobald ich mich wieder frei machen kann.« Unglaublich, aber wahr, eine Frau – diese Frau – hatte mich sofort verstanden, ohne dass ich sie erst noch einmal hatte zurechtweisen müssen.

So kam es, dass ich wieder in Ruths Fänge geriet. Am Abend trafen wir uns zum Essen im Les Lucioles, einem klassischen französischen Restaurant, das für ihren Geschmack etwas zu konservativ und für meinen perfekt war. Ich kann weder bunte Lampen noch dieses Siebzigerjahreambiente ertragen, das die Bars ihres Viertels verschandelt. Diese

Zeit ist vorbei, und es gibt wohl niemanden, der damals mehr gelitten hat als ich. In Kuba wurden keine Schlaghosen hergestellt, aber die Leute nähten ein Stoffdreieck in die Beinenden, fast immer andersfarbig, um daraus Elefantenfüße zu machen. Sie klebten auch Holzstücke an ihre Sohlen, um plumpe und protzige Plateauschuhe zu haben. Ich fand diese Bemühungen, sich einer Mode zu unterwerfen, die nichts mit uns zu tun hatte, lächerlich, und nicht wenige Kubaner landeten im Gefängnis, nur weil sie sich die Haare lang wachsen ließen. Nun gut, dieses ganze tuntige Gehabe ist hier seit Jahren wieder in Mode, das gilt für Kleidung und Einrichtung gleichermaßen, und Ruth gefällt es ganz besonders gut. Das Restaurant, das sie ausgewählt hatte, um mir eine Freude zu machen, war so schmucklos, wie es nur eine Brasserie im Paris der Nachkriegszeit sein konnte, meine Lieblingsphase des zwanzigsten Jahrhunderts. Es war Freitag, aber der große Raum war fast leer, vielleicht lag das an den unerschwinglichen Preisen. Ruth bestellte einen Salat aus frischem Gemüse – ich erinnere mich daran, weil mir die blasse Farbe der Karotten auffiel und ich den Kellner fragte, was der Grund dafür sei.

»Die Karotten wurden aus Frankreich eingeführt«, sagte er zu mir, als wäre das eine Antwort, ein kleiner, dürrer Kerl, der aussah, als hätte er sich sein ganzes Leben lang von solchem Gemüse ernährt. Aber die *cougar* mochte die Karotten. Mein *confit de canard* hingegen war köstlich. Obwohl ich es ihr anbot, wollte Ruth mein Essen nicht mit mir teilen, auch das war eine ihrer mitfühlenden Gesten, genau wie die Diskretion, mit der sie die Rechnung beglich. Als wir das Restaurant verließen, war ich satt, fast schon übersättigt, deshalb schlug ich Ruth vor, zu Fuß zu ihrer Wohnung zu gehen. Ich laufe gern durch die Straßen von Tribeca. Die Einsamkeit der Bürgersteige bildet einen Kontrast zu dem schwachen Licht, das aus den Fenstern der Häuser dringt. Es kam kein Auto, dennoch warteten wir, dass die Ampel auf Grün schaltete. Ich weiß noch, dass Ruth, entgegen ihrer Gewohnheit, an diesem Abend ein wenig betrunken war. Zum Essen hatten wir zwei Flaschen Nuits-St.-George getrunken, aber anstatt laut zu werden oder schallend zu lachen, wie die meisten ihrer – und auch meiner – Landsmänninnen in solchen Situationen, blieb Ruth bei ihrem schönen Schweigen. Ein paarmal geriet sie auf ihren hohen Absätzen ins Wanken und zeigte dabei eine Nachlässigkeit und Nonchalance, die mich sexuell erregte. Als wir an die Ecke kamen, hatte meine Hand gerade eine ihrer Pobacken gefunden. Die Ampel sprang auf Rot, sie blieb augenblicklich stehen und ließ zu, dass ich sie massierte. Es war absurd zu warten, bis die Ampel grün wurde, um die Straße zu überqueren. Wären wir gleich hinübergegangen, hätten wir das, was dann folgte, vielleicht vermeiden können: Bevor Ruth und ich es bemerkten, näherte sich uns ein abgerissener Typ in einem schäbigen Mantel, den ich grau und sie grün in Erinnerung hat, und fuchtelte mit einen spitzen Gegenstand, einem Messer oder einem Schraubenzieher, herum.

»*You give me just the money. Do quick motherfucker!*«, sagte er mit einem starken dominikanischen Akzent und richtete das kuriose Werkzeug auf mich. Augenblicklich glitt meine Hand zu meiner Hosentasche, um dem Mann meine Brieftasche zu geben.

»Halt still!«, befahl mir Ruth und verhinderte damit jede Reaktion meinerseits. In ihrer Stimme schwang nicht die leiseste Spur von Nervosität.

Dann kam der Mann näher. In seinen weit aufgerissenen Augen stand blinde Wut. Anscheinend hatte Ruths Verhalten seinen Zorn erst recht erregt, mit einem tiefen, bärenhaften Brummen stürzte er sich auf uns. Aber bevor er uns zu fassen bekam, stolperte er über etwas, und als wir begriffen, was passierte, lag er schon am Boden. Ruths Wade hatte den Mann zu Fall gebracht; sie hatte ihr Bein von sich gestreckt. Die Kaltblütigkeit, die ich immer als Teil ihrer Schönheit angesehen hatte, nahm nun eine epische Dimension an. Gleich darauf hielt die *cougar* mit der üblichen Lässigkeit ein Taxi an, das die Straße entlangkam. Wie Schiffbrüchige ins Rettungsboot stiegen wir ein.

Wie in dem Gedicht von Baudelaire ist die Musik für mich manchmal ein Schiff, das mich an Orte trägt, die es gar nicht gibt. Zum Beispiel gebe ich mich der Lächerlichkeit preis, mir ein vollkommenes Leben vorzustellen, anders als das, was ich führe, ohne die Entbehrungen und Unvollkommenheiten. Ich fände es zum Beispiel schön, wenn meine Wohnung, dieser steinerne Gang, die Größe eines richtigen Hauses hätte. Dann könnte ich Jahre drinnen bleiben und stillschweigend durch die Räume laufen, ebenso bedächtig, wie ich mich in dieser Wohnung bewege. Meine Bücher hätten Platz in den Regalen, und anstatt in Stapeln dazuliegen, würden sie stolz und würdevoll atmen. Wenn ich mehr Platz hätte, könnte ich die Zeitungshaufen, die sich auf dem Boden verteilen, in einem extra Zimmer lagern, einem Zeitungsarchiv. Ich müsste mir keine Sorgen wegen der Nachbarn machen, denn um mich herum wäre nichts außer einem kühlen, verwilderten Garten, wo ich meine Musik hören kann, ohne Kopfhörer zu benutzen. In dieser perfekten Welt gäbe es auch eine perfekte Frau, das heißt eine Frau, die mir selbst sehr ähnlich ist, ein sensibles, kluges und kultiviertes Wesen, in das ich mich verlieben könnte. Genau wie ich würde sie die Stille, die Ordnung und die Sauberkeit schätzen. Sie würde weder in den ordinären Geschäften kaufen, wo Ruth sich einkleidet, noch würde sie mich in Restaurants einladen, wo wir nur essen, um die Mängel unserer Beziehung auszugleichen. Es würde mir vollauf genügen, mit ihr zusammen zu sein. Ich kenne diese Frau beinahe schon und weiß genau, welche Gefühle ihre Nähe, ihr Geruch, die Struktur ihrer Haare, die Zärtlichkeit zwischen uns, in mir hervorrufen. Wie vertraut ist mir doch ihre Anwesenheit, zu der ich nur über bestimmte Töne, bestimmte Akkorde gelange oder wenn ich schlafe. Ich weiß nicht, was mich mehr schmerzt, der Gedanke an die Vergangenheit oder an dieses Leben, das so weit von mir und meinen Möglichkeiten entfernt ist. Auch wenn ich es versuche, ich kann das Bild nicht festhalten. Das Gesicht der Traumfrau verwandelt sich immer in ein bekanntes und folglich ominöses Gesicht. Es versteht sich von selbst, dass mir diese Vorstellung so unerreichbar erscheint wie das Haus im Wald. In den vergangenen Jahren habe ich mit genügend Vertreterinnen des weiblichen Geschlechts zusammengelebt, um zu verstehen, dass sie uns Männern nicht nur unterlegen sind, sondern dass uns ihre emotionale Instabilität den Tod bringen kann. Wenn ich ehrlich bin, muss ich sagen, dass ich die Liebe nur als Wunschvorstellung erlebe, wie wenn man innehält und in Erinnerungen schwelgt.

Bei bestimmten Szenen meiner Jugend gerate ich ins Schwärmen: zum Beispiel der Nachmittag, an dem ich Susana kennenlernte, oder unsere Reise nach Varadero fünf Jahre später, zwei Wochen, in denen wir fast durchgängig voneinander bezaubert waren. Susana ist vielleicht die schönste Frau, mit der ich je zusammen war, helle Haut und ein anziehender Ausdruck in ihren tiefblauen Augen, eine Frau, die sich mir hingab, die sich in mich vertiefte und in mir verlor. Sie war die Tochter einer reichen spanischen Familie, die schon seit Generationen in Kuba lebte, und es wäre kein Problem für sie gewesen, diese verrottete

Insel, auf der ich mich angekettet fühlte, zu verlassen, und trotzdem entschied sie sich, dort zu bleiben, um mit mir zusammen zu sein. An dem Nachmittag, als ich Susana zum ersten Mal sah, waren Mario und ich mit dem Fahrrad bis nach El Vedado gefahren, wo es die schönsten Mädchen von ganz Havanna gab. Mario und mir gefielen hellhäutige, gut genährte Körper, nur dass der blonde Mario die Dunkelhaarigen vorzog und ich die Mädchen mit hellen Augen und Haaren. Meistens fuhren wir erst abends ins El Vedado. Wir hatten uns einer Gruppe ausländischer Jungen angeschlossen, die Mario mit seinem natürlichen Charme verführt hatte, seiner unvergleichlichen Art, Casino oder Guguancó zu tanzen, und die ich mit intelligenten Äußerungen beeindruckte. Ich kann nicht tanzen, und ich versuche es auch gar nicht. Ich besitze kein Talent für den Zeitvertreib der breiten Masse. An diesem Nachmittag hatte die Hitze etwas nachgelassen, und die Fahrräder fuhren wie von selbst. Mühelos trugen sie uns durch die Straßen. Bei Coppelia hielten wir an, um Eis zu essen, schweißgebadet und dreckig, wie wir waren. Dort sahen wir Susana und starrten sie beide an, als wäre sie eine Erscheinung. Obwohl wir daran gewöhnt waren, Mädchen anzusprechen, uns an sie ranzuschmeißen, sie mit Worten einzuwickeln, das war meine Stärke, blieben wir an diesem Tag stumm und verwirrt stehen. Susana war zu schön, um real zu sein. Sie hatte nicht diesen leidenschaftlichen Blick, der so typisch ist für die Frauen der Insel, nicht dieses aufreizende Lächeln oder diesen Übermut. Ihre Augen blickten mit einer Art Ergebenheit, wie bei einem Tier, das das Messer in der Hand des Schlachters, ganz nah an seinem Hals, betrachtet. Ich vermute, dass zu der Zeit weder Mario noch ich so etwas je erlebt hatten. Jetzt, viele Jahre später, ist uns dieser Blick vertraut, und wir wissen, wie wir mit der Erkenntnis umgehen müssen, die die Augen unserer Bekannten trübt, sobald ein Arzt oder ein Babalawo eine unheilvolle Diagnose verkündet hat. Mit vom Duschen feuchten Haaren – der Geruch nach Seife lag in der Luft – aß Susana an einem der hinteren Tische ihr Eis. Als sie schließlich den Blick hob und uns ansah, schien auch sie überrascht zu sein. Sicher hatte sie in ihrem ganzen Leben – das in jenem Moment sechzehn Jahre zählte – noch niemals zwei so verdreckte und widerliche Typen gesehen wie Mario und mich.

Es galt die ungeschriebene, eiserne Regel: Susana war blond, also stand sie mir zu. Mario musste sich aus dem Match raushalten, deshalb stellte er sich in der Warteschlange an und überließ mir das Feld, während ich der Gazelle an den Hals sprang. Aber ich war so eingeschüchtert von ihrer Schönheit und so beschämt über mein eigenes Aussehen, dass mir nichts Besseres einfiel, als mich umzudrehen und mich zu Mario in die Warteschlange zu stellen. Wir warteten schweigend, bis wir an die Reihe kamen, und aßen dann schweigend unser Eis. Als Mario seines aufgegessen hatte, zerknüllte er die Papierserviette, wie er es immer tat, und warf sie mit der Präzision eines Basketballspielers in den Mülleimer. Er drehte sich zu mir um und lächelte nachsichtig.

»Was bist du nur für ein Vollidiot«, sagte er zu mir.

Das Thema kam erst eine Woche später wieder zur Sprache, aber ich hörte nicht eine Minute lang auf, an das Mädchen bei Coppelia zu denken.

MÉNILMONTANT

Der Herbst war nur einen Seufzer lang. Jeden Tag kommentierte der Nachrichtensprecher die Schneefälle im ganzen Land. Den Statistiken zufolge war es schon über dreißig Jahre lang nicht mehr so kalt gewesen, und das Radio erinnerte uns unablässig daran. Von meinem Fenster aus beobachtete ich neugierig, wie die Blätter mühsam versuchten, sich an den Zweigen festzuhalten, bis sie zwangsläufig zu Boden fielen. Nach und nach hatte ich die ungewöhnliche Lage meines Wohnhauses erkundet. Der Boulevard de Ménilmontant trennt nicht nur das Viertel der Lebenden von dem der Verstorbenen, sondern auch zwei sehr unterschiedliche Bezirke. Es handelt sich um eine Art Grenze. Im XI. Arrondissement gibt es Restaurants, Obst- und Gemüseläden, Großhändler und eine Menge Bars. Der XX. Arrondissement hingegen ist ein Arbeiterviertel und ärmer. Lange Zeit bildeten diese Straßen die Grenzen der Stadt, und das ist auch der Grund, warum hier seit jeher alle möglichen Außenseiter wohnen.

Ich ging morgens gern auf dem Boulevard spazieren, wenn der Lärm noch nicht seine üblichen Dezibel erreicht hatte. Über den Metallrollläden prangten die Schilder längst geschlossener Geschäfte. Gespannt schaute ich mir die Schaufenster der religiösen Läden mit rituellen Fransen und Festtagsleuchtern in der Auslage an. Ganz in der Nähe befand sich die koschere Fleischerei und genau an der Ecke das entsprechende Geschäft mit Halal-Ware. Zu dieser frühen Stunde herrschte eine friedliche und familiäre Atmosphäre, und ich konnte mir kaum vorzustellen, dass die Angehörigen ebendieser Menschen nicht weit von hier entfernt einen blutigen Krieg führten.

Die Bewohner des Viertels schienen ruhige Leute zu sein, aber ich würde sie nicht als freundlich bezeichnen. Sobald ich ihr Geschäft betrat, fiel ihnen sofort auf, dass ich zu keiner der benachbarten Gemeinschaften gehörte, die für gewöhnlich ihre Kunden waren. Sie erlaubten mir, in ihren Warenregalen zu stöbern, deren Etiketten sich von rechts nach links lasen, ohne etwas von mir zu erwarten. Diese höfliche, aber gleichgültige Haltung gefiel mir, obwohl ich mich auch ein wenig ausgeschlossen fühlte. Dieses Viertel war so gemischt, dass sich niemand über meine lateinamerikanischen Gesichtszüge wunderte. In Belleville fragte mich niemand, aus welcher Ecke der Welt ich stammte.

Jeder, der noch nicht in dieser Stadt gelebt hat, könnte denken, dass man in meiner Situation, mit einer Wohnung, einem Stipendium und dem Plan, ein Aufbaustudium zu absolvieren, eine glückliche Existenz führen würde, zumindest eine Zeit lang. Wer sich hingegen schon einmal länger in Paris aufgehalten hat, weiß, dass es nicht leicht ist, sich dieser Stadt anzupassen. Die Franzosen aus der Provinz beschweren sich darüber, wie verbittert die Pariser sind, und halten sie für eine Plage, die die Schönheit ihrer Hauptstadt ruiniert. Sicher ist, dass man nur wenige Monate hier sein muss, um diese mürrische und asoziale Gleichgültigkeit aufzunehmen. Man muss nicht einmal mit jemandem sprechen, um sich anzustecken. Der geringste Kontakt mit den Einwohnern – in der Metro, im Treppenhaus, beim Bäcker – genügt, und man spürt die ersten Anzeichen. Vielleicht muss nicht einmal das sein. Vielleicht reicht es, die modrige Luft des Flusses einzuatmen oder das Wasser aus der Leitung zu trinken, um diese charakteristische und unerklärliche Malaise zu empfinden. Mit der Zeit ließ meine Begeisterung für Paris nach, bis sie vollkommen verschwunden war. Meine größte Sorge war, wie ich die Winterkälte aushalten sollte, den eisigen Wind, der mir ins Gesicht schlug, und den ständigen Regen, der sich still und störrisch wie eine Ratte bei uns zu Hause eingenistet hatte, unmöglich zu vertreiben.

Haydée hatte richtig vermutet: Meine fünf Koffer waren voller Fetzen. Ich war mit Bergen warmer Kleidung, die meinen Eltern gehört hatte, aus Amerika nach Paris gekommen. Alte Kleidung, teils von Motten zerfressen, von guter Qualität, aber nicht modisch genug, um als *vintage* durchzugehen. Wenn ich mich anzog, hatte ich keinen bestimmten Stil im Sinn, ich wollte mich nur gegen die Kälte schützen, wo immer ich konnte. Vor allem erinnere ich mich an einen Wollmantel, im Stil der Siebzigerjahre und viel zu groß, der zu meiner zweiten Haut wurde. Mein Vater hatte den Mantel für eine Reise nach Rom gekauft, und er hatte ihn all die Jahre in der Hoffnung aufbewahrt, dass seine Tochter, eine Nichte oder ein Neffe eines Tages nach Europa reisen und wieder diesen Mantel tragen würde. Besonders ein Morgen, an dem ich es nicht bis zur Uni schaffte, ist mir im Gedächtnis geblieben. Ich hatte schon vierzig Minuten vergeblich auf die Metro gewartet, die an diesem Tag anders fuhr als sonst, und gerade beschlossen, an der Ecke Chemin Vert und Ménilmontant ein Taxi anzuhalten. Unter dem Mantel meines Vaters trug ich mehrere Pullover und einen gestrickten Schal, dennoch zitterte ich vor Kälte. Während ich ernsthaft darüber nachdachte, in meine Wohnung zurückzukehren, kam ein Taxi die Straße entlanggefahren. Ich hielt es an, weil ich mich schrecklich nach einem warmen Plätzchen sehnte. Ich stieg ein und rieb mir die Hände, als ich dem Fahrer die Adresse des Instituts mitteilte. Statt loszufahren, schaute der Taxifahrer mich lange im Rückspiegel an. Seit Monaten hatte niemand auch nur das geringste Interesse an mir gezeigt, deshalb überraschte mich die Art, wie er mich musterte. Ich hatte noch nicht entschieden, ob ich mich geschmeichelt oder angegriffen fühlte, als der Taxifahrer mich mit typischem Pariser Akzent anfuhr: »In diesem Mantel sollten Sie nicht in mein Taxi einsteigen, Madame. Sie fusseln mir ja alles voll. Wenn Sie mit mir fahren wollen, müssen Sie den Mantel im Kofferraum verstauen.« Mit der Zeit lernte ich, solche Kommentare als

Stacheln zu betrachten, die ein mutierter Igel in feindlicher und gefährlicher Umgebung entwickelt, aber damals war ich noch neu in der Stadt und fest davon überzeugt, dass solch arrogantes Verhalten sich ausschließlich gegen mich richtete. Als die Ampel auf Rot sprang, nutzte ich den Moment und verließ, ohne ein Wort zu sagen, den Wagen. Ich kehrte in mein Versteck zurück und verbrachte den gesamten Vormittag unter der Daunendecke.

Das Institut für Lateinamerikastudien war kein gastfreundlicher Ort, ganz anders als ich es mir vorgestellt hatte. Fast alle Studenten verließen das Institutsgebäude, sobald die Seminare vorbei waren, und das Restaurant war auch nicht so voll mit vergnügten jungen Leute wie das Café, wo Haydée immer hinging. In der Uni traf ich Haydée natürlich fast nie an. Die Seminare besuchten kaum mehr als fünfzehn Studenten. Meine Kommilitonen, besserwisserisch und eingebildet, unternahmen nicht die geringste Anstrengung, jemanden kennenzulernen. Wie ein Gespenst, das keiner bemerkt, lief ich durch die Gänge des Instituts und wunderte mich über die Stille und die Einsamkeit, die dort herrschten. Wenn ich nachmittags noch Seminare besuchte, konnte ich an nichts anderes denken als daran, schnellstmöglich wieder von dort fortzukommen. Um zu mir nach Hause zu gelangen, musste ich die ganze Stadt durchqueren und in der Metro zweimal umsteigen. Zwar war ich nicht gern unter der Erde, aber ein Blick auf die Karte mit den Buslinien genügte, dass mir schon fast schwindelig wurde. Außerdem war es sehr unangenehm, draußen in der Kälte zu warten. Die Menschen hatten sich seit dem Sommer sehr verändert. Dieselben Leute, die mich im Juli um zehn Uhr abends gegrüßt und eine Unterhaltung mit mir begonnen hatten, schubsten mich jetzt brüsk zum Eingang der Metro, und wehe dem, der es wagte, sich zu beklagen oder etwas zu sagen! Zweifellos war das das unnahbare Paris, das ich mir erträumt hatte, und dennoch, trotz all meiner Anstrengungen kam ich weder mit den Menschen dieser Stadt noch ihren Gesten oder ihrem Verhalten zurecht. Anstatt mich aufzunehmen wie jemanden, der ihrer würdig war, ließ mich die Stadt ihre vernichtende Ablehnung spüren. Als ob ein unsichtbares Gericht entschieden hätte, dass ich es nicht wert bin, hier zu leben.

Zu dem, was mir an diesem winterlichen Ort als Erstes auffiel, zählten die vielen Menschen, die zu einer anderen, individuellen Realität zu gehören schienen, Menschen, die hitzige Diskussionen mit sich selbst oder mit eingebildeten Gesprächspartnern führten und die Passagiere in der Metro ansprachen, um sie dann zu beschimpfen, weil es ihnen Spaß machte, sie zu beleidigen, oder aus irgendeinem unerfindlichen Grund. Diese gestörten Personen – ich würde es nicht wagen, sie als Psychopaten zu bezeichnen – schienen sich auf seltsame Weise zu ähneln, sie waren alle Opfer einer psychologischen Epidemie. Die Symptome waren vor allem bei sichtlich verarmten Individuen zu beobachten, die, nachdem sie einen oder zwei Passanten angegriffen hatten, in den Bus oder die Metro einstiegen und die Fahrgäste um finanzielle Unterstützung baten; aber sie zeigten sich auch bei Kellnern, Kioskverkäufern oder Telefonistinnen. Häufig blieb die Metro wegen einer Störung stehen, die durch den Lautsprecher als *»accident de passager«* erklärt wurde, ein Euphemismus, den man verschämt benutzte, um nicht laut auszusprechen, dass ein Mensch auf die Gleise gesprungen und zu Tode gekommen war. Ich beobachtete das alles, ohne die Gründe dafür zu verstehen, mit dieser verwunderten und distanzierten Haltung, mit der man fremde Gewohnheiten analysiert. Diese Leute machten mir Angst. Wo kamen sie bloß her? Und vor allem: Warum waren es so viele? Aber auch vor den anderen hatte ich Angst, vor denen, die überlegen taten und Verachtung für die Menschen zeigten, die anscheinend den Halt verloren hatten oder, wie sie es selbst ausdrückten, aus dem Gleis geraten waren.

Was zum Teufel erwartete ich vom Leben? Die Frage fing an, sich wie ein bedrohlicher Schatten über mein Dasein zu legen und das fragile Gleichgewicht meiner Tage zu unterminieren. Sie überfiel mich bereits am Morgen, gleich nach dem Aufwachen, und verdarb mir von Anfang an den Tag. Während des Frühstücks tauchte sie wieder auf, manchmal auch später, wenn ich duschte, um einen klaren Kopf zu bekommen. Die Frage ging mir auch im Bus, auf der Fahrt zum Institut, durch den Kopf, oder wenn ich die Tür zum Seminarraum öffnete. Hätte ich eine überzeugende Antwort gehabt, vielleicht hätte ich dann meine Energien bündeln und ein gesetztes Ziel erreichen können. Aber ich hatte keinen Anhaltspunkt, nicht einmal eine Ahnung. In Wahrheit, jetzt ist mir das ganz klar, erwartete ich gar nichts. In den ersten Monaten hatte ich meine Zeit und all meine Energie darauf verwendet, mich der Stadt anzupassen, aber seit ich dieses Problem gelöst hatte, fand ich mich mit einer großen Anzahl leerer Stunden konfrontiert. Mein kleines Stipendium genügte zum Leben, und ich sah keinen Grund, warum ich versuchen sollte, mehr Geld zu verdienen. Menschen sparen, wenn sie ein bestimmtes Ziel verfolgen, wie zum Beispiel einen Hauskauf oder eine Reise, wenn sie Kinder oder Eltern ernähren müssen, manche sparen auch aus reiner Freude. Doch auf mich traf keiner dieser Umstände zu. Für mich war es schon eine große Leistung, im Augenblick zu leben, beim Gedanken an die Zukunft überkam mich das Gefühl zu ersticken.

Wenn ich aus der Uni kam, konnte ich Stunden im Café zubringen und die Passanten beobachten, die grell gekleideten Studenten, die an touristischen Orten wie dem Place de l'Odéon oder dem Place Saint-Michel Umfragen durchführten. Die ganze Welt war in Eile. Das drängende Tempo beunruhigte mich, es war so anders als mein eigenes, dem ein genaues Ziel fehlte. Sicher hatten all diese Menschen eine Lebensperspektive, und irgendwann fragte ich mich, wie ich es geschafft hatte, von dieser Dynamik ausgeschlossen zu bleiben. Es war, als ob die Menschen um mich herum im Besitz von Informationen wären, die niemand an mich weitergegeben hatte, oder als ob man ihnen zu einem bestimmten Zeitpunkt ein Geheimnis verraten hätte, das ich, aus welchem Grund auch immer, nicht kannte. So war es eben: Sie waren sich im Klaren darüber, was sie auf dieser Welt machten, ich nicht. Sie waren die Hauptdarsteller einer mitreißenden oder dummen Szene – so wie sie in jedem Leben vorkommt –, ich war die Zuschauerin eines Films, an dessen Anfang ich mich nicht mehr erinnerte. Allerdings verspürte ich nicht das dringende Bedürfnis herauszufinden, was das Leben der anderen interessant machte. Meine Langeweile ließ keinen Raum für die Neugier, nicht einmal für die Begeisterung, die sich angesichts der Möglichkeit einstellt, dem Stumpfsinn zu entkommen.

Im Dezember war mein Leben zu einer geisterhaften Existenz zusammengeschrumpft, von der niemand etwas wusste, ausgenommen die Kassiererin im Supermarkt, der Verkäufer des Kiosks, an dem ich jeden Tag vorbeiging, ohne jemals eine Zeitung zu kaufen, oder die Bäckerin, die mich zwei- oder dreimal pro Woche ihr Geschäft betreten sah, in einem Mantel, so dunkelgrau wie der Himmel der Stadt. Was in der Welt passierte, ließ mich kalt. Haydée rief immer seltener an, um sich nach mir zu erkundigen. Jedes Mal behauptete ich, dass ich mich auf mein Studium konzentriere. Der Ton ihrer Stimme verriet mir, dass ihr diese Antwort zuwider war – die Arme kannte das schon zur Genüge vom autistischen Rajeev –, aber das war mir egal. Immer wieder versuchte sie, mich zu überreden, mit ihr auf eine Party zu gehen, aber ich ging nie mit. Ich war nicht in der Stimmung, mit irgendeinem Menschen zu sprechen, und wollte nicht mit unbekannten Leuten, die nur von Diäten redeten und mir auf die Nerven gingen, exzessiv feiern.

In den Semesterferien verschlimmerte sich meine Situation nur noch mehr. Hatte ich bis dahin selten Kontakt zu anderen gehabt, versiegte meine Kommunikation mit der Umwelt vollends, sobald ich nicht mehr in die Uni ging. Die Seminare waren schon seit einem Monat vorüber, und ich verbrachte meine Zeit damit, auf den einundzwanzigsten Dezember zu warten, den Tag, an dem der Winter begann, der richtige Winter, dessen Vorspiel diese beißende Kälte war, die man schon seit einiger Zeit spürte. Da ich kein Geld hatte, ging ich fast nie aus dem Haus. Ich stellte die Nachrichten im Radio an, ohne wirklich hinzuhören, und starrte stundenlang aus dem Fenster. Jede andere Aktivität kostete mich große Überwindung. Der Wind peitschte unaufhörlich an die Fensterscheiben meiner Wohnung und löste eine Art mentaler Erschöpfung in mir aus. Durch die morschen Fensterläden drang eisige Zugluft herein, und ich hatte nur den alten Elektroheizkörper, um mich gegen die Kälte zu schützen. Ich duschte nur, wenn es absolut notwendig war, schließlich wollte ich nicht an meinem eigenen Körpergeruch ersticken, und wenn ich das Haus verließ, um etwas einzukaufen, zog ich den Mantel meines Vaters über den Pyjama und setzte eine Wollmütze auf, um meine wirren Haare zu verstecken. Die Hitze zwingt uns zur Reinlichkeit, wie die Kälte uns dazu antreibt, um jeden Preis die Körpertemperatur zu bewahren, auch wenn wir uns dafür an unseren Eigengeruch gewöhnen müssen oder daran, jeden damit einhüllen, der sich uns nähert. Ich verließ die Wohnung nur, um zur Bank oder zum Supermarkt zu gehen. Dieser Lebensstil, der für die französischen Studenten normal war, war für mich eine Ausnahme. Ich hätte nie geglaubt, dass ich unter solchen Bedingungen leben und schamlos das machen würde, was man in meiner Heimat als die europäische Unreinheit kennt. Meine Wohnung spiegelte meinen Gemütszustand gut wider: Überall auf dem Boden lagen Papierstapel und Socken verstreut. Das Radio, dem ich nur selten meine Aufmerksamkeit schenkte, lief vierundzwanzig Stunden am Tag und verbreitete ein beruhigendes Hintergrundgeräusch. Ich aß, wenn ich Lust dazu hatte, ich wechselte die Kleidung nicht und wusch auch die Teller nicht ab, die sich im Spülbecken stapelten, und doch hatte ich noch nie einen so konsequenten Lebensstil verfolgt. In den vergangenen Jahren hatte ich mich immer verpflichtet gefühlt, für jemand anders eine gewisse Ordnung aufrechtzuerhalten: meinen Vater, meine Großmutter, meine Mitbewohner. Jetzt lebte ich zum ersten Mal allein und dachte nicht daran, mich irgendeiner gesellschaftlichen Norm zu unterwerfen.

Wie gesagt, das Schauspiel vor meinem Fenster war in dieser Zeit das Einzige, was meine Aufmerksamkeit fesselte:

der Boulevard, die Autos, Familienszenen oder die Streitereien unter Betrunkenen. Der heruntergekommene Eindruck, den die Gegend machte, gefiel mir, ich fühlte mich hier heimisch. Wie erwartet war der Friedhof gegenüber für mich der wichtigste Quell des Vergnügens und der Weisheit geworden. Nur selten ging ich dort spazieren, ich zog es vor, ihn von Weitem anzuschauen. Am Sonntag- oder auch am Samstagmorgen setzte ich mich ans Fenster, trank Kaffee und beobachtete die Beerdigungen. Meistens waren die Trauerzeremonien so unterhaltsam wie eine Gesellschaftsreportage. Von meiner Wohnung aus sah ich die Pariser Bourgeoisie vorbeiziehen und Luxuslimousinen, Kleider, Schmuck, Brillen sowie den ein oder anderen Hut zur Schau stellen. Die Diskretion handhabte jede Familie unterschiedlich. Es gab extravagante oder exhibitionistische, wortkarge und in sich gekehrte Familien, katholische, jüdische, muslimische oder evangelische. Einige Familien begleiteten die Bestattung mit hochtrabenden Reden, andere plünderten sämtliche Blumenläden der Gegend, oder genau das Gegenteil geschah, sie hatten es eilig, eine Zeremonie im Stillen, sodass ich die einzige Zeugin ihres Leids war, neben vielleicht einem weiteren, von Beerdigungen begeisterten Nachbarn an seinem Fenster. So entdeckte ich, dass jede Beerdigung ihren eigenen Charakter und Stil hat. Die Menschen sterben, ihr Name steht auf einem Grabstein, ihr Leben hört auf, sich weiterzuentwickeln. Der Körper verschwindet und mit ihm auch seine Routinen, seine Bedürfnisse, aber es bleiben unendlich viele Spuren. Die Gefühle, die diese Menschen umgetrieben hatten, schweben weiter in der Luft: der Zorn, die Enttäuschung, auch die Schutzlosigkeit und die Zärtlichkeit. Diese Emotionen sind wie die Kraft der Steine, die man in der Nähe der Gedenksteine spürt. Es ist kein Zufall, dass jedes Grab anders ist. Nicht einmal die Nischen sind gleich. Sie verschmutzen auf unterschiedliche Weise. Die eine hat Fettflecken neben der Grabinschrift, auf einer anderen wächst Moos, auf der nächsten sieht der Marmor noch schön sauber und unbeschädigt aus. Auch der Tod entbehrt nicht der Ironie: Was man vertreiben wollte, bleibt da, und was man bewahren möchte, wird in Kürze vergessen sein.

Die *cougar* ist ganz versessen darauf, mir eine Freude zu machen. Es ist mir sehr leichtgefallen, mich an ihre Welt zu gewöhnen. Vielleicht lag es an ihren weichen Kissen, dem Klubsessel im Wohnzimmer, wo ich gern die Zeitung lese, oder der Qualität des Weins, den sie stets im Haus hat, aber für mich ist das untypisch. Mit Ruth war es vollkommen anders als früher mit anderen Frauen, in ihrem Loft fühle ich mich wohl, und über viele Monate hinweg genügte mir das, um sie weiterhin zu treffen. Am Wochenende fahren die Kinder mit ihrem Vater aufs Land, und dann kann ich diese Wohnung ungestört genießen, wie ein vornehmer Herr, der nach einem ausgiebigen Jagdausflug in sein Schlösschen zurückkehrt.

Lebensmittel kauft Ruth gern in den Delikatessengeschäften von Tribeca ein, die wie Spielzeugläden für erwachsene Frauen sind. Jede Speise wird in kleine, goldene Kartons verpackt oder in verschiedenfarbiges Wachspapier gewickelt. Am Samstagmorgen lässt Ruth mich die Zeitung lesen, so lange ich will, und kommt zum Lunch mit allerlei Leckerbissen zurück. Am liebsten mag ich polnische Vorspeisen, aber Kutsher's hat am Samstag geschlossen, und Ruth schafft es nicht immer, dort schon am Freitagmorgen vorbeizugehen. Um sich dafür zu entschuldigen, bringt sie stattdessen eine Auswahl französischer Käsesorten und eine Flasche Wein nach Hause. Sie breitet eine blütenreine Tischdecke aus, stellt vier Kristallgläser darauf, und wir setzen uns, um schweigend zu essen: Diese Frau weiß sehr genau, dass ich unnützes Gerede nicht ertrage und versuche, nicht mehr als nötig zu sagen. Während des Essens fragt sie mich höchstens, welches Brot ich gerne esse und welchen Tee ich gerne trinke. Ich revanchiere mich mit einem zärtlichen Blick, um meine Anerkennung auszudrücken. Wenn wir fertig und auf meinem Teller nur ein paar Krümel vom Strudel übrig geblieben sind, räumt Ruth den Tisch ab, und achtet darauf, keinen Lärm mit Gläsern und Besteck zu machen. Ich betrachte sie aus den Augenwinkeln, während ich eine etwas trockene Popular rauche. Ein Arbeitskollege hat mir vor sechs Monaten ein paar Kisten mitgebracht, und seitdem rauche ich jede Woche eine Zigarre, meist am Samstag. Nach dem Essen ziehen wir uns für eine ausgedehnte Siesta in Ruths Schlafzimmer zurück, die fast immer in einem stürmischen Hexensabbat endet.

Ich halte mich im Umgang mit Frauen strikt daran, nichts über ihr Leben vor mir erfahren zu wollen. Das hält sie ihrerseits auch von meiner Vergangenheit fern. Kurz gesagt, die Diskretion errichtet eine Schranke der Distanz, die in meinen Augen so notwendig ist wie die Grundlagen der Hygiene. Doch eines Samstagnachmittags, als ich im

Wohnzimmer im Klubsessel Kaffee trank, sah ich mir die Regale meiner *cougar* näher an. So seltsam es auch scheinen mag, aber ich bemerkte zahlreiche Dinge, die ich an diesem Ort noch nie gesehen hatte, obwohl ich schon seit mehreren Monaten regelmäßig herkam. Ich war neugierig zu erfahren, woher die Masken stammten, die an den Wänden hingen, oder welche Geschichte hinter dem silbernen Kerzenleuchter steckte, der auf dem Bücherregal stand. Ruth hatte gerade den Tisch abgewischt und ordnete nun ein paar verstreute Prospekte, die seit Ewigkeiten neben dem Kamin lagen. In dieser Ecke häuften sich auch fast alle Bücher, die es in ihrer Wohnung gab. Viele davon waren ledergebunden, nach altem Brauch, so wie die Bücher meiner Großeltern, die sich in der Bibliothek meiner Eltern befanden. Es mag sonderbar klingen, aber ich hatte mir die Titel dieser Bände nie aus der Nähe angeschaut. Seit meinem ersten Besuch bei Ruth waren diese Bücher für mich Teil des Mobiliars, so wie die Gegenstände, die zur Zierde in den Regalen standen, oder die Ecktischchen. Nur die Bücher über Textildesign und auch ein paar Modezeitschriften, die Ruth in ihrem Zimmer aufbewahrte, hatte ich mir näher angesehen. Darunter waren auch sämtliche Ausgaben der *Vogue*. Es stimmte schon, dass sie eine solche Menge Müll in ihrem Schlafzimmer hortete, konnte sie mit ihrem Job rechtfertigen. Anfangs fragte ich mich, ob Ruth, wie viele New Yorkerinnen, die sich für Mode begeisterten, auch diese Zeitschriften gesammelt hätte, wenn sie einen anderen Beruf gehabt hätte, denn sie sprach nie leidenschaftlich über Themen, die mit ihrer Tätigkeit als Designerin zu tun hatten. Nur selten schlug sie einen der riesigen Kataloge auf, um mir ein Modell zu zeigen oder mich nach meiner Meinung zu einem Kleidungsstück zu fragen. Während Ruth an diesem Samstag in der Küche hantierte, erhob ich mich aus dem Lehnstuhl, wo ich jede Woche die Zeitung bis zur letzten Seite durchlas, und ging zur Bibliothek. Als ich mehr Buchtitel ansah, stellte ich zu meiner großen Überraschung fest, dass es sich um Werke über Philosophie und Religion handelte. Mehrere Bücher waren auf Deutsch, andere auf Hebräisch, einige wenige auf Altspanisch. Ich entdeckte eine alte Ausgabe des *Zohar*, in englischer Übersetzung, und den *Führer der Unschlüssigen* von Maimonides. Ich schlug eine beliebige Seite auf. Ich konnte nicht anders, als Ehrfurcht vor dem kulturellen Reichtum zu empfinden, dem Ruth entstammte und von dem sie aus unerfindlichem Grund trotzdem ausgeschlossen war, wie von einem Familiengeheimnis, das man ihr nicht anvertraut hatte. Interessiert schaute ich mir auch die Fotografien an, die auf den Borden standen und einen bärtigen Mann mit einem schwarzen Hut zeigten, wahrscheinlich Ruths Vater. Ich wusste nicht, ob es an seinem Aufzug lag, aber ich hatte den Eindruck, dass diese Person einer weit zurückliegenden Epoche angehörte und nicht einfach der vorherigen Generation. Ich erklärte es mir so, dass Ruths Vater in Wahrheit ein Zeitgenosse meines Großvaters war. Eine andere Fotografie zeigte ihre Kinder, einen Jungen und ein Mädchen, die beide ihrer Mutter ähnlich sahen. Ein kleines Gemälde, das mir auch noch nicht aufgefallen war, lenkte meine Aufmerksamkeit auf die hintere Wand. Etwas an diesem Bild kam mir bekannt vor. Vielleicht hatte ich es schon einmal gesehen oder kannte den Künstler.

»Wem gehören diese ganzen Bücher?«, fragte ich.

»Sie haben meinem Vater gehört. Ich habe sie gerettet, als er ins Altersheim kam.«

»Und was willst du damit?«, fragte ich sie leicht ironisch. »Hast du vor, sie zu lesen?«

»Nein, sie sind nur Dekoration.«

Ich fragte mich, ob in ihrer Antwort ein Hauch Ironie lag, schloss diese Möglichkeit aber sofort aus. Das passte nicht zu ihrem fügsamen und gütigen Charakter.

»Ich bin umgeben von Büchern wie diesen aufgewachsen. Der Geruch dieser Seiten gibt mir ein Gefühl von Zuhause.«

»Ist noch Kaffee in der Küche?«, fragte ich und nahm mühsam meinen Platz wieder ein. Ich hatte wieder einmal zu viel gegessen.

»Bleib sitzen«, schalt sie mich, wie immer sanftmütig. »Ich bringe ihn dir.«

Sicherlich war kein Kaffee mehr übrig, denn ich hörte, wie Ruth den Kühlschrank öffnete und die Kaffeemaschine erneut anschaltete. Danach klingelte das Telefon, und Ruth sprach so lange, bis der Kaffee fertig war.

Sie kam mit den Kaffeetassen und einer Schachtel Kekse ins Wohnzimmer zurück.

»Das war Isaac.« Obwohl ich den Namen nur ein paarmal gehört hatte, wusste ich, dass Isaac ihr Exmann war. »Er sagt, dass die Kinder gestern den ganzen Nachmittag im See waren und jetzt erkältet sind. So eine Schnapsidee! Wo es doch so kalt ist. Sie werden nicht in die Schule gehen können.«

»Gestern war es warm«, sagte ich, um sie zu beruhigen. »Komisch, dass sie krank geworden sind. Von wem ist dieses Bild?«

»Welches? Das kleine ganz hinten an der Wand? Das ist von Mark Rothko. Er war ein Freund meines Vaters und hat es ihm geschenkt.«

»Was hat deine Familie gemacht?«, fragte ich neugierig. Sicherlich fand sie es merkwürdig, dass ich mich nach so vielen Monaten plötzlich für ihre Vergangenheit interessierte. Um ehrlich zu sein, kam es auch mir selbst merkwürdig vor.

»Mamá war Architektin, aber sie hat ihren Beruf nie ausgeübt. Es heißt, dass ich ihr dekoratives Talent geerbt habe. Mein Vater war Professor für jüdische Philosophie an der Columbia. Isaac war einer seiner Studenten.«

Auf der Stelle überkam mich ein Schwindelgefühl. Ich näherte mich einem tiefen Abgrund oder zumindest einer Reihe von ähnlichen Erklärungen, die damit enden würden, dass ich Ruth das Brauchtum der Santería erklären müsste, daher zog ich es vor, das Gespräch in andere Bahnen zu lenken. Mir ist die amerikanische Vorstellung des *melting-pot* fremd, vor allem, wenn es um Religionen geht. Es war ein Fehler gewesen, all diese Fragen zu stellen. Besser war, sich dies bewusst zu machen und zu verhindern, dass auch Ruth anfing, mich zu meiner Familie zu befragen. Deshalb schob ich eine Hand unter ihren Rock und zog sie am Bund ihrer *bloomers* zu mir heran. Ich setzte sie auf meinen Schoß und strich ihr lange und zärtlich übers Haar, so wie man das bei einem Mädchen macht, das man vorhat, früher oder später zu missbrauchen. Ruth hat sehr schnell begriffen, was mich scharfmacht. Sie weiß, dass ich es mag, wenn sie anfangs, während des sogenannten Vorspiels, Angst vor meinem Körper zeigt, wenn sie sich wehrt und mir entzieht. Ich habe nichts dagegen, dass sie mich beißt oder mir ihre langen Krallen ins Fleisch rammt, um sich mir zu entziehen. Aber sobald sie unter mir liegt, sobald sie unter meinen tobenden Lenden die Beine gespreizt hat, darf sie sich nicht mehr bewegen, wenn möglich soll sie nicht einmal mehr atmen, bis zum Orgasmus, dann erlaube ich ihr, ihren Gefühlen freien Lauf zu lassen. Unsere Art zu vögeln ähnelt häufig einer Vergewaltigung. Im Gegensatz zu anderen Frauen, mit denen ich zusammengelebt habe, reagiert Ruth auf körperliche oder verbale Gewalt auf charmante, unterwürfige Art. Auch das ist einer der Gründe, warum ich mich so wohl in ihrer Nähe fühle. Schon mehrmals habe ich unabsichtlich ihre seidenen *bloomers* zerrissen oder einen blauen

Fleck auf ihrer zarten und empfindlichen Haut hinterlassen. Diese Zeichen meines Verlangens stören sie nicht, im Gegenteil, sie fühlt sich dadurch geschmeichelt. Man könnte sagen, dass wir gute Liebhaber sind, wäre da nicht dieser unerklärliche Ekel, der mich danach jedes Mal überkommt. Irgendetwas an diesem welken Körper auf dem Bett, die offenen Haare über den Laken, ruft diese Übelkeit in mir hervor. Anfangs habe ich so getan, als hätte ich zu viel gegessen. Aber nach ein paar Monaten entschied ich mich, die Heuchelei sein zu lassen und die Realität, wie schwierig auch immer, zu akzeptieren.

Dieses Mal war der Sex besonders gut und dauerte den ganzen Nachmittag. Ich duschte und verließ sauber und entspannt Ruths Wohnung. Auf der Straße empfing mich die kalte Septemberluft. New York in seiner ganzen Pracht und Herrlichkeit, mit seinen verwelkten Blättern und rötlichen Sträuchern, war wie eine Frau, die sich ihrer Reife hingibt, wohl wissend, dass sie im nahenden Winter vertrocknen wird.

Nach ein oder zwei Tagen Abwesenheit in meine Wohnung zurückzukehren schenkt mir eine unbeschreibliche Ruhe. Obwohl mich niemand erwartet – oder vielleicht genau deswegen –, fühle ich mich in dem Schlupfwinkel, den ich mir geschaffen habe, gut geschützt. Ich spreche nicht nur von meinen wenigen Möbelstücken, von meinen Büchern und CDs, von meinen Zeitungsausschnitten, auch der Lichtmangel in meiner Wohnung, die Feuchtigkeit und die Temperatur fühlen sich wohlig und vertraut an. Jeden Tag, wenn ich von der Arbeit heimkomme, ziehe ich die Schuhe aus und räume sie an den dafür vorgesehenen Ort, den Schrank im Eingang. Ich streife die Stoffhausschuhe über und überprüfe, was sich während meiner Abwesenheit verändert hat: Ich sehe die Post durch, hebe die Zeitung auf, die unter der Tür liegen geblieben ist, und öffne die Fenster, damit frische Luft hereinkommt. Bevor ich mich in meinen blauen Klubsessel setze, um mich auszuruhen, vor allem, wenn ich mehrere Tage nicht zu Hause war, nehme ich gern den Besen und den Staubwedel zur Hand und beseitige den Staub, der sich in meinem steinernen Gang angesammelt haben könnte. Ich mache auch das Bad sauber, und wenn es mir nötig erscheint, putze ich die Fensterscheiben, obwohl man dahinter nichts anderes sieht als die gegenüberliegende Hauswand. Sobald ich die Hausarbeit erledigt habe, kann ich mich hinlegen, um Musik zu hören oder zu lesen oder von begehrenswerten Dingen aller Art zu träumen, bis ich einschlafe.

Ich bin mir darüber im Klaren, dass meine Wohnung in New York mit der Zeit die Funktionen übernommen hat, die normalerweise eine Familie erfüllt oder während der ersten Lebensjahre eine Mutter. Ich habe hier – und dafür danke ich Gott – weder nahe Verwandte noch enge Freunde. Es ist mir gelungen, meine Privatsphäre so weit zu schützen, dass ich unbesorgt sein kann. Dennoch brauche ich, wie jeder Mensch, ein eigenes Reich, einen Zufluchtsort, wo ich mich sicher fühlen kann. Dieses Reich ist meine Wohnung, und meine Art, mich dafür zu bedanken, besteht darin, mich so gut wie möglich um sie zu kümmern, so wie man sich um einen geliebten Menschen kümmert. Ich halte sie sauber, ich räume sie auf, ich gebe ihr eine Struktur und habe mir gutes Benehmen in verschiedener Hinsicht zur täglichen Gewohnheit gemacht. Die Wohnung vor jeglichen Eindringlingen zu schützen ist meine Art, mein Sanktuarium in Ehren zu halten und es in den Pantheon zu verwandeln – das Bild gefällt mir wahnsinnig gut –, wo ich gern für immer und ewig begraben wäre.

NACHBARN

Schon wieder hatte es bei Tagesanbruch geregnet, und so ging es die ganze Woche weiter. Es war fast zwölf. In zehn Minuten schloss die Bäckerei und auch die anderen Geschäfte. Die Pariser würden den ganzen Sonntag zu Hause bleiben, um die Zeitung zu lesen, herumzumeckern oder fernzusehen. Ich hatte Hunger, aber ich konnte mich nicht entschließen hinauszugehen. Mir graute vor der Kälte, vor der tief hängenden Wolkenbank, die sich die ganze Welt einverleibt hatte. Wenn ich es noch zur Bäckerei schaffte, bevor sie zumachte, würde mir das einen Rüffel eintragen, weil ich so spät dran war. Die Verkäuferin würde mich wieder gereizt und mit schriller Stimme fragen, ob die Menschen in Peru keine Öffnungszeiten kennen würden. Sie würde Peru sagen, obwohl ich ihr unzählige Male erklärt hatte, dass ich Mexikanerin sei. Sie meinte das nicht ironisch, sie wollte auch nicht unfreundlich sein, sie sagte das, weil für sie Peru und Mexiko praktisch dasselbe waren. Ich empfand das nicht als Beleidigung, im Gegenteil, der Gedanke, dass die Menschen hier auf einer Weltkarte weder meine Stadt noch mein Heimatland fänden, beruhigte mich. Ich hatte große Lust auf ein Croissant, aber ich war nicht in der Lage, mich der schlechten Laune meiner Bäckerin auszusetzen. Während ich darüber nachdachte, beobachtete ich die Verzweigungen eines Spinnennetzes, das in der Küchentür hing, ohne dass ich hätte sagen können, seit wann. Bevor ich zu einer Entscheidung gelangte, hörte ich ein Klopfen an der Tür. Wenn jemand auf diese Weise an die Tür klopfte, musste etwas Schlimmes passiert sein. Im Flur schaute ich durch den Türspion und sah direkt in das Gesicht des Nachbarn der Wohnung rechts von mir. Wir kannten uns vom Sehen. Mehrmals hatten wir uns im Treppenhaus im Vorbeigehen flüchtig gegrüßt. Gewöhnlich schien mein Nachbar ein angenehmer, sogar attraktiver Mann zu sein, aber an diesem Morgen machte er einen anderen Eindruck. Er wirkte verärgert und entschlossen, sich zu beschweren. Das kann nicht wahr sein, dachte ich. Ich verzichtete darauf, Brot zu essen, um mich nicht mit den Neurosen dieser Leute auseinandersetzen zu müssen, und dann passierte so etwas.

»Was gibt es denn?«, fragte ich defensiv, sofort nachdem ich die Tür geöffnet hatte. Auch ich setzte ein verärgertes Gesicht auf.

»Das Radio«, antwortete er, als ob es sich um einen Code handelte.

Ich schwieg einige Sekunden lang und versuchte zu begreifen, was er meinte, aber es war zwecklos.

»Das Radio in Ihrem Zimmer läuft seit mehr als fünf Tagen. Nicht einmal nachts sind Sie so freundlich, es leiser zu stellen.«

Seine Antwort überraschte mich. Zu diesem Zeitpunkt war das Radio bereits zu einem Hintergrundgeräusch geworden, das ich gar nicht mehr wahrnahm.

Ich fragte mich, ob ich ihn hereinbitten sollte, vor allem, um zu verhindern, dass die anderen Hausbewohner unseren Streit mitbekämen, aber ich hielt mich zurück: In der Wohnung sah es scheußlich aus. Da ich zögerte, öffnete er selbst aufgebracht die Tür, ging in mein Zimmer, wo das Radio stand, drückte einen Knopf und stieß im selben Moment einen Seufzer der Erleichterung aus. Es war, als hätte man ihm einen Splitter aus der Fußsohle entfernt. Der Ausdruck auf seinem Gesicht verschwand augenblicklich.

»Schauen Sie mal her«, sagte er zu mir, während er mit den Fingerknöcheln gegen die Wand klopfte und ein dumpfes Geräusch erklang. »Das hier ist aus Pappe. Hinter dieser dünnen Wand befindet sich mein Bett. Ich höre *alles*, was auf der anderen Seite passiert. Kommen Sie mit und überzeugen Sie sich selbst.«

Mich amüsierte die Art und Weise, wie er das Wort »alles« aussprach. Mir ging durch den Kopf, dass in meinem Zimmer immerhin absolut *nichts* passierte. Ich feierte keine Partys, lud auch keine Freunde zu mir nach Hause ein. Ich hatte keinen Freund, veranstaltete keine Orgien und masturbierte auch nicht stundenlang. Ich hatte nur ein armseliges Radio, und das störte ihn anscheinend. Allerdings, wenn die Wand so dünn war, wie er sagte, dann hatte auch er kein Privatleben, um das man ihn beneiden konnte. Kurzum, der

Nachbar war ein Unglücklicher, genau wie ich, und vielleicht nahm ich sein Angebot aus Solidarität an, anstatt ihn zum Teufel zu jagen. Folglich zog ich meine Hausschuhe an, schloss die Tür hinter mir und ging zu ihm hinüber.

Sofort stach mir der Unterschied zu meiner Wohnung ins Auge. Das Zuhause meines Nachbarn, ein Musterbeispiel an Ordnung und Sauberkeit, war ihr genaues Gegenteil, nicht nur, weil sie geräumig und hübsch eingerichtet war, sondern weil sie nach Westen lag, mein Loch nach Norden hinausging. Die kräftige Nachmittagssonne schien durch die Fenster. Die Sonne! Ich hatte schon vor Wochen vergessen, welche Freude sie in mir weckte. Ein weiterer auffälliger Unterschied bestand darin, dass hier überall Pflanzen waren, große, kleine, verschiedene Arten und Sorten, während es bei mir nichts Grünes gab. Im Wohnzimmer befand sich eine einladende Bibliothek. Das Esszimmer am anderen Ende, nahe der Kochnische, erinnerte mich an ein Puppenhaus. Das Fenster war sauber, und wenn man hinaussah, fiel der Blick nicht auf den trostlosen Friedhof, sondern auf eine Sackgasse mit vielen Bäumen. Vom Esszimmer aus schaute man auf den Boulevard de Ménilmontant, dem gegenüber sich der Friedhof erstreckte, allerdings wirkte er von hier weniger monumental als von meiner Wohnung aus. Von hier aus konnte man sich gut vorstellen, dass seine und meine Wohnung vor Jahren einmal eine gewesen waren, bis Madame Loeffler entschieden hatte, sie zu teilen, um ihre Einkünfte zu verdoppeln. In diesem Urzustand waren sein Zimmer und meines ein einziger Raum gewesen, der in der Mitte geteilt worden war, genau am funktionsunfähigen Kamin, dessen Abzug wir miteinander teilten wie siamesische Zwillinge die Wirbelsäule. Dennoch waren unsere Zimmer vollkommen verschieden. In seinem Schlafzimmer war das Bett gemacht, und nirgendwo lag Kleidung herum. Auf dem Nachttisch stapelten sich die Bücher, die er wegen meines lauten Radios nicht hatte lesen können.

Da mir kein anderes Gesprächsthema einfiel, fragte ich, ob er sich diese Straße bewusst ausgesucht hatte oder ob er, wie ich, dieses Haus durch Zufall gefunden hatte. Ohne zu zögern erwiderte er, seine Wahl sei auf diesen Ort gefallen, weil er Friedhöfe liebe. Tom – so hatte er sich vorgestellt – lud mich ein, mir die Fotos an der Wand anzusehen. Es waren Bilder von Gräbern an verschiedenen Orten der Welt, die er während seiner Reisen aufgenommen hatte. Fast alle Fotos waren schwarz-weiß, aber es gab auch eines in leuchtenden Farben. Ich erkannte den Friedhof von Prag und auch den in Fez, deren Bilder ich in der Bibliothek von Oxaca gesehen hatte. Obgleich der Père-Lachaise direkt gegenüberlag, hatte Tom mehrere Bilder davon aufgehängt. Die Tatsache, dass er diese Vorliebe mit mir teilte, machte ihn sehr sympathisch. In den Monaten nach unserem ersten Treffen bat Tom mich häufiger, den Père-Lachaise von meiner Wohnung aus betrachten zu dürfen, aber nicht, weil er die Beerdigungen am Wochenende sehen wollte, die ich mit krankhafter Neugier verfolgte, sondern den leeren Friedhof, ohne Touristen oder Besucher, in seinen Momenten äußerster Trostlosigkeit, also meist an Feiertagen oder am frühen Morgen. Ohne mir einzugestehen, dass meine Bewunderung ganz anders war als seine, sagte ich mir, während ich staunend die Fotos an der Wand betrachtete, dass wir zweifellos Freunde werden konnten.

Seine Augen blickten nicht mehr zornig. Während ich weiter seine Fotos ansah, beobachtete Tom mich gleichmütig, so wie man einen alltäglichen Gegenstand anschaut, ein Fenster, das auf eine vertraute Landschaft hinausgeht, etwas, zu dem man keine Meinung hat, das man allenfalls betrachtet. Ein klarer Blick in einem gut aussehenden Gesicht. Neben ihm fühlte ich mich auf seltsame Weise in Sicherheit, bis er wieder den Mund aufmachte.

»Weißt du, keinen von uns hat der Zufall hierhergeführt. Das waren die, die in dem Viertel gegenüber wohnen.«

»Meinst du die Toten?«, fragte ich ungläubig.

»Ja. Sie entscheiden, wer in ihrer Nähe lebt.«

Ich bekam Angst. Nicht vor den Verstorbenen, sondern vor ihm. Sich für Friedhöfe zu begeistern war das eine, aber der Glaube an Geister oder ihren vermeintlichen Einfluss auf uns etwas ganz anderes. Ich beschloss, keine weiteren Fragen zu stellen, und kehrte unter dem Vorwand dringend etwas erledigen zu müssen, in meine Wohnung zurück. Ich war überzeugt, dass mein Nachbar zu der Unmenge Spinner gehörte, die auf den Straßen und im Untergrund dieser Stadt zu finden waren.

Zurück in meiner Wohnung, wurde mir sofort schmerzhaft bewusst, dass der Radiolärm fehlte, der, wie ich schon sagte, meine einzige Gesellschaft war. Doch ich konnte das Gerät nicht wieder anschalten: Das wäre ein Affront gewesen, und schon damals war mir klar, dass man die Pariser Irren besser nicht provozieren sollte. Es war ungefähr vier Uhr nachmittags, vor den Fenstern verdunkelte sich der Himmel und verbarg, wie jeden Nachmittag, die Gräber auf dem Friedhof. Die Stille rief in mir innere Unruhe und Besorgnis hervor. Mir fiel ein, dass in meinen Regalen mehrere ausgeliehene, noch ungelesene Romane auf mich warteten. Ich schlug ein Buch auf, aber es gelang mir nicht, mich zu konzentrieren. Mehr als ein Mal wurde mir bewusst, dass ich gerade das stumme Radio anstarrte. Es war unglaublich, wie abhängig ich von dem Gerät geworden war. Einen Augenblick lang dachte ich darüber nach, es wieder anzuschalten und die Lautstärke so weit wie möglich herunterzudrehen, ich überlegte auch, ob ich es woanders hinstellen sollte. Ich konnte das Radio, zum Beispiel, auf das Küchenregal stellen, weit weg von den Ohren und der Aversion meines Nachbarn, aber etwas tief in mir drinnen sträubte sich dagegen, dieser Abhängigkeit weiter Nahrung zu geben.

Draußen hatte der Winter seinen Höhepunkt erreicht, wir waren bei acht Grad unter null. Ich verließ die Wohnung nur, wenn es unbedingt nötig war. Den Rest der Zeit blieb ich drinnen und versuchte zu lesen. Der Straßenlärm und die Geräusche aus dem Treppenhaus lenkten mich dauernd ab. Seit ich das Radio ausgeschaltet hatte, war ich von jeder akustischen Unterbrechung überrascht und empfand sie vor allem als störend. Ich konnte Stunden damit zubringen, den Geräuschen zu lauschen, die ich früher kaum wahrgenommen hatte. So fing ich zum Beispiel an, dem Hupen und den Autoreifen unten auf dem Boulevard zuzuhören, aber ebenso den Bewegungen und dem Hüsteln der Hausbewohner, ihren Telefonaten. Mir wurde klar, dass man das Leben jedes Einzelnen anhand der Laute, die er von sich gab, entschlüsseln konnte. Nach ein paar Wochen war es mir sogar gelungen, die Schritte zu unterscheiden und auch die Art, wie jeder die Haustür schloss. Einige dieser Knarr- und Knirschlaute empfand ich als tröstend, dazu gehörte die Stimme meiner Nachbarin aus dem dritten Stock links, die gegen acht Uhr in einer mir vollkommen unbekannten Sprache telefonierte, die meiner Vorstellung des Kroatischen sehr ähnlich war. Andere Geräusche hingegen raubten mir den letzten Nerv, wie das der hochhackigen Schuhe der Frau aus dem fünften Stock, die meist spätnachts betrunken nach Hause taumelte. Dennoch war sie mir nicht so zuwider wie die Espressomaschine aus dem vierten Stock links, die frühmorgens immer zu pfeifen anfing und mich aus dem Schlaf riss. Die deutlichsten und unüberhörbaren Geräusche kamen aus dem rechten Zimmer, das heißt aus Toms Wohnung. Und das nicht nur, weil es am nächsten war, sondern weil ich mir seit dem

Besuch bei ihm angewöhnt hatte, mir jede seiner Handlungen genau vorzustellen. Es war eine lästige Angewohnheit, offen gesagt, die mich vor mir selbst als Müßiggängerin enttarnte, und doch leistete ich immer weniger Widerstand und behielt sie letztlich bei. Manchmal redete ich mir ein, dass Tom, als er mir das Radio wegnahm, sich selbst zum Opfer meines zwanghaften Spionierens gemacht hatte. Vielleicht hätte ein anderer, gesünderer Mensch die fehlenden Hintergrundgeräusche genutzt, um zu lesen, Musik zu hören oder Bekannte anzurufen. Ich hätte letztendlich Haydées Einladung annehmen und sie in ihrer Wohnung in der Rue Levy besuchen können, um auf andere Gedanken zu kommen, aber stattdessen erstellte ich lieber ein Tableau der Tätigkeiten meiner Nachbarn.

Ein paar Wochen genügten mir, um Toms Alltag zu verstehen und ihn mir einzuprägen. So wusste ich zum Beispiel, dass er um sechs Uhr fünfundvierzig aufwachte und dass er, während der elektrische Wasserkocher in der Küche lief, von einem Ende seiner Wohnung zum anderen schlurfte. Um halb zehn duschte er – zum ersten Mal am Tag – und setzte damit den lautesten Boiler des ganzen Hauses in Gang. Bevor er sich unter die Dusche stellte, urinierte er lange. Jeden zweiten Tag rasierte er sich mit einem Rasiermesser und klopfte nach jeder Bewegung dreimal auf den Waschbeckenrand. Wenn er abends von der Arbeit nach Hause kam, warf er die Schlüssel in ein Glasgefäß und kochte sich einen Tee. Der übermäßige Teingenuss musste der Grund für seine zahlreichen Gänge ins Bad sein, die er nicht einmal nachts unterließ. Jedenfalls war es unmöglich, sich Tom anders als vor der Toilette stehend vorzustellen, während große Mengen Flüssigkeit in die Schüssel stürzten. Zwei Stunden später begann Tom zu kochen. Das war nicht nur am Öffnen und Schließen seiner Vorratsschränke deutlich zu hören, sondern am himmlischen Geruch seiner Gerichte. Ich hätte alles dafür gegeben, sein Essen zu probieren. Die Art und Weise, wie er die Treppen heraufstieg, war besonders spannend, man erkannte ihn sofort. Für einen Mann seines Alters ging er ungewöhnlich langsam, und das ließ mehr auf eine große Müdigkeit als auf Lustlosigkeit schließen. Meist kam er erschöpft und atemlos im vierten Stock an.

Als ich bereits alle seine Bewegungen identifiziert hatte, wurde meine Angewohnheit, ihn durch die Wand zu belauschen, sogar noch schlimmer: Mithilfe meines Weckers begann ich, die Zeit zwischen zwei Ereignissen zu messen. So erfuhr ich, dass Tom nach dem Abendessen genau achtzehn Minuten brauchte, um die Küche aufzuräumen und das Geschirr abzuwaschen. Der zeitliche Abstand zwischen den Toilettengängen betrug eine Dreiviertelstunde. Die Dusche am Morgen dauerte nicht ganz sieben Minuten. Die Vollbäder, die er gelegentlich nahm, ungefähr dreißig. Das Liebesleben meines Nachbarn glich einer Wüste, genau wie ich es vermutet hatte. Eine Tante, die regelmäßig Ratschläge auf Italienisch auf den Anrufbeantworter plärrte, dass er sich bei der jetzigen Kälte warm anziehen, oder Eukalyptustee trinken solle, war die einzige Frauenstimme, die in dieser Wohnung zu hören war. Wie alt konnte Tom sein? Er kleidete und benahm sich wie jemand um die dreißig, aber an seinem Blick und seinem Gesichtsausdruck war zu erkennen, dass er deutlich älter war. Vielleicht hatte er viel gelebt, wie man so sagt, oder getrunken, bis Haut und Leber ruiniert waren, wer wusste das schon? Äußerst selten – genau genommen zweimal – hörte ich, dass Tom Besuch hatte. Beide Male war ein Freund gekommen, um Tee zu trinken und über sein Privatleben zu reden. Tom schien der Vertraute dieser jungen Männer zu sein, die, im Gegensatz zu ihm, tatsächlich ein interessantes Leben hatten. Wenn sie seine Wohnung verließen, konnte ich nicht umhin, an der Tür nach ihnen Ausschau zu halten. Beide schienen jünger zu sein oder zumindest in besserer Verfassung als Tom. Wenn ich meine Post holte, blieb mein Blick häufig an seinem Namen, Tommaso Zaffarano, auf einem der Metallbriefkästen hängen. Seit unserem Gespräch hatte ich ab und zu durch den Schlitz gespäht, um herauszufinden, ob er zumindest Post bekam.

In der Hierarchie der Pariser Obsessionen nimmt die Sexbesessenheit einen der vorderen Plätze ein. Die gesamte Gesellschaft scheint sich nur um dieses Thema zu drehen. »*Mal baisé*«, untervögelt, ist eine der schlimmsten Beleidigungen für einen erwachsenen Franzosen, wobei weniger der Mangel an Sex am Selbstwertgefühl nagt als die Tatsache, dass dieser öffentlich bekannt wird. In der Regel lassen die Franzosen keine Enthaltsamkeit zu. Sie empfinden sie als Demütigung. Nur sehr wenige Menschen geben zu, dass sie keinen Sex haben, aber Umfragen legen offen, dass ein erheblicher Prozentsatz der Bevölkerung ohne Sex lebt. Selbstverständlich sind das anonyme Umfragen. Ich neige zu der Annahme, dass ein Mann, der wenig Kontakt zu Frauen hat, auch unattraktiver für unser Geschlecht wird, aber bei Tom war das nicht der Fall.

Eines Nachts hörte ich ein Geräusch, das meine Aufmerksamkeit erregte und mich einen Moment lang vermuten ließ, dass ich mich in ihm getäuscht hatte. Es fing mit einem ungewöhnlichen Quietschen der Federn seines Betts an. Nachdem die Matratze mehrmals abgeklopft worden war, folgte eine Stille von etwa zwei Minuten und anschließend ein Stöhnen, das aber kein Vergnügen, sondern ein langes, lautes Weinen ankündigte. Diese Entdeckung verunsicherte mich, sie kam so unerwartet. Zwar wusste ich nicht, warum er weinte, aber das hinderte mich nicht daran, tiefes Mitgefühl für ihn zu empfinden. Ein oder zwei Minuten lang blieb ich still auf dem Bett liegen, als würde ich ihm statt meiner Schulter meine Wand und mein Gehör anbieten, bis ich es nicht mehr aushielt und, im Glauben, mich schützen zu müssen, von der Wand abrückte: Die Traurigkeit ist, wie fast alle Gemütszustände, unglaublich ansteckend. Meine Verfassung war bereits extrem labil, das

Einzige, was mir gerade noch fehlte, war eine dieser tiefen Depressionen, die die ausländischen Studenten zwangen, in ihre Heimat zurückzukehren.

Mitte Dezember trafen Tom und ich uns zum zweiten Mal. An diesem Nachmittag hatte ich die Wohnung verlassen, um meine Vorräte bei Ed l'épicier aufzufüllen – ein lausiger Supermarkt, darin waren wir uns einig, aber auch der billigste in der Gegend –, und kam gerade mit Taschen voller Konserven für die nächste Woche die Treppe herauf. Als ich im vierten Stock angelangt war, stieß ich beinahe mit Tom zusammen, der ebenfalls nach oben ging und einen Moment am Treppenabsatz stehen geblieben war, um sich auszuruhen.

»Ich bin ein Greis«, scherzte er. »Schon meine Mutter hat gemeint, ich solle Sport treiben.«

»Oder dir ein Haus mit einem Fahrstuhl suchen«, antwortete ich. »Auch wenn es nicht gegenüber von deinen Freunden, den Toten, liegt.«

Er bot mir noch einmal Tee an. Zu dieser Zeit war ich ziemlich ängstlich. Häufig zog sich mir der Magen zusammen, und ich bekam eine Art Unterleibskrampf. Aber in Toms Wohnung kam ich zum ersten Mal seit zwei Wochen zur Ruhe, wie jemand, der nach mehreren Tagen erbitterten Kämpfens in ein befreundetes Gebiet zurückkehrt. Tom füllte ein Teesieb aus schwarzem Metall mit getrockneten und parfümierten Teeblättern, anders als ich, die bei »Ed« immer nur Teebeutel kaufte.

Wie sein Name auf dem Briefkasten mich bereits hatte vermuten lassen, war mein Nachbar Italiener. Doch er wohnte schon seit mehr als fünfzehn Jahren in Paris und war damals in die Stadt gekommen, um Anthropologie zu studieren. Im zweiten Jahr hatte er das Studium abgebrochen. Seitdem reiste er viel und arbeitete an den verschiedensten Orten, häufig erledigte er auch Gartenarbeit. Momentan jedoch verdiente er seinen Lebensunterhalt als Einkäufer in einer Buchhandlung am Place de la République, an der ich oft vorbeikam. Wir sprachen über Madame Loeffler und darüber, wie heruntergekommen das Gebäude war. Es war lange her, dass ich mich mit jemandem unterhalten hatte, und vielleicht kam mir deshalb alles, was er sagte, wahnsinnig interessant vor. Tom war sehr liebenswürdig an diesem Tag, liebenswürdiger, als ich es nach dem Zwischenfall mit dem Radio zu hoffen gewagt hatte.

Wir tranken unseren Tee und machten es uns auf dem Siebzigerjahre-Sofa gemütlich. Dort blieben wir bis zum frühen Abend und hörten Ry Cooder. Tom erzählte mir unter anderem, dass er bis zu seinem zehnten Lebensjahr in Rom gelebt habe und danach mit seiner Familie nach New York gezogen sei. Sein inzwischen verstorbener Vater war Diplomat gewesen.

»Und wo gehörst du deinem Gefühl nach hin?«, fragte ich.

»Ich fühle mich weder als Franzose noch als richtiger Italiener, und erst recht nicht als Amerikaner. In Wirklichkeit bin ich ein Grenzgänger. Dort fühle ich mich wohl, in den Zwischenräumen. Sieh dir zum Beispiel den Boulevard an. Er gehört zum XI. Arrondissement, aber er ähnelt viel mehr dem XX., der dort drüben, auf der anderen Seite des Friedhofs, liegt. Findest du nicht auch?«

»Ich glaube, ja«, antwortete ich, um etwas zu sagen.

»Am wohlsten fühle ich mich in Frankreich und Italien. Viele Jahre bin ich zwischen diesen Ländern hin- und hergependelt, beide Hauptstädte sind voller Immigranten aus anderen Breitengraden. Auch wenn du es nicht glaubst, aber sie fühlen sich hier zu Hause.«

»Ich habe einige Freunde«, sagte ich und dachte an Haydée und Rajeev, »die sich hier nicht fremd fühlen, obwohl sie Ausländer sind. Vielleicht weil sie schon viel länger in der Stadt sind als ich.«

»Das ist keine Frage der Zeit, sondern es geht darum, ob man mit der Stadt im Einklang ist, ihren Magnetismus spürt, wie es die Surrealisten nannten. Ich liebe Sizilien. Bist du schon einmal dort gewesen?«

Ich schüttelte den Kopf und schaute verstohlen zur Wanduhr. Ich sagte mir, dass Tom bald aufstehen und zur Toilette gehen würde. Aber er hatte meinen Blick bemerkt.

»Langweile ich dich?«, fragte er. Meine Hypothese bestätigte sich fast augenblicklich. »Ich verschwinde kurz im Bad. Rühr dich nicht von der Stelle, bis ich wieder da bin.«

Eigentlich hatte ich gar nicht die Absicht, bald zu gehen. Ich wusste, dass er in nicht einmal einer Stunde beginnen würde, das Abendessen zu kochen, und hoffte, er würde mich einladen.

An diesem Abend machte er frische Ravioli, gefüllt mit Ricotta und einer Tomaten-Basilikum-Soße, ein einfaches und köstliches Gericht. Er öffnete eine Flasche Wein, von der er kaum ein Glas trank, und stellte mir viele Fragen. Ich weiß nicht, ob ich mir das einbildete, aber er schien zufrieden, mich in seiner Wohnung zu haben. Er beschrieb wortgewandt seine Kindheit in Rom in den Siebzigerjahren und seine Jugend in New York. Später erzählte er mir, dass er sonst nie über sich selbst sprach. Dennoch kann ich aus der Distanz betrachtet mit Sicherheit sagen, dass er mir damals nicht erzählte, was ihn am meisten beschäftigte, warum sich in seinem Badezimmer so viele Medikamente befanden. Er erwähnte auch die Toten nicht mehr. Als hätte meine Anwesenheit ihn in eine andere Zeit befördert, in der die *insouciance*, die Sorglosigkeit, noch möglich war, in der man ein unbekümmertes Leben führen und den Augenblick genießen konnte. Mir fiel an diesem Abend auch nicht auf, dass seine Fröhlichkeit untypisch war und sein Gesichtsausdruck ganz anders als bei unseren zufälligen Begegnungen im Treppenhaus oder auch an dem Tag, als er in meine Wohnung gekommen war, um sich über das ständig laufende Radio zu beklagen. Als wir uns verabschiedeten, bedankte er sich für meinen Besuch und versicherte mir, dass er sich lange nicht mehr so gut amüsiert habe. Erst dann gab er wieder einen seiner beunruhigenden Sätze von sich:

»Für mich ist es etwas ganz Besonderes, dass du in diesem Haus wohnst. Vielleicht ein Abschiedsgeschenk.«

So wie eine Luftblase den Inhalt eines Fläschchens ändert, veränderte der Kontakt mit meinem Nachbarn die klimatologischen Bedingungen meines Winterschlafs. Ich verbrachte den gesamten nächsten Tag damit, die Wohnung sauber zu machen. Ich hob die Kleidung vom Fußboden auf, die benutzten Handtücher, die Taschentücher mit den Überresten meiner letzten Erkältung. Ich spülte die schmutzigen Teller, die sich in der Kochnische stapelten, und brachte die dreckige Kleidung zur Wäscherei. Ich ging nach Hause und wartete den ganzen Nachmittag, in der Hoffnung, dass Tom bei mir klingeln würde. Ab fünf Uhr war es draußen dunkel, und man musste Licht anmachen oder zumindest eine Kerze. Mehrere Male war ich versucht, das Radio wieder einzuschalten, aber ich hielt mich zurück. Gegen halb sieben ging ich ins Treppenhaus und klingelte an seiner Tür. Er war nicht zu Hause. Was machte er wohl? Es war mir unbegreiflich, wie jemand bei so einem Wetter so viel Zeit außer Haus verbringen konnte, wenn er nicht zur Arbeit ging. Die Uni war geschlossen und auch die Mensen und Cafeterien im Zentrum. Es gab nichts zu tun in den wenig einladenden Straßen dieser Stadt. Es muss fast neun Uhr gewesen sein, als ich seine Schritte auf der Treppe hörte. Mit angehaltenem Atem beobachtete ich ihn durch den Türspion. Bevor er den Schlüssel ins Schloss schob, blieb er unentschlossen vor meiner Tür stehen, ging dann aber weiter. Ich sank deprimiert auf das Sofa in meinem Wohnzimmer und wartete darauf, dass etwas passierte. Eine halbe Stunde später stand Tom wieder vor meiner Tür, um mir zu sagen, dass das Abendessen fertig sei.

Am Vortag hatte Tom *Die Elixiere des Teufels* von E.T.A. Hoffmann zu Ende gelesen und lobte den Autor nun in einem fort.

Ich fragte ihn, ob er nicht genug davon habe, gegenüber von diesen Gräbern zu wohnen, und gestand ihm, dass ich manchmal nachts vor Einsamkeit nicht einschlafen konnte.

»Deshalb schalte ich das Radio an«, sagte ich. »Um mich zu versichern, dass es Menschen gibt, die noch leben, Kaffee trinken und entspannt bis nachts um drei plaudern – zumindest auf irgendeinem Sender.«

»Das ist normal«, antwortete er nachsichtig. »Auch wenn du dich mit diesem Ort verbunden fühlst, hast du dich noch nicht an ihn gewöhnt.«

Tom behauptete, dass man der Angst ins Gesicht schauen müsse, um sie zu überwinden, und das eine Menge Übung erfordere.

»Und was macht dir Angst?«, fragte ich und rechnete schon damit, noch mehr Unsinn aus seinem Mund zu hören.

»Nichts Besonderes. Altersschwäche, Krankheit und der Tod. Das, was alle anderen auch fürchten.«

Seine Antwort überraschte mich. Wie konnte er so sicher sein, dass andere Menschen genau davor Angst hatten? Mich bedrückte die Gegenwart, die Sinnlosigkeit meines eigenen Lebens, die große Vertiefung zwischen meinem Brustbein und meiner Schulter, aber niemals mein eigener Tod, und noch viel weniger das Alter, das mir damals noch weit entfernt schien. Über Toms Ängste hatte ich kaum je nachgedacht, nicht einmal in Augenblicken größter Hoffnungslosigkeit, wenn ich mich wie eine verdammte Seele durch die Straßen schleppte.

»Die Möglichkeit zu sterben kann nur einen Menschen bekümmern, der den starken Wunsch hat zu leben«, sagte ich fest überzeugt.

Sein Mund deutete ein Lächeln an.

»Oder vielleicht interessiert es uns auch erst wirklich, auf dieser Welt zu bleiben, wenn der Tod sich für einen absehbaren Zeitpunkt angekündigt hat.«

Ich begann, täglich bei Tom zu Abend zu essen. Manchmal ging ich vorher in den Supermarkt und schnitt die Zutaten bei mir zu Hause klein, damit er sie nach der Arbeit kochen konnte. Ich lernte, dass man die beste frische Pasta in der Rue de la Roquette bekam und trockene Nudeln in dem Lebensmittelgeschäft auf dem Boulevard Voltaire kaufte, wo es Fusilli von De Cecco gab. Wenn Tom einmal keine Soße zubereitete, wendete ich Salbeiblätter in Butter, und das genügte für ein Festmahl. Bei Chez Nicolas kauften wir einfachen Wein. Da er kaum trank, war es meistens ich, die sich die Flasche zu Gemüte führte.

Wir waren stillschweigend übereingekommen, einander keine Fragen zu stellen. Wir wussten nur das voneinander, was der andere über sich erzählen wollte. Ich hatte in seinem Bücherregal ein paar gerahmte Fotos von seiner Familie entdeckt, aber Tom sprach nie über seine Eltern und auch über sonst niemanden. Ich fragte ihn auch nicht, warum er so viele Medikamente einnahm oder was der Grund für seine andauernde Müdigkeit war. Ich beschloss zu warten, bis er selbst das Thema ansprechen wollte. Unsere Gespräche beschränkten sich fast immer auf unsere Umgebung: die Straße, die Nachbarn, die Geschäfte im Viertel, seine Arbeit in der Buchhandlung, deren Name häufig auf den Preisschildern der Bücher in seiner Wohnung auftauchte, auf Romanen wie dem von Hoffmann oder dem Gesamtwerk von Proust, das er in der Ausgabe der *Bibliothèque de la Pléiade* besaß und das ich auf Spanisch gelesen hatte. Trotzdem waren mir die meisten seiner Bücher vollkommen unbekannt. Ich fand auch nicht heraus, ob er die Bücher kaufte oder auf andere Weise erwarb.

»Deine Bücher gefallen mir«, sagte ich einmal zu ihm.

»Kennst du ein paar von den Schriftstellern?«

Ich erzählte ihm, dass ich mehrere von ihnen in der Bibliothek von Oaxaca gelesen hatte und dass die Bücher viele Jahre lang meine einzige Gesellschaft gewesen waren.

Zum zweiten Mal seit unserer ersten Begegnung spürte ich seinen durchdringenden Blick auf mir.

»Du hast recht«, sagte er. »Bücher leisten uns Gesellschaft. Sie enthalten die Gedanken und die Stimmen von Menschen, die in dieser Welt leben oder gelebt haben. Diese Schriftsteller in meinen Regalen haben alle gemeinsam, dass sie hier gegenüber begraben sind. Auch wenn du sie noch nicht hörst, sprechen sie die ganze Zeit zu uns. Und nicht nur sie, sondern auch die, die niemals ein Wort geschrieben haben. Wenn du das Radio aus lässt, kannst du sie hören. Sobald du sie liest, wirst du feststellen, dass sie dir vertraut sind.« (Ich dachte an all die Menschen, die ich auf der Straße laut mit sich selbst hatte reden sehen.) Er hielt inne. Ich vermute, ihm wurde bewusst, dass ich wieder einmal anfing, an seinem Verstand zu zweifeln. »Ich mache dir einen Vorschlag: Stell dich einen Moment vor das Regal und wähle ein Buch aus, das du nicht kennst. Welches du möchtest. Du kannst es mitnehmen, ich leihe es dir.«

Ich blieb eine Zeit lang vor den Regalen stehen, wo Tom die Schriftsteller des Friedhofs in alphabetischer Reihenfolge aufbewahrte. Ich sah die Titel, einige Rückseiten und vor allem die Namen durch, Colette, Balzac, Molière, Alfred de Musset, Marcel Proust und Oscar Wilde, um nur einige zu nennen. Ich fragte mich, ob sie noch etwas anderes miteinander verband als die Tatsache, auf demselben Friedhof beerdigt zu sein. Schließlich zog ich eines aufs Geratewohl heraus, das mir nicht zu dick erschien. Den Autor kannte ich vom Namen her, obwohl ich ihn nie gelesen hatte. Es handelte sich um eine posthume Veröffentlichung: *Warum gibt es keine Zigaretten beim Gemüsehändler?* Georges Perec hatte nicht weit von unserem Haus gewohnt. Sein Viertel, Belleville, war auch die Gegend, wo ich die meiste Zeit umherwanderte. Diese Straßen und Häuser waren die unbestrittenen Protagonisten des Buchs, das Tom mir auslieh. Während der Erzähler über die Gehsteige läuft, erkennt er die Gebäude seiner Kindheit wieder. Einige sind jetzt unbewohnt und scheinen in der Zeit stehen geblieben zu sein, andere sind vollständig umgebaut worden. Als mir das klar wurde, wollte ich sofort hinaus und denselben Weg einschlagen wie der Autor. Perec selbst forderte dazu auf: »Beschreiben Sie Ihre Straße, beschreiben Sie auch eine andere. Machen Sie eine Bestandsaufnahme Ihrer Taschen.« »Was verbirgt sich hinter Ihrer Tapete?« Das war nicht bloß Ablenkung oder Zeitvertreib, es ging darum, die verborgene Wahrheit im Offensichtlichen, im Alltäglichen zu suchen. Wenn man die Beschreibung der Rue Vilin las, bekam man den Eindruck, dass die Stadt hinter ihren Fassaden und ihrer »Tapete« vieles verbarg, Geschichten von Händlern, von Exilanten, von Durchreisenden, die jahrzehntelang hier gelebt hatten; Geschichten von Verschollenen, von Waisenkindern, deren Eltern deportiert worden waren und deren Spuren noch immer die Hauswände prägten. Das Buch sagte es klar und deutlich: Wir erleben das Gewöhnliche, ohne es selbst oder die Information, die es uns liefern könnte, je zu hinterfragen: »Das ist nicht einmal Konditionierung. Das ist Anästhesie. Wir verschlafen unser Leben in einer Lethargie ohne

Träume. Aber unser Leben, wo ist es? Wo ist unser Körper? Wo ist unser Raum?«, fragte er. Ich lieh mir alle Bücher von Perec aus, die bei Tom im Regal standen, und obwohl ich mich für diesen Autor anfangs nicht interessiert hatte, war dies vielleicht noch ein Beweis mehr für diesen objektiven Zufall, von dem er mich zu überzeugen versuchte.

Wenn einer von uns beiden ein Buch beendet hatte, sprachen wir beim Abendessen lange darüber. Tom kochte, ich spülte die Teller, und dann öffneten wir eine neue Flasche Rotwein. Nie kam uns die Idee, einen Freund einzuladen. Wir verbrachten mehrere Wochen in inniger Zweisamkeit, auch die Tage im Dezember, an denen man normalerweise viele Menschen trifft, und als die Seminare in der Uni wieder begannen, fiel mir auf, dass es mir gar nicht mehr so wichtig war, Kontakte zu knüpfen.

CHEMIE

Ich bin schon immer ein skeptischer Mensch gewesen, und deswegen bezweifle ich, dass es eine Beziehung gibt, in der die Magie der ersten Begegnungen sich nicht irgendwann auflöst und ihre trügerische Seite offenbart. Es mag Menschen geben, die die Ahnungslosigkeit vorziehen, um den anderen so lange wie möglich voller Bewunderung betrachten zu können. Doch früher oder später kommt die Wahrheit ans Licht. Man begreift, dass die bezaubernden Locken alle zwei Wochen beim Friseur gedreht werden oder dass die geliebten Brüste ihre Festigkeit dem Skalpell eines talentierten Chirurgen verdanken. Und, wie zufällig, ist es genau das von uns am meisten bewunderte Detail, hinter dem sich Kunstgriffe und Täuschungen verstecken. Mir ist es lieber, die Mechanismen der Verführung so schnell wie möglich zu enttarnen – auch wenn sie dann ihre Wirkung verlieren –, als in Ungewissheit zu leben, ahnungslos, wann der Faden reißt, der die komplizierte Kulisse zusammenhält. Wenn meine Freundin eine Perücke tragen und der Menschheit mit falschen Haaren gegenübertreten möchte, soll sie das machen; aber um mich wohlfühlen zu können, muss ich in das Geheimnis eingeweiht sein. Wieder einmal habe ich es gewissermaßen dem Zufall zu verdanken, dass ich die Tricks meiner *cougar* herausgefunden habe. Ich weiß noch, wie ich, nachdem wir uns sechs Monate kannten, den Grund für ihre faszinierende Resigniertheit entdeckte. Wir hatten mehr als sonst gevögelt. Ich war so müde, dass ich einschlief, bevor sie zum Orgasmus kam und wachte in den frühen Morgenstunden mit dem Gefühl auf, noch etwas erledigen zu müssen. Die Lampe auf ihrem Nachttischchen war eingeschaltet, und Ruth trank, ans Kopfende des Betts gelehnt, so gierig Wasser, wie ich sie noch nie gesehen hatte. In den Händen hielt sie einen Tablettenblister, der sehr den Antibabypillen ähnelte, die Susana genommen hatte.

»Verhütest du?«, fragte ich leise, um nicht ihre Kinder aufzuwecken, die in dieser Nacht im Zimmer nebenan schliefen. »Ich dachte, du hättest die Wechseljahre schon hinter dir.«

Ruth sah mich erschrocken an, wie jemand, der nur wenige Sekunden, bevor er ein Verbrechen begeht, entdeckt wird.

Ich nahm ihr die Tablette aus der Hand und las den Namen des Medikaments: Tafil 1,5 mg.

Aus der Nähe glichen die Tabletten nicht mehr denen, die ich vor Jahren in der Tasche meiner ersten Freundin gesehen hatte. Ich fragte Ruth, ob sie bei einem Arzt in Behandlung sei. Und sie nickte wie ein kleines Kind.

»Der Arzt hat sie mir nach der Scheidung verschrieben. Einmal in der Woche gehe ich zu ihm. Er hat mir sehr geholfen, aber ich würde lieber keine Medikamente mehr nehmen. Ich habe das Gefühl, dass sie mich betäuben, als ob sie mich von der Realität isolierten. Ich wollte nicht, dass du das erfährst. Ich schäme mich dafür.«

Ich sagte, dass es mir lieber sei, von den Medikamenten zu wissen, und dass ich es nicht schlimm fände. Im Gegenteil, ich war derselben Meinung wie ihr Arzt: Wenn sie die Tabletten brauchte, war es besser, die Behandlung fortzusetzen.

»Außerdem haben wir jetzt keine Geheimnisse mehr voreinander«, bemerkte ich erleichtert. »Gibt es noch irgendetwas, das du mir sagen möchtest?«

Sie dachte eine Weile nach.

»Ich glaube nicht.«

Ihre Stimme klang aufrichtig. Mit dem Handrücken schob ich die Haarsträhne beiseite, die ihr ins Gesicht fiel, und küsste sie auf die Wange wie ein braves Mädchen, das zu Unrecht gescholten wurde. Die Tabletten legte ich wieder auf den Nachttisch und schaltete ohne ein weiteres Wort das Licht aus. Als ich aufwachte, lagen die Medikamente, die Ruth vor mir verheimlicht hatte, noch an Ort und Stelle. Daneben stand noch ein Glas Wasser und ein Döschen mit kleineren Pillen, die, wie ich später erfuhr, die »für morgens« waren.

Ruth nahm dreimal am Tag ein Antidepressivum und abends ein Beruhigungsmittel. Die Medikamente hatte ihr Doktor Paul Menahovsky verschrieben, dessen Praxis in der Third Avenue lag, wo sie einmal pro Woche hinging. Eine

Kombination aus Prozac und Tafil, das war das Geheimnis ihrer unerschütterlichen Ruhe, und mir blieb nichts anderes übrig, als der modernen Pharmakologie dafür zu danken, dass sie die Rezeptur für die Frau gefunden hatte, die zu meinem Temperament passt. Obschon manche das glauben könnten, enttäuschte es mich nicht im Geringsten, dass diese Ruhe nicht natürlich, sondern auf Medikamente zurückzuführen war. Ich würde sogar sagen, das Gegenteil war der Fall. Eine chemische, von Medikamenten hervorgerufene Reaktion ist sehr viel zuverlässiger als ein Verhalten, das auf den stets so wenig vorhersagbaren Lebensumständen basiert. Außerdem, wie ich schon sagte, die Liebe entsteht meiner Ansicht nach nicht aus einem Zauber, sondern sie setzt sich aus einer Reihe von Abmachungen, Komplizenschaft, gemeinsamen Vergnügen und Vorlieben zusammen. Natürlich waren die kleinen Freuden, die Ruth und ich uns bescherten, in keiner Weise vergleichbar mit denen, die ich mir selbst in Momenten des Alleinseins und der Zurückgezogenheit bereitete. Es wäre mir zum Beispiel niemals in den Sinn gekommen, ihr ein Gedicht von Vallejo vorzutragen. Ich konnte in ihrer Nähe weder eine meiner Lieblingsplatten hören noch eine Seite von Walter Benjamin oder Theodor Adorno lesen. Nein, die Vorlieben, die Ruth und ich teilten, waren klein, fast minimal, das waren ein guter Wein, französische Filme oder polnische Wurstwaren. Diese Affinitäten, so winzig sie auch sein mochten, waren letztlich stark genug, um unser gemeinsames Leben zu tragen, das Gleichgewicht, das es uns ermöglichte, für ein oder zwei Tage pro Woche harmonisch zusammenzuleben. Unglücklicherweise ist kaum etwas so flüchtig wie das Vergnügen.

Sobald ich mich daran gewöhnt hatte, rührten mich weder Ruths Ruhe noch ihr Schweigen. Bei näherer Betrachtung ist es traurig: Wenn zwei Menschen nicht ineinander verliebt sind, wie das – zumindest von meiner Seite her – der Fall war, macht sich letztlich die Langeweile breit, alles wird so fade wie die Pilze im Essen, die man zu lange im Kühlschrank aufbewahrt hat. Und so war es auch bei uns beiden. Es kam der Tag, an dem sich in unsere Treffen die Monotonie einschlich. Nicht, dass ich Ruth besonders häufig sah, tatsächlich verbrachten wir nur ein oder zwei Tage pro Woche zusammen. Sie setzte mich auch nicht mit zu vielen Forderungen oder Fragen über mein Leben unter Druck. Ihre Versuche, meinen Kleidungsstil zu ändern – eine Manie, die alle Frauen teilen –, zeigte sich bei ihr in Form von kleinen, angenehmen und gut gemeinten Geschenken: eine Brieftasche, ein Kaschmirpullover, nichts, wogegen man sich wehren könnte. Doch die Seele, meine eingeschlossen, wird schwach, wenn man sie nicht ständig trainiert. Ich hatte mich zu sehr an das samstägliche Mittagessen, bestimmte Kinonachmittage, gefolgt von intimen Abendessen, gewöhnt und war nicht bereit, darauf zu verzichten. Vielleicht war das der Grund, warum ich entschied, die Beziehung mit ihr fortzuführen, es könnte aber auch an Ruths aufrichtiger Zuneigung gelegen haben. Zwar musste ich oft berufliche Verpflichtungen erfüllen, wenn ich bei ihr war, wie zum Beispiel am Wochenende Fahnen korrigieren, manchmal schaltete ich aber auch den Fernseher ein, um Nachrichten zu sehen.

Nach einigen Monaten begann ich, mich wieder für die Frauen im Verlag zu interessieren. Während sie an meinem Schreibtisch vorbeiliefen – der an einem strategisch günstigen Ort stand, wo ich vor der Welt geschützt war und gleichzeitig mitbekam, was vor sich ging –, fragte ich mich, ob eine von ihnen wohl die Traumfrau wäre, deren Anwesenheit ich so oft gespürt hatte, sobald ich in Gedanken an sie die Augen schloss. Immer, wenn ich eine neue Mitarbeiterin für eine mögliche Traumfrau hielt, entwickelte ich eine Strategie, um mit ihr ins Gespräch zu kommen oder in der Kantine auf sie zu treffen. Ich wartete in der Schlange am Büfett auf sie und sprach immer langsamer, bis ich mich mit ihr an einen Tisch setzen konnte. Eine kurze Unterhaltung bei Quiche lorraine oder Champignoncremesuppe genügte, um mich davon zu überzeugen, dass unter diesen kleinen Lektorinnen oder Luxussekretärinnen niemals eine Frau sein würde, von der ich träumte. Das zu begreifen hinderte mich freilich nicht daran, mit ihnen zu schlafen. Aber keine dieser Bettgenossinnen schien es mir wert, sie mehr als ein Mal zu treffen, deshalb vermied ich es von da an, dass das Schicksal uns auf einem Flur oder in einem Fahrstuhl zusammenführte. Aber ich kroch weiter häufig unter Ruths Laken, trotz ihrer Pfirsichfarbe, trotz der Übelkeit, die Ruth mir manchmal verursachte, und auch trotz der Langeweile, die sogar schwerer zu ertragen war als die Übelkeit, denn kein Erbrechen und keine Medizin können eine Beziehung erleichtern, deren Scheitern vorprogrammiert ist. Doch Ruth schien weder die vorhersehbare Trennung zu stören noch mein Brechreiz oder der Verdruss, den ich jedes Wochenende wie eine zweite Haut unter der Maske des Gastes zur Schau trug. Und dennoch, so undenkbar es mir in jener Zeit auch vorkam, erwachte auch Ruth irgendwann aus ihrer Schläfrigkeit.

Eines Nachts, es war Mitte November – es muss zwischen drei und fünf Uhr morgens gewesen sein, genau weiß ich es nicht mehr –, fing das Telefon an, beharrlich zu klingeln. Wie ich schon erwähnte, ist bei mir zu Hause der Klingelton praktisch unhörbar, aber ich habe einen leichten Schlaf und bemerkte sofort, dass der Anrufbeantworter angesprungen war. Dass es Ruth sein könnte, die mich um diese Zeit anrief, kam mir als Letztes in den Sinn. Ich dachte, es wäre vielleicht etwas Dringendes, vielleicht eine schlechte Nachricht, wie eine in Miami abgeschossene Rakete, die den Frieden meines Schlupfwinkels störte. Ich zog es vor, nicht abzunehmen, aber es klingelte noch einmal, und wieder sprang der Anrufbeantworter an. In den nächsten Stunden wurde wiederholt angerufen, irgendwann war meine Geduld erschöpft, und ich nahm den Hörer ab, in der Erwartung, tragische Nachrichten von meiner Mutter aus Kuba zu erhalten.

»Was ist los?«, sagte ich, als ich mich meldete, betont erschrocken.

»Ich bin es«, verkündete Ruth am anderen Ende der Leitung. Ich erkannte ihre Stimme, aber nicht den Tonfall, in dem sie sprach. Es musste wirklich etwas Schlimmes passiert sein, weil sie eigentlich nichts so schnell aus der Ruhe brachte.

»Was hast du denn, Liebling?«, fragte ich, dieses Mal ehrlich besorgt.

Sie erzählte mir, dass einem ihrer Kinder möglicherweise etwas zugestoßen sei. Aber mir wurde bald klar, dass es keinen objektiven Grund dafür gab und dass ich wieder einmal – mit Frauen passiert das früher oder später immer – Opfer eines Nervenzusammenbruchs war, obwohl ich nie geglaubt hätte, so etwas auch bei Ruth miterleben zu müssen.

»Mittags hat es angefangen«, sagte sie. »Ich habe Menahovsky angerufen, aber er ist verreist, und sein Assistent hat sich nicht getraut, mein Rezept zu ändern. Ich weiß nicht, was ich tun soll!«

»Aber was hast du denn eigentlich?«, hakte ich nach. Ein Riesenfehler. Niemals hätte ich diese absurde Frage stellen dürfen, und ich hätte es auch nie getan, wenn es nicht um Medikamente gegangen wäre. Ich hatte Angst, es könnte sich um eine Überdosis oder eine Vergiftung handeln.

»*Eigentlich* habe ich, dass ich keinen Grund habe zu leben. Ich bin allein am Boden eines tiefen Brunnens. Ich kann niemandem vertrauen.«

Meine erste Reaktion war Erstaunen. Nie hätte ich gedacht, einmal solche Worte aus Ruths Mund zu hören. Mir war ihr Leben – und auch ihre Art, es zu ertragen – stets mehr wie eine Landpartie vorgekommen als wie ein tiefer Brunnen.

Auf die Verwirrung folgte Entrüstung: Wieder einmal war ich in einem emotionalen Spinnennetz gefangen, in einem dieser eingebildeten Dramen, die zu inszenieren Frauen wahre Meister sind. Mehr als drei Tage lang – der Zeitraum, bis Menahovsky wieder in die Stadt zurückkam – hatte ich die Gelegenheit, Ruth ihrer immerwährenden Ruhe beraubt zu sehen: ein erbarmungswürdiger Anblick. Sie hatte nicht nur ihre wichtigste Eigenschaft verloren, sondern sie verwandelte sich einige Tage lang in ein gequältes und leidendes Wesen, so etwas wie die andere Seite der Medaille. Am schlimmsten aber war für mich, dass ich mich ständig fragte, ob die wahre Ruth Perelman eher dieser Frau glich oder der, die ich bis dahin gekannt hatte. Wenn diese kurze, aber tiefe Depression sich in absoluter Privatheit ereignet hätte, von der ich nur ein Echo gehört hätte, wenn ich anrief, um mich nach ihr zu erkundigen, wäre meine Reaktion wahrscheinlich eine ganz andere gewesen. Vielleicht wäre es mir gelungen, echtes Mitleid für sie zu empfinden, und sogar Zärtlichkeit und Sorge, aber, wie

Mario immer versichert, eine Frau leidet nur im Stillen, wenn sie kein Telefon in der Nähe hat, und das Loft in Tribeca war voll mit Telefonen. Auf diesen nächtlichen Anruf folgten sechs weitere, alle im Laufe des Vormittags. Ruth flehte mich an, sofort zu ihr zu kommen, und drohte, im Verlag aufzutauchen, wenn ich es nicht tat. Ich musste in der Arbeit fehlen, was mir fast nie passiert, es sei denn, ich habe über vierzig Fieber. Als ich an ihrem Haus ankam, musste ich einen Moment auf der gegenüberliegenden Straßenseite stehen bleiben, um nicht ihren Kindern zu begegnen, die gerade in den Wagen ihres Vaters stiegen. Bevor das Auto losfuhr, konnte ich durch das Rückfenster sehen, dass das Mädchen weinte. Es war kalt, aber das Licht an diesem Morgen war so rein, als hätte die Wintersonne es geklärt. Ich war kurz davor, umzudrehen und den Tag im Central Park zu genießen. Aber ich sah mich einer unbekannten und daher auch unberechenbaren Ruth gegenüber. Wer konnte mir versichern, dass das keine leere Drohung gewesen war und sie mir im Büro keine Szene machte? Daher betrat ich das Gebäude, sobald Isaacs Auto um die Ecke verschwunden war, und nahm den Fahrstuhl nach oben, um nach ihr zu sehen. Ich hatte schon bei anderen Frauen Nervenzusammenbrüche erlebt, Kubanerinnen – ich versuche, möglichst nicht mit ihnen zusammenzuleben – neigen zu dieser Art von Schauspiel, deshalb beunruhigte es mich nicht allzu sehr, Ruth mit blutunterlaufenen Augen und verkniffener Miene zu sehen. (Allein der Gedanke, dass es dieselben Lippen waren, die mich an unserem ersten Abend fasziniert hatten!) Am meisten aber überraschte mich in diesem Moment der Zustand ihrer Wohnung. Solange wir zusammen waren, hatte ich sie nie rauchen sehen, sie hatte nicht einmal erwähnt, dass sie damit aufgehört hatte, und dennoch waren überall im Wohnzimmer und auch in der Küche und sogar im Schlafzimmer an diesem Morgen Kippen. Neben dem Kamin, der voller Asche und glimmender Kohle war, fand ich die Scherben eines kaputten Glases und am anderen Ende des Raums eine Flasche Hennessy, was mich zu der Annahme verleitete, dass sie die ganze Nacht lang Kognak getrunken und telefoniert hatte. Aber hatte sie wirklich nur mich angerufen? Ich konnte nicht umhin, sie zu fragen, und auch das stellte sich als Fehler heraus.

»Da du nicht rangegangen bist, habe ich bei Isaac angerufen. Rangegangen ist die Schlampe, die letztes Jahr bei ihm eingezogen ist.«

Auch ihr Wortschatz hatte eine Wandlung erfahren. Ihr Mund blieb plötzlich nicht mehr still, und sie zeigte jetzt eine redselige – mir vollkommen neue – Seite. Über ihren Atem möchte ich lieber nichts sagen. Wie zu erwarten, ging das friedliche Bild, das ich von Ruth hatte, an diesem Morgen flöten. Von der Frau, die mich während des Abendessens bei Beatriz bezaubert hatte, war nichts mehr übrig, oder vielleicht doch: die falsche Dosis Beruhigungsmittel. Ich hätte diese Krise dafür nutzen können, mich von Ruth zu trennen oder, besser gesagt, von diesem menschlichen Wrack, das ich vor mir hatte, aber aus einem mir unerfindlichen Grund schaffte ich es nicht, die entsprechenden Worte zu sagen. Ich schlug ihr vor, die Putzfrau anzurufen, die zum Glück gleich am Nachmittag kam, und nachdem ich Ruth zwei Stunden lang beim Weinen zugehört hatte, teilte ich ihr mit, dass ich nicht bei ihr schlafen würde. Erschöpft verließ ich Ruths Wohnung und lief zügig durch den Park, die Hände in den Manteltaschen vergraben, um sie vor der Kälte zu schützen. Als ich endlich wieder in meiner Wohnung war, flüchtete ich mich in die Musik. Ich wählte eine CD von Stevie Wonder, einem Sänger und Komponisten, der von vielen Angebern zu Unrecht verachtet wird. *The secret life of plants* war das einzige geheime Leben, von dem ich an diesem Nachmittag noch hören wollte. Vor dem Schlafengehen legte ich den Hörer neben das Telefon. Ich war nicht bereit, mir noch eine Nacht von Ruths vorgetäuschtem Leid ruinieren zu lassen. Aber als ich im Bett lag, konnte ich überhaupt nicht einschlafen, obwohl ich mich erschöpft fühlte. In meinem Kopf kreisten alle möglichen Anklagen. Wohin würde dieses Ungleichgewicht in Ruths Medikation noch führen? Als ich endlich einschlief, waren meine Träume schlimmer als das Wachsein. Unaufhörlich kam mir der Morgen, an dem ich Kuba für immer verlassen hatte, in Erinnerung und das aufgelöste Gesicht meiner Mutter, die mich trotz ihres Abschiedsschmerzes ermutigte fortzugehen. Hatte der unverschämte Mario etwa recht, wenn er immer wieder behauptete, ich solle eine Therapie machen? Es war eine der längsten Nächte, die ich in Erinnerung habe. Der Wecker klingelte um sechs, wie gewöhnlich, und ich machte einen panischen Satz aus dem Bett. Bevor ich ins Bad ging, um mein tägliches Reinigungsritual auszuführen, blickte ich verstohlen zum Eingang und bemerkte erleichtert, dass die Zeitung schon unter der Tür lag. Weniges gibt mir so viel neuen Mut wie die Tatsache, jeden Tag die *New York Times* zu bekommen. Der Gedanke an die vielen Menschen, die wach bleiben oder das Haus verlassen müssen, lange bevor mein Wecker klingelt, damit ich beim Frühstück die neuesten Nachrichten lesen kann, gibt mir meine Würde und das Gefühl von Sicherheit zurück. Ich ging zur Arbeit, ohne das Telefon wieder anzuschließen. Lieber nahm ich das Risiko in Kauf, dass Ruth im Büro auftauchte, als diesen Zustand der Erpressung zu ertragen, den sie mir aufzuzwingen versuchte. Glücklicherweise hielt sie sich mehr oder weniger fern, mit Ausnahme einiger E-Mails, in denen sie mir in ungelenkem und, ehrlich gesagt auch ziemlich kitschigem Ton ihre Unruhe und Angst schilderte. So ging es fast die ganze Woche weiter. Am Donnerstag beschloss ich in einem Anfall von Großzügigkeit, ihr einen sehr bekannten Satz von Milton aus *Paradise Lost* zu schicken:

> The mind is its own place, and in itself can make a
> heaven of hell, a hell of heaven.

Ruth sollte wissen, dass ich mich nicht von ihr losgesagt hatte, aber dass ich ihr ihr theatralisches Gehabe auch nicht ganz abnahm. Ich versicherte ihr, dass ich es, zum Wohle unserer Beziehung, vorzog, einen gesunden Abstand zu halten. Wir trafen uns nicht, wie gewohnt, am Samstagmittag, aber ich willigte ein, am Sonntagnachmittag bei ihr vorbeizukommen. Ich hatte mich mit Mario in einem Café in Tribeca verabredet. Ruth würde diese Nacht bei ihrem Bruder in Long Island bleiben und lud mich nach dem Mittagessen zum Tee ein. Ich war einverstanden und versprach, bei ihr zu bleiben, bis sie das Haus verlassen würde. Ihr Verhalten an diesem Tag ließ mich annehmen, dass sie wieder zur Vernunft gekommen war. Sie brach nicht in Tränen aus und machte auch sonst kein Theater. Sie warf mir auch nicht vor, dass ich mich von ihr ferngehalten hatte. Dennoch verriet mir ihr Gesichtsausdruck, dass sie mehrere schlaflose Nächte verbracht und Angstzustände gehabt hatte. Nachdem wir Tee getrunken hatten, schlug sie mir vor, ich solle mich in meinen Lieblingssessel setzen. Sie hatte mir den *New Yorker* besorgt und meinte, ich könne darin blättern, während sie sich zum Ausgehen fertig mache. Ich schaute mir die Zeitschrift an, konnte aber keinen Artikel lesen. Alle erschienen mir auf unerträgliche Weise pedantisch. Die Nachmittagssonne fiel schüchtern durchs Fenster, und ohne es zu merken, schlief ich ein. Als ich aufwachte, sah ich auf die Uhr und bemerkte, dass mehr als vierzig Minuten vergangen waren. Ich ging zum Badezimmer und hörte, dass der Wasserhahn noch geöffnet war. Ich klopfte an die Tür und bat, eintreten zu dürfen.

»Komm herein«, sagte sie. »Ich bin gerade fertig mit Baden.«

Ihr ungeschminktes und von der Anspannung der letzten Tage von Falten durchzogenes Gesicht ähnelte dem einer zehn Jahre älteren Frau. Ihr dünner Körper hob und senkte sich im Schaum des Jacuzzi. Der matte Blick, den sie mir in diesem Moment zuwarf, erinnerte mich an eine Languste, die ich wenige Tage zuvor in einem Restaurant in Williamsburg gesehen hatte, wo Mario und ich mehrere Male zu Abend gegessen hatten. Ruth stieg noch schaumbedeckt aus dem Wasser, wie eine alte Sirene, die im Begriff war, am Meeresufer zu sterben. Zum Glück dauerte es nicht lange, bis sie einen weißen Bademantel angezogen hatte. Ich beobachtete, wie sie sich die Haare mit dem Lockenstab trocknete, den sie anschließend wieder in den Schrank räumte. Jede einzelne ihrer Bewegungen ließ eine große Anstrengung vermuten.

»Was kann ich für dich tun?«, fragte ich aufrichtig. Ich war entschlossen, ihr zu helfen, ich hätte sogar mit ihr gevögelt, obwohl ich mich an diesem Abend von ihrem Körper überhaupt nicht angezogen fühlte. Ruth schwieg einige Minuten lang.

»Komm mit mir nach Paris«, sagte sie schließlich zu meiner großen Überraschung. »Ich habe dort einen Geschäftstermin, aber ich traue mich in diesem Zustand nicht, allein zu reisen. Das könnten unsere Flitterwochen sein, bisher hatten wir ja noch keine.«

Der Ausdruck tat mir in den Ohren weh wie ein süßliches und schmalziges Schnattern, aber ich erwiderte nichts. Es war schon mehrere Jahre her, dass ich zum letzten Mal einen Fuß auf französischen Boden gesetzt hatte. Die Vorstellung, wieder nach Paris zu kommen, eine Stadt, an die ich so viele schöne Erinnerungen habe, ließ mich jubeln. Ich fasste Ruth an den Schultern und flüsterte ihr ins Ohr, dass ich mit ihr fahren würde, wohin sie auch wollte.

Ruth machte sich auf nach Long Island, während ich lange durch das Viertel wanderte und darauf wartete, dass es Zeit für meine Verabredung mit Mario wurde. Als ich nach Hause kam, schrieb ich mehrere E-Mails an die Pariser Freunde. Ich habe große Lust, bestimmte Menschen wiederzusehen. Wenn Ruth der Tapetenwechsel gut täte, könnte ich sie vielleicht ein paar meiner Freunde vorstellen. Julián Pisani, zum Beispiel, oder Haydée Cisneros oder auch Michel Miló, dessen Buch ich vor mehr als zehn Jahren ins Spanische übersetzt habe. Obwohl ich sie nicht sehr häufig gesehen habe, sind diese Menschen, wie abstrakte und gleichzeitig andauernde Schimären, immer noch Teil meiner Gefühlswelt. Paris verleiht seinen Bewohnern eine gewisse Tiefe, und ich weiß, dass sie, wie ich, die Stille und den Frieden zu schätzen wissen, die Ruth ausstrahlt, wenn sie ausgeglichen ist, ohne den Ursprung dieser Ruhe infrage zu stellen.

Menahovsky kehrte am folgenden Montag in seine Praxis zurück, und zwei Wochen später war meine Freundin so wie früher. Als ich mich endlich wieder, mit einem Glas Wein und einer Popular in der Hand, in den Klubsessel in ihrem Loft setzen konnte, sagte ich mir, dass sich meine Geduld mit Ruth gelohnt habe. Wieder einmal hatte die Höflichkeit gegenüber der Menschheit triumphiert.

Er lag direkt gegenüber, doch ich ging nur sehr selten zum Père-Lachaise. Es gefiel mir sehr, den Friedhof aus der Ferne zu betrachten, aber er wurde nie Teil meines täglichen Spaziergangs. Tom musste mich mehrmals drängen, bis ich bereit war, ihn zu begleiten. Ich hatte keine Lust, diesen Ort mit jemandem zu besuchen, der mit den Toten sprach, deshalb musste Tom mir vorher versprechen, dass er mit niemandem reden würde, der nicht aus Fleisch und Blut war. An diesem Freitag hörte er um zwölf Uhr auf zu arbeiten. Wir trafen uns in einem Café in Ménilmontant, wo wir in Windeseile eine Suppe und ein Stück Quiche aßen, um so schnell wie möglich zum Père-Lachaise zu kommen. Der Spaziergang an diesem Nachmittag war noch angenehmer, als ich ihn mir vorgestellt hatte. Im Gegensatz zu den anderen Besuchern warfen wir weder einen Blick auf die Karte, die neben dem Eingang hing, noch baten wir den Wärter um ein Exemplar. Wir schlenderten entspannt herum, ohne einen bestimmten Weg im Sinn zu haben, sorglos wie zwei Touristen, die, ohne etwas zu erwarten, drauflosgehen und sich vom intuitiven Rhythmus ihrer Schritte an einen beliebigen Ort tragen lassen. Tom lief hinter mir. Er fand Gefallen daran, dem Ziel meiner Aufmerksamkeit zu folgen. Wenn ich vor einem Grabstein stehen blieb, las er laut den Namen vor, und wenn er es für nötig hielt, machte er noch eine Bemerkung zu dem Verstorbenen, zu seinem Beruf oder zu der Epoche, aus der das Denkmal stammte. Wir fanden mehr »berühmte« Gräber, als ich gedacht hätte. Ich erinnere mich, unter anderem, an das weiße Grab von Frédéric Chopin, das hinter ein paar ordentlich geschnittenen Büschen versteckt lag. Sein Name stand auf einer weißen Oberfläche und war von beeindruckender Schlichtheit, die Grabstelle zierte auch eine wunderschöne Frauenskulptur. Ich dachte, dass in der Tatsache des Sterbens etwas lag, das sich nicht mit Worten und auch in keinem Buch der Welt ausdrücken ließ. Wahrscheinlich war die Musik das Medium, das am besten geeignet war, dieses Unaussprechliche zu vermitteln.

Je später es wurde, desto kälter blies der Wind. Es begann zu dämmern, und ich wollte weg vom Friedhof. Instinktiv versuchte ich, den Weg in Richtung Ausgang abzukürzen, aber schließlich stellte ich fest, dass ich mich verirrt hatte. In dem Moment bemerkte ich, dass nur wenige Meter entfernt eine Beerdigung stattfand. Es war eine weltliche Bestattung, sehr diskret; nicht einmal zehn Menschen standen um einen rötlichen Holzsarg herum. Neben der Granitplatte, die sich bald für immer schließen würde, erinnerte eine brennende weiße Kerze an die Zerbrechlichkeit und die Schönheit eines Lebens. Als Tom und ich endlich am Nordausgang ankamen, machte ich einen Schlenker zu dem Bereich, wo sich die Urnen der eingeäscherten Verstorbenen befanden und der »Kolumbarium« genannt wurde. Der Begriff bedeutet auf Lateinisch Taubenschlag, und die Urnenhalle wird wegen ihrer Ähnlichkeit mit den Bauten, die die Römer für diese Vögel anfertigten – eine große Anzahl quadratischer, tiefer Luken, wo die Tiere hinflüchten konnten –, so genannt.

»Wie du siehst«, sagte Tom, »gibt es hier keine Gräber, sondern Nischen. Vor ein paar Monaten habe ich eine für mich gekauft.«

Er bestand hartnäckig darauf, mir seine Nische zu zeigen, aber ich weigerte mich. Als mein Blick vor den namenlosen Steinen floh, blieb er an einer hellgrauen Zementtafel hängen, an der jemand mit Klebeband eine rote Rose befestigt hatte. Ich ging näher heran, um mir die Tafel genau anzusehen. Es war die von Perec.

Da begriff ich, dass unser Spaziergang, zumindest für Tom, nicht so zufällig gewesen war, wie ich es geglaubt hatte. Nachdem wir den Friedhof verlassen hatten, setzten wir uns in ein nahezu leeres Café mit Terrasse in der Rue des Rondeaux. Während wir bedient wurden, zog Tom einen Lageplan des Friedhofs aus seiner Tasche und fuhr mit dem Finger den Weg nach, den wir gegangen waren. Dabei zeigte er mir mehrere Gräber vor denen ich zufällig stehen geblieben war, und begann, ihn zu deuten wie eine Landkarte oder einen Stammbaum oder auch einen Tarot, der in jedem Namen einen verborgenen Sinn, eine

Bedeutung erkennen ließ. »Zuerst bist du ans Grab von Colette gegangen, das weist auf deine Unabhängigkeit und Kühnheit hin, aber zugleich auch auf deine literarischen Neigungen. Dann bist vor dem von Simone Signoret stehen geblieben: ein Gesicht, das man nie vergisst.« Während Tom erläuterte, versuchte ich herauszufinden, ob es ihm damit ernst oder ob das mehr ein Spiel war, aber Tom scherzte nicht und fuhr mit seiner Lesung fort, die Alejandro Jodorowsky würdig gewesen wäre: »Frédéric Chopin kann hier für einen frühen Tod stehen, aber auch für deine romantischen Neigungen. Du bist jemand, dem die Dinge zu Herzen gehen. Dass du vor dem Denkmal der Résistance-Kämpfer und an der Mur des Fédérés stehen geblieben bist, zeugt von deinem Mut und deinem rebellischen Geist. Mit dem Grab von Kardec hatte ich schon gerechnet, und das bestätigt nur, dass du fähig bist, all ihre Stimmen zu hören.«

Obwohl ich etliche Namen kannte, wusste ich doch nicht genau, wer diese ganzen Berühmtheiten waren, die Tom erwähnte, aber ich traute mich nicht nachzufragen. Ich fand es unerhört, dass er es wagte, so viele Behauptungen über mich aufzustellen, nur wegen ein paar Gräbern. Ich hatte das Gefühl, einer absurden Prüfung unterworfen zu werden, und machte ihm heftige Vorwürfe.

»Wenn du mir gesagt hättest, dass dieser Spaziergang eine Röntgenaufnahme meiner Seele sein würde, hätte ich mich geweigert mitzukommen.«

»Die Röntgenaufnahme habe ich schon vorher gemacht, an dem Abend, als wir zum ersten Mal zusammen gegessen haben. Heute habe ich meine Ergebnisse nur überprüft.«

»Und wenn du dich getäuscht hast?«, fragte ich ihn. »Wenn du mit der Zeit feststellst, dass ich nicht die Person bin, für die du mich gehalten hast, und auch nicht die Eigenschaften besitze, die du mir zuschreibst?«

»Du besitzt die Eigenschaften, die ich brauche«, sagte er, während er meine Hand nahm.

An diesem Abend aßen wir schweigend, und sofort darauf kehrte ich in meine Wohnung zurück. Ich legte mich ins Bett und rollte mich zusammen, im Bewusstsein, dass auf der anderen Seite der Wand sein Bett stand.

Am Samstag schlug Tom mir vor, am Square Gardette, nahe der Église Saint-Ambroise, einen Kaffee zu trinken. Wir gingen die Rue du Chemin Vert hinunter, passierten ein paar Querstraßen, und als wir zum Platz gelangten, bogen wir nach rechts ab. An der Ecke war eine Bar, und ich dachte, Tom würde mit mir hineingehen. Aber er blieb vorher an einer Haustür stehen. Er gab den Code ein, und die Tür öffnete sich. Ich fragte ihn, wohin wir gingen, und er antwortete, dass er mich jemandem vorstellen wolle.

Ich befürchtete, es könne sich um einen der Wärter vom Père-Lachaise handeln, die Tom jeden Morgen begrüßte und persönlich zu kennen schien.

Während wir im Aufzug nach oben fuhren, drang fröhliche Musik an unsere Ohren, der Gesang war portugiesisch.

»Das kommt aus seiner Wohnung«, bestätigte Tom.

»Ich dachte, du würdest außer mir kaum eine Menschenseele kennen!«

Es roch nach Essen. Die Tür wurde geöffnet, und ein junger Mann mit leuchtenden, schwarzen Augen und einem weißen Baumwollhemd erschien.

»Das ist David, ein Freund, der am Leben ist, aber nicht mehr lange.«

Beide führten ein paar Judogriffe aus (ich habe noch nie verstanden, warum Männer auf diese Weise ihre Zuneigung ausdrücken), anschließend zeigte uns David, wo wir unsere Mäntel ablegen konnten, und wir gingen ins Wohnzimmer. »Ihr kommt gerade rechtzeitig«, sagte er. »Wir bereiten einen *rôti* zu.« Dann erschienen zwei brasilianische Mädchen und Marion, Davids Freundin, eine farbige Französin. Kurz darauf setzten wir uns an den Tisch. Die festliche und ungezwungene Atmosphäre war so anders als die, die uns umgab, wenn wir allein waren, dass ich wirklich überrascht war.

Eigentlich hatte Tom eine ganze Reihe Freunde, Menschen, die ihn liebten und sich nicht scheuten, ihrer Bewunderung für ihn Ausdruck zu verleihen. Das hatte ich nach und nach schon herausgefunden, nachdem er zum ersten Mal Besuch bekommen hatte. Dass er diese Freunde häufig traf, war etwas anderes.

»Danke, dass du ihn heute rausgelassen hast!«, platzte David während des Essens heraus. »Seit du ihn entführt hast, ist er wie vom Erdboden verschluckt.«

An diesem Tag wurde mir auch klar, dass alle von meiner Existenz wussten und Tom und mich für ein Paar hielten. Diese stillschweigende Annahme, die Tom sich nicht zu klären bemühte, machte mich nervös. Ich machte mir Sorgen, die anderen könnten mir Fragen stellen, auf die ich keine Antwort wusste. Anstatt mich am Tischgespräch zu beteiligen, begann ich also, mich in der Wohnung umzusehen. Auch in Davids Regalen standen verlockende Bücher: sämtlche Beatniks und die gesammelten Gedichte von Diane di Prima. Irgendwann ging ich ins Bad und nutzte den Moment, um einen Blick in die anderen Räume zu werfen, ein Ankleide- und Schlafzimmer, eine Küche und das Wohnzimmer, wo David uns empfangen hatte. Durch eine offene Tür konnte ich das Bett sehen, auf dem eine bunte Ethnodecke lag. Jede neue Freundschaft, vor allem wenn eine gewisse Anziehungskraft besteht, bedeutet eine Reise in eine unbekannte Dimension oder zumindest in Parzellen der Wirklichkeit, mit denen wir nicht vertraut sind. Ich wusste nur sehr wenig über Tom, kannte kaum die angelsächsische Kultur, mit der er aufgewachsen war, aber auch die Erfahrungen seiner Generation, ein Jahrzehnt älter als meine, schienen mir fremd und gerade deswegen spannend. Es war klar, dass auch er etwas in der Art für meine persönliche Geschichte und meine mexikanische Herkunft empfand, und dennoch: Wie sehr interessierte er sich für mich als Mensch? Das fragte ich mich oft, und auch, ob er Gefallen an meinem

Körper fand, aber ich hatte Angst vor der Antwort. Ich zog es vor, im Ungewissen zu bleiben, wo alles möglich war, als eine kategorische und negative Antwort zu erhalten. Wir aßen mehr als normalerweise, und zum Abschluss tranken wir den Kaffee, den Tom mir versprochen hatte. Die Brasilianerinnen drehten einen großzügigen Joint und ließen ihn am Tisch herumgehen. Tom und ich waren die Einzigen, die nicht mitrauchten. Als die anderen anfingen, über alles und jeden zu lachen, verließen wir die Wohnung wieder.

An diesem Abend schien er meine Gedanken gelesen zu haben. Während wir die Rue du Chemin Vert entlang in Richtung unseres Hauses gingen, begann mein Nachbar, mir Erklärungen zu liefern, um die ich ihn gar nicht gebeten hatte.

»Ist dir das aufgefallen? Alle glauben, dass wir zusammen sind.«

Ich nickte.

»Aber sie sind auch ziemlich zurückhaltend. Als ob sie Angst hätten, etwas Falsches zu sagen«, sagte ich.

»Es gab mal eine Zeit, da haben sie mich für einen *womanizer* gehalten. Jetzt wissen sie nicht mehr, in welche Schublade sie mich stecken sollen.«

Obwohl ich die Bedeutung kannte, klang das englische Wort in meinen Ohren unschön. Das war das absolute Gegenteil von dem, was ich über Tom dachte.

»Warum?«, fragte ich verblüfft. Ich sah Tom nicht als Frauenheld und erst recht nicht als jemand, der das weibliche Geschlecht hypnotisierte.

»Bevor ich krank wurde, fanden die Frauen mich recht attraktiv.«

Ich lächelte ihn zärtlich an, wie eine Kusine und nicht wie eine Frau, die sich umworben fühlt, und versicherte ihm:

»Du bist immer noch attraktiv.«

»Vor allem bin ich nur noch ein Schatten meiner selbst«, erwiderte er. »Aber trotzdem danke, das ist sehr großzügig von dir.«

Einige Minuten lang herrschte Schweigen, und dann, als ob er Mut fasste, verkündete Tom, dass er mit mir reden müsse.

»Darüber, wofür die Leute uns halten?«, fragte ich in scherzhaftem Tonfall. Ich versuchte, die Anspannung, die zwischen uns aufgekommen war, abzubauen, aber es war zwecklos. Tom ging nicht darauf ein, und wir überließen uns wieder dem Schweigen.

»Ich fahre nach Sizilien«, sagte er schließlich ohne Umschweife. »Mein Flug geht dieses Wochenende.«

Die Aussicht, allein, ohne ihn, in unserem Haus zurückzubleiben, genügte, um das Blut in meinen Adern gefrieren zu lassen. Tom war zu meiner einzigen Wärmequelle geworden, und wir hatten erst Anfang Februar. Ich konnte mir nicht vorstellen, wie ich ohne ihn den Winter überstehen sollte. Er erklärte mir, dass er im Süden der Insel den idealen Rückzugsort gefunden habe. Dort würde er weiter versuchen, mit der Angst in einen Dialog zu treten. Sein Motiv erschien mir nicht nur unsinnig, sondern unglaubwürdig. Wovor hatte er Angst? Davor, weiter als *womanizer* zu gelten? Hatte er Angst, in etwas verwickelt zu werden, eine Verpflichtung einzugehen? Ich konnte nicht verhindern, dass ich mich betrogen fühlte. Ungläubig sah ich ihn an.

»Ich wollte schon im Dezember fahren, aber nach unserem ersten Abendessen habe ich die Reise immer wieder verschoben. Ich wollte dich unbedingt kennenlernen. Das will ich noch immer.«

»Wie lange bleibst du?«

»So kurz wie möglich. Das verspreche ich dir.«

An diesem Abend aßen wir zusammen. Tom war die ganze Zeit über gedrückter Stimmung. Ich war mir sicher, dass sich seine Gedanken mit anderen Dingen beschäftigten als denen, die er mir anvertraute. Als wir mit dem Essen fertig waren, stand er vom Tisch auf und begann, ohne ein Wort zu sagen, die Teller abzuspülen. Ich war kurz davor zu gehen. Das wäre mehr als logisch gewesen. Aber aus irgendeinem Grund blieb ich da und klammerte mich an die Hoffnung auf ein glückliches Ende dieses schweigsamen Abendessens. Nachdem er das Geschirr abgewaschen, getrocknet und sorgfältig in den Küchenschrank geräumt hatte, ging mein Nachbar in sein Schlafzimmer und machte den Kamin an. Es war, als würde ich nun den Film zu einem

Soundtrack sehen, den ich unzählige Male in meiner Wohnung gehört hatte und der jedes Mal verstummte, wenn ich Tom besuchte. Während ich ihn beobachtete, begriff ich, dass er meine täglichen Verrichtungen mit religiösem Gebaren ausführte, als ob jede seiner Gesten eine Bedeutung und eine eigene Ordnung hätte, die ihm Sicherheit gab oder ihn doch zumindest beruhigte.

Als das Feuer im Kamin seines Schlafzimmers brannte, setzte sich Tom neben mich auf sein Bett. Von dort konnte man das Knistern der Holzscheite hören und auch das orangefarbene Licht erkennen. An diesem Abend erzählte Tom mir von seinem Gesundheitszustand und der Krankheit, mit der er schon seit mehreren Jahren lebte und mit der er sein tägliches Leben genauso verhandelte wie jede seiner Aktivitäten. Er berichtete mir von der Verschlechterung seiner körperlichen Verfassung, seiner geringen Lebenserwartung, den Behandlungsmöglichkeiten. Ich hörte ihm aufmerksam zu, und als er geendet hatte, gaben sich mein Blick und meine Gedanken den Formen der Flammen hin, und ich sagte kein Wort. Was ich gerade gehört hatte, ließ seine Reise nach Sizilien unwichtig und unglaublich positiv erscheinen.

Schließlich konnte sich meine Zunge dazu durchringen, sich zu bewegen, und formulierte, als besäße sie einen eigenen Willen, eine Frage, die völlig unpassend war:

»Warum brennt mein Kamin nicht?«

»Aus demselben Grund, aus dem du die Toten nicht hörst. Weil du es bisher noch nicht gewollt hast. Dein Kamin ist in perfektem Zustand. Seit ich in diesem Haus wohne, wurde der Rauchabzug jedes Jahr gereinigt. Du und ich teilen uns einen.«

Zurück in meinem eigenen Schlafzimmer, lauschte ich wieder einmal Toms Bewegungen, diesen Gängen ins Bad, die ich bisher nicht richtig eingeordnet hatte. In seiner Wohnung brannte noch der Kamin, und ich sagte mir, dass auch er vermutlich noch wach war. Meine Uhr schlug halb fünf Uhr morgens, als ich entschied, mir meine Nachtwache nicht länger zuzumuten. Ich verließ meine Wohnung und klopfte an seine Tür. Mehrere Minuten lang umarmten wir uns im Eingang und hielten den Atem an wie zwei Menschen, die auf das unmittelbare Ende einer geheimen Welt warten. Unser Gemütszustand vereinte Traurigkeit und Erstaunen, aber auch Freude darüber, immer noch zusammen zu sein. Dann fing Tom an, mich langsam zu küssen, als wollte er den Lauf der Zeit herausfordern. Dort, im Auf und Ab seiner Hände, seiner Lippen, seiner Bewegungen, hatte ich den Eindruck, dass er wirklich das besaß, womit er am Nachmittag geprahlt hatte, also eine exakte Röntgenaufnahme meines Empfindens und meiner Bedürfnisse. All diese Gefühle mischten sich mit anderen, die sehr unterschiedlich waren: die Berührung seiner alten und welken Haut, sein penetranter Geruch nach Medizin, der Begriff *»womanizer«*, der in meinem Kopf kreiste. In dieser Nacht konnte ich nicht schlafen. Toms Stimme, die diese ganzen wissenschaftlichen Fachausdrücke aussprach, hallte in meinem Kopf wider: arterielle Hypertonie, Diuretika, Lungen- und Herzatrophie, intravenöse Katheter. Wir blieben die ganze Nacht lang wach und prägten uns den Körper des anderen ein. Später frühstückten wir im Café an der Ecke und schnitten kein einziges schwieriges Thema an, bis das graue Taxi, das ihn zum Flughafen bringen sollte, kam. Bevor Tom in den Wagen stieg, hielt er mir seine Wohnungsschlüssel hin.

»Falls es irgendein Problem mit der Wohnung gibt oder du etwas brauchst.«

Er umarmte mich und gab mir einen flüchtigen Kuss wie jemand, der noch am selben Tag, am Abend zurückkommen will. Ich wollte nicht hinsehen, als das Taxi losfuhr.

»Ich habe jemanden kennengelernt«, sagte ich ohne Umschweife zu Haydée.

Sie hob die Augen von ihrem Weinglas und blickte mich mit der argwöhnischen Verwunderung eines Menschen an, der gerade etwas höchst Unwahrscheinliches hört.

Ich berichtete ihr ausführlich von meiner Freundschaft mit Tom, und mehrere Sekunden lang – für Haydée war das eine Ewigkeit – schwieg sie ehrfurchtsvoll. Danach machte sie mir gekränkt Vorwürfe, dass es so lange gedauert hatte, bis ich ihr davon erzählte. Anschließend konzentrierte sie sich auf ein einziges Detail: den fehlenden Sex.

»Du musst herausfinden, ob es etwas Ernstes ist.«

Seit er ins Taxi gestiegen war, hörte ich nichts mehr von ihm. Kein einziger Anruf, nicht einmal eine E-Mail oder eine Nachricht auf meinem Handy. Ich tat nichts anderes, als auf ihn zu warten. Die Wochen kamen mir wie Jahre vor. Ich stellte ihn mir auf den Straßen des Viertels vor, bis ins kleinste Detail, und mit dem Eifer desjenigen, der eine Anrufung vollzieht. Ich suchte die Körper und Kleidung der Fußgänger auf dem Boulevard nach irgendeiner Ähnlichkeit ab, und da ich in all diesen anonymen Gesichtern so oft etwas fand, das mich an ihn erinnerte, verschwand schließlich das wenige, was mir von seiner Gegenwart geblieben war. Der Schmerz hingegen hielt an. In diesen Wochen verlor ich Tom oft und bekam ihn wieder zurück, es war eine endlose Reihe von Mutmaßungen, denen ich mich ohne jede Vorsicht überließ, denn ich wusste noch nicht, dass die Mutmaßung eine ätzende Säure ist, die die Hoffnung zerstört. Statt zu resignieren, tat ich mir mit dieser Serie eingebildeter Versprechen und Enttäuschungen selbst weh, Anrufe, die nicht von ihm waren, Briefe, die nicht kamen, einsame Nächte, die ich damit vergeudete, auf die Geräusche meiner Nachbarn zu hören, um festzustellen, dass seine verschwunden waren und aus seiner Wohnung nichts weiter drang als eine unabänderliche Stille. Um mich herum veränderten sich die Dinge, als ob die Realität den anderen gehörte, den Menschen, die ihr Leben nicht nur mit Warten verbrachten. Allmählich kam mir der Verdacht, dass Tom vielleicht nach Sizilien gereist war, um eine andere Frau zu treffen. Der Zweifel wandelte sich in echte Qual. In einer Nacht hielt ich es nicht länger aus und betrat seine Wohnung. Offen gesagt hatte ich schon von Anfang an das Verlangen gehabt, dorthin zu gehen, und mich nur mit großer Mühe beherrschen können. Doch sobald ich die Türschwelle übertreten hatte, fragte ich mich, ob Tom mir seine Schlüssel nicht genau deshalb gegeben hatte, um mir die Suche nach einer Spur zu erleichtern, die mir seine Abwesenheit erklären könnte. Unter diesem Vorwand begann ich, die Bücherregale und Kisten in seiner Wohnung durchzuschauen. Ich öffnete jede Schreibtischschublade, und wenn ich einen Brief oder eine Fotografie fand, las ich aufmerksam die Zeilen und betrachtete eingehend das Bild. So fand ich einige Fotos von Michela, einer Frau, die nicht so anders war als ich selbst, zumindest was das Äußerliche betraf: große, dunkle Augen, schwarzes, glattes Haar, dunkle Haut. Auf vielen Bildern waren Tom und sie zusammen zu sehen, sie umarmten sich oder hielten sich an den Händen. Auf anderen war sie halb nackt. Lange schaute ich ihren Körper an und verglich ihn mit meinem. Auf fast allen Fotos lächelten die beiden oder sahen wenigstens fröhlich, verliebt aus. Die meisten Fotos waren auf Reisen aufgenommen worden: das Meer, Sonnenschirme, Holztische im Freien. Kein einziges Bild zeigte diese Wohnung, wo Tom, das hatte er mir selbst erzählt, seit drei Jahren wohnte. Auf keinem Foto schienen Michela und er zusammenzuleben. Das gelbliche Fotopapier und die Kleidung der beiden, aber vor allem der Ausdruck auf Toms Gesicht ließen mich darauf schließen, dass diese Fotos nicht neu sein konnten.

Ich warf einen Blick auf die Wanduhr. Es war schon nach zwei Uhr morgens. Ich war müde. Ich hatte meine Wohnung in der Absicht verlassen, bei Tom zu schlafen, um diesen Geruch wiederzufinden, der mich beim Betreten seiner Räume mit seiner Macht, Erinnerungen heraufzubeschwören, bestürmt hatte, und ich suchte nach unserer Verbindung, von der ich mir wünschte, dass sie sich zwischen den Laken fortsetzte. Kurz nachdem ich diese Fotos durchgesehen hatte, beschloss ich, in meine Wohnung zurückzukehren und sein Terrain nicht wieder zu betreten. Mehrere Tage lang hielt ich mich daran. Am Freitag ging ich doch wieder hinüber, aber bereits ohne detektivischen Impuls, sondern einfach nur, um ihn zu spüren, ein paar seiner Bücher durchzublättern und mir einen Tee zu machen.

Als ich schon gar nicht mehr damit rechnete, kam eine Postkarte aus Caltanissetta. Es war eine Farbaufnahme, die die Eingangstür zu einem Friedhof zeigte. Der Stil des Fotos war schon aus der Mode, erinnerte an die Achtzigerjahre. Auf die Rückseite hatte Tom einen Satz von Oscar Wilde geschrieben, einem seiner Lieblingstoten: »Man muss nichts kritisieren. Alles, was verstanden wird, ist gut.« Beim ersten Lesen konnte ich nicht anders, als diese Worte damit in Verbindung zu bringen, dass ich in seinen persönlichen Sachen spioniert hatte. Dennoch genügte mir diese Postkarte, um mein Tief zu überwinden, und diese neue

Stimmung trug mich eine ganze Zeit lang. Ich entdeckte viele Dinge in diesen Tagen. Ich fand zum Beispiel heraus, dass der Frühling vor ein paar Wochen begonnen hatte und die Bäume erneut voller Blätter waren. Vom Boulevard aus blickte ich aufrichtig verzückt auf die Wipfel und konnte kaum glauben, dass es so viel Schönheit gab. Und ich dankte Tom, der es mir möglich machte, so viel Schönheit wahrzunehmen. Ich fing wieder an, Fahrrad zu fahren, und entdeckte, wie wunderbar es war, dabei die frische Brise im Gesicht zu spüren. Ich kam auch dahinter, wie gut es sein kann, mit einem Lächeln auf den Lippen durchs Leben zu gehen; die Menschen sind weniger misstrauisch und viel liebenswürdiger. Ich entdeckte, wie sehr wir uns beschützt fühlen, wenn wir wissen, dass ein anderer mit Liebe und Sehnsucht an uns denkt, und sei es am anderen Ende der Welt. Ich entdeckte die unglaubliche Kraft einiger weniger Zeilen, und ich entdeckte auch – unglücklicherweise –, dass diese Kraft vergeht, wenn keine neuen Zeilen kommen.

Sosehr ich auch versuchte, die Glückseligkeit und die Sicherheit, die mir diese Postkarte gebracht hatte, festzuhalten, verschwand das frische Lächeln auf meinen Lippen, als ich eineinhalb Monate lang jeden Morgen in den Briefkasten schaute und feststellen musste, dass nichts Neues drin lag. Also kein langer Brief, nicht einmal noch so ein rätselhafter Satz, an dem ich mich festhalten konnte. Ohne es zu merken, verfiel ich wieder in diese Trostlosigkeit, die das Verlassenwerden in Menschen wie mir hervorruft, Menschen, deren Eltern nicht genügend für sie da gewesen sind oder die sie in jungen Jahren der Willkür des Lebens überlassen haben. Dann, als ich eines Nachmittags nach Hause kam, hörte ich eine Nachricht von Tom auf dem Anrufbeantworter. Er sagte, dass er mich vermisse und an mich denke, aber er hinterließ keine Nummer, unter der ich ihn erreichen konnte. Ich muss diese Nachricht an die dreißig Mal zu jeder Tages- und Nachtzeit abgehört haben.

Ich war kurz davor, verrückt zu werden. Da mir das Studium nicht im Mindesten die Ablenkung bot, die ich gebraucht hätte, schlug Haydée vor, dass ich mir einen Job suchen solle. Sie hatte recht. Jahrelang hatte ich das Privileg verschiedener Stipendien genossen, und die Erfahrung zu arbeiten fehlte mir. Ich musste mich nicht sehr anstrengen, um eine Stelle als »Fremdsprachenassistentin« an einem Gymnasium zu bekommen. Ich ging einfach zum Rektorat von Paris und gab meinen Lebenslauf ab. Die Arbeit war nicht besonders aufregend, aber sie machte mir Spaß. Natürlich wusste ich, dass Jugendliche schrecklich sein konnten, trotzdem hatte ich Lust, zu unterrichten und von ihnen zu lernen, von ihrem Draufgängertum, ihrer Aufsässigkeit. Haydées Vorschlag zeigte bald Wirkung. Durch den Unterricht am Morgen war ich gezwungen, zu einer vernünftigen Uhrzeit aus dem Bett zu kommen, und wenn ich die Wohnung verließ, bekam ich den Kopf frei. Das Lycée Condorcet, wo ich die Stelle bekommen hatte, lag nur wenige

Meter von dem Bahnhof Saint-Lazare entfernt. Das Viertel, das ich überhaupt nicht kannte, eröffnete mir einen ganz neuen Blick auf die Stadt. Eineinhalb Monate später hatte die Routine mich aus meiner Lethargie gerissen. Ich dachte immer noch an Tom, aber nicht mehr so zwanghaft und sehnsuchtsvoll wie vorher.

HOTEL LUTETIA

Paris empfing uns mit Kälte, aber ohne diesen Dauerregen, der so typisch ist für die Stadt. Während wir im Taxi, das wir am Flughafen genommen hatten, den Boulevard Haussmann hinauffuhren und ich begeistert die rissigen Fassaden, die prunkvollen Brücken und Denkmäler wiedererkannte, wurde mir klar, dass Paris, ähnlich wie Ruth, ein temperamentvolles Luxusgeschöpf ist. Damals war ich Ruth sehr dankbar, dass sie mich in diese Stadt zurückbrachte, die ich immer geliebt hatte und die ich immer bewundern werde. Im Hotel Lutetia, das in der Nähe der Metrostation Sèvres-Babylone lag, nur zwei Straßen von der Fondation Maison des Sciences de l'Homme entfernt, wo ich studiert habe, war ein Zimmer für uns reserviert. Ich hatte Ruth erklärt, dass ich das Seminar meines Freundes Michel Miló besuchen und ein paar Stunden in der dortigen Bibliothek verbringen wolle, während sie ihre Geschäftstermine wahrnahm. Ruth hatte das Hotel und die Gegend wegen ihrer für mich günstigen Lage ausgewählt, und ihre eigenen Bedürfnisse zurückgestellt. Sie hatte mehrere Termine über die Woche verteilt, aber es war ihr gelungen, fast alle Abende für uns beide freizuhalten. Nur am Donnerstagabend sollte ich sie in das Closerie des Lilas begleiten, wo sie mit einigen französischen Designerinnen zum Essen verabredet war. Am Mittwoch, Freitag und Samstag würden wir das machen, worauf ich Lust hatte. Während das Taxi sich durch den zähen Nachmittagsverkehr in Montparnasse schlängelte, fragte ich mich, ob ich Ruth meinen Freunden vorstellen sollte. Was Miló anging, hatte ich keine Bedenken. Er war einer der kultiviertesten und intelligentesten Männer, die ich je kennengelernt hatte, Optimist und überzeugter Ästhet, er war daran gewöhnt, mit schönen Menschen jeden Alters auszugehen, ohne auch nur einen flüchtigen Gedanken an ihr Geschlecht oder ihren Intelligenzquotienten zu verschwenden. Ich war sicher, dass er Ruth nicht abschätzig beurteilen würde, weder wegen der unüberwindlichen Distanz, die sie von meinen geistigen Fähigkeiten trennte, noch wegen der Jahre, die sie älter war als ich. Im Gegenteil, Miló würde ihre Eleganz und ihren guten Geschmack, dessen lebender Beweis ich bin, schätzen. Aber von meinen kubanischen Freunden Julián und Haydée, die seit Studienzeiten in Paris lebten, konnte ich das nicht erwarten. Auch wenn die beiden sich Ruth gegenüber diplomatisch und freundlich verhalten würden, war ich überzeugt, dass sie die bösartigsten Bemerkungen über meine *cougar*, und somit auch über mich, machen würden, sobald wir unter uns wären.

Der Taxifahrer schaltete das Radio an, eine Sendung, in der ein Fachmann für europäische Wirtschaft die Fragen eines Journalisten beantwortete. Seine Stimme war monoton und konnte meine Aufmerksamkeit nicht lange fesseln. Ich dachte an Haydée. Inzwischen empfinde ich eine starke Zuneigung für sie, aber das war nicht immer so. Kennengelernt habe ich sie vor einundzwanzig Jahren, während der Reise, die Susana und ich nach Varadero unternahmen. Die Väter von Susana und Haydée waren Brüder, aber Haydées Mutter, eine Französin maghrebinischer Abstammung, wollte nie in Kuba leben. Die Familie kam nur für kurze Zeit auf die Insel, immer nur um Urlaub zu machen. Auf diese Weise konnten Susana und Haydée die Sommer zusammen in den besten Hotels von Kuba verbringen, bis Haydée anfing, allein an exotische und entfernte Orte in Lateinamerika zu reisen. Im Gegensatz zu mir, der Varadero zum ersten Mal besuchte, war Susana schon ungefähr fünfmal dort gewesen. Wir waren schon eine Woche dort, als Haydée zu uns stieß. Ich würde nicht sagen, dass ich mich ihr sofort verbunden fühlte, eher das Gegenteil. Ihre exhibitionistische und provozierende Art fiel mir gleich unangenehm auf, ihr unkontrollierbarer Wahn, über alles Mögliche zu streiten. In den ersten Stunden nach ihrer Ankunft bestätigte sich dieser erste Eindruck, aber ich sagte nichts zu Susana, die Haydée tiefe Zuneigung entgegenbrachte – die berühmte Anziehung zweier entgegengesetzter Pole. Während der gesamten Reise versuchte Haydée, meine Freundin unter dem Vorwand, ihr viele *intime* Dinge erzählen zu müssen, für sich allein zu haben. Und obwohl es dafür keinen Beweis gibt, vermute ich, dass sie Susana überzeugen wollte, sich von mir zu trennen. Für ihre Familie war Susana eine schöne junge Frau mit zahlreichen Möglichkeiten, die sich unbegreiflicherweise einen Klotz ans Bein gebunden hatte. Doch Haydée änderte sehr schnell ihre Meinung über mich. Ihre Bemühungen, Susana in ihr Zimmer zu locken, wo die beiden bis drei Uhr morgens plauderten, hörten schlagartig auf, als meine Freundin so indiskret war, Haydée von meinen sexuellen Vorlieben zu erzählen. Von dem Moment an ließ Haydée mir gegenüber eine Komplizenschaft erkennen, die mehr als verblüffend war. Ich erinnere mich noch an einen Morgen, an dem mich Haydée während des Frühstücks im Innenhof dieses Luxushotels, in dem ich als Kubaner wie ein blinder Passagier nächtigte, plötzlich verteidigte.

»Analverkehr ist doch nichts Schlimmes!«, rief sie aus, als ob niemand dort Spanisch verstünde.

Ich konnte nicht anders, als Susana einen vorwurfsvollen Blick zuzuwerfen, weil sie diese Verrückte in unsere privaten Diskussionen eingeweiht hatte. Ich weiß nicht, ob unsere Schamröte Haydée kaltließ oder ob sie es genoss, uns so peinlich berührt zu sehen. Während der nächsten fünf Minuten zeichnete sie verbal eine Karte der Länder, in denen diese sexuelle Praktik nicht nur akzeptiert, sondern vollkommen normal war.

»Das ist mir unbegreiflich«, schloss sie mit ihrem leicht französischen Akzent, »dass du als meine Kusine dich weigerst, das zu machen.«

Mit dem für sie typischen Taktgefühl bat Susana ihre Kusine, sich um ihre eigenen Angelegenheiten zu kümmern, und wechselte das Thema. Dennoch hatte Haydées Tirade spürbare Ergebnisse zur Folge, und dafür war ich ihr während der Zeit, die ich mit ihrer Kusine zusammen war, sehr dankbar. Seit diesem Vorfall zeigte sich Haydée wenn nicht respektvoll, doch zumindest nachsichtiger mir gegenüber. Ich erfüllte eine Funktion in Susanas Leben, denn ich sorgte für ihre erotische Erziehung, oder so in etwa, und deshalb waren die fünf Jahre Altersunterschied zwischen uns kein Hindernis mehr. Auch ich begann, diese übergeschnappte und extravagante junge Frau, mit der ich gezwungen war, meinen Urlaub zu teilen, mit anderen Augen zu sehen. Haydées Eltern hatten nur wenig Zeit für ihre Tochter gehabt, daher rührte ihr extremes Bedürfnis, die Aufmerksamkeit auf sich zu lenken. Tatsache ist, dass wir Freunde wurden und diese Freundschaft nicht einmal nach Susanas Tod endete. Am häufigsten sahen wir uns während unserer gemeinsamen Zeit in Paris. Damals aßen wir mindestens dreimal pro Woche zusammen in einer der vielen Mensen der Stadt. Wir gingen so lange dort hin, bis uns das Essen und die Räumlichkeiten eines Tages regelrecht verhasst waren. Obwohl Haydée an der Sorbonne eingeschrieben war, überzeugte ich sie, die besten Kurse an der École des hautes études en sciences sociales zu besuchen, wo ich studierte. Sie nahm unter anderem an einem Seminar teil, das Michel Miló gab und mit dem unsere

Freundschaft ihren Höhepunkt erreichte. Zusammen mit Julián und Sophie bildeten wir einen Kreis um den Philosophen, mit dem jeder von uns auf seine Weise heute noch verbunden ist.

Das Taxi, das Ruth und mich zum Hotel brachte, bog schließlich in den Boulevard Raspail ein. Ruth nahm meine Hand, während sie gebannt die Straßen von Paris und die Passanten beobachtete. Auch wenn der Kontakt nie vollständig abgebrochen war, hatten Haydée und ich uns doch immer seltener geschrieben, seit ich nach New York gezogen war. In den wenigen E-Mails und Postkarten, die wir uns pro Jahr schickten, erwähnten wir weder unser Gefühlsleben noch Einzelheiten aus unserem Alltag. Haydée beschränkte sich meist darauf, mir von den Büchern oder Philosophen zu berichten, die sie gerade gelesen und für sich entdeckt hatte. Von anderen Freunden wusste ich, dass sie inzwischen mit einem Studenten aus Indien zusammenlebte, der, wie Julián meinte – und ich vertraue seinem Urteil vollkommen –, ein meisterhafter Fotograf war. Haydée wohnte immer noch in derselben Wohnung in der Rue de Levy, an die sie noch zu Studienzeiten über Freunde ihrer Eltern gekommen war. Dort hatten wir etliche unvergessliche Partys gefeiert, bevor ich die Stadt Richtung New York verließ. Ich konnte mir diese Kubanerin nicht in einer Beziehung vorstellen, zu der Zeit, als ich sie kannte, wechselte sie mindestens einmal im Monat den Liebhaber. Das musste ein außergewöhnlicher Mann sein, dem es gelungen war, ihre unersättliche Lust zu bändigen! Haydée ist eine der wenigen Frauen, die mir ebenbürtig ist. Nicht einmal mit Susana – für die ich eine große Liebe, halb erotisch, halb väterlich empfand – fühlte ich mich so eng verbunden. Haydée ist eine grausame Hellsichtigkeit zu eigen, und ich kann bei ihr sein, wie ich bin, ehrlich, herzlich, in der zeitlosen Dimension der absoluten Offenheit. Wenige Menschen kennen mich so gut wie sie, und nur von wenigen fühle ich mich auf eine Weise geliebt, die mich sein lässt und frei macht. Für mich eröffnet Haydée einen Raum ohne Posen, ohne Masken, wo Zärtlichkeit und Wahrheit möglich sind, auch Schweigen und Loyalität sind möglich, als Geschenk – und nicht als Pflicht. Deshalb kam ich nach langem Nachdenken darauf, dass ich Haydée sehr wohl Ruth vorstellen konnte, sofern ich das wollte.

Ich warf einen Blick aus dem Fenster des Taxis und bemerkte, dass es dunkel geworden war.

»Woran denkst du, Liebling?«, fragte Ruth, nachdem sie mein Schweigen fast eine Stunde lang respektiert hatte.

»An die Europäische Union«, antwortete ich leicht verärgert.

Sie entschuldigte sich vielmals, dass sie mich aus meinen Gedanken gerissen hatte, und sagte kein Wort mehr, bis der Hoteldiener die Wagentür öffnete und unsere Koffer auslud.

Auf dem Zimmer, einer Suite in Pistazien- und Goldtönen mit Originalbildern von Thierry Bisch, stand eine Flasche Moët & Chandon, die Ruth bei der Zimmerreservierung mitbestellt hatte. Sie trank mit der Besonnenheit der ersten Tage, während sie mir den größten Teil der Flasche überließ. Ich weiß nicht mehr, ob ich in meiner Studienzeit in Paris Champagner getrunken habe, aber an diesem Abend war ich überzeugt, dass dieses Getränk am besten zu der Stadt passt und nicht der Absinth, wie Mario behauptet. Ich war in Hochstimmung, voller Großmut und zum ersten Mal bereit, meine Erinnerungen mit Ruth zu teilen. Ich redete und redete wie nie zuvor, erzählte ihr Details aus meiner Pariser Jugend, von meinen geliebten Freunden und ignorierte – oder gab ein paar Stunden lang vor zu ignorieren –, dass Ruth nichts mit ihnen gemeinsam hatte. Irgendwann versicherte ich ihr sogar, dass es mir viel bedeute, mit ihr hier zu sein. Mit diesem Gefühl von Großzügigkeit vögelte ich sie später an diesem Abend. Sie musste einen Unterschied gespürt haben, denn als wir mit der zweiten Runde fertig waren, schlang sie ihre nackten Arme um meinen Hals und gestand mir, sie denke schon seit Monaten darüber nach, dass ich zu ihr nach Tribeca ziehen könnte. Als ich derartigen Unsinn hörte, waren mein Rausch und mein Wohlwollen sofort verflogen. Ich zog es vor, ihr nicht zu antworten. Stattdessen sank mein Kopf auf das Daunenkissen, und ich fiel in tiefen Schlaf.

Den größten Teil jener Woche in Paris verbrachte ich Hand in Hand mit Ruth. Ich gab vor, in sie verliebt zu sein. Dieses Verhalten war nicht geplant und verfolgte auch kein bestimmtes Ziel, es war mehr mein Ausdruck der Dankbarkeit ihr gegenüber, für die Einladung zu dieser Reise und ihre Aufmerksamkeiten. Ruth machte es mir leichter, indem sie die Möglichkeit zusammenzuleben nicht wieder äußerte, aber ich muss zugeben, dass die Vorstellung, mit ihr eine Wohnung zu teilen, mich wie ein Schatten verfolgte. Mich schauderte bei dem Gedanken, sie könnte auf ihrer Idee beharren. Unsere Tage in Paris verflogen mit überwältigender Geschwindigkeit. Am Mittwochmorgen besuchte ich das Seminar von Miló und aß mit ihm in einem Restaurant in der Nähe von Saint-Sulpice. Ruth stieß später in der Cafeteria des Bon Marché zu uns. Michel reagierte genau so, wie ich es erwartet hatte: Er fand meine *cougar* reizend. Am Donnerstag begleitete ich Ruth, wie verabredet, zu ihrem Treffen mit den Designerinnen. Bevor wir das Hotel verließen, erlaubte ich ihr, meine Kleidung für den Abend auszusuchen, und beherzigte ihre Vorschläge, bis es Zeit war, mich zu rasieren. Während des Abendessens sprach ich nur das Notwendigste und half ihr, die richtigen Worte zu finden, wenn ihre Französischkenntnisse nicht reichten. Ruth hatte ihre lakonische Ausdrucksweise und ihr Taktgefühl wiedergefunden, die ich an dem Abend, als ich sie bei Beatriz kennenlernte, so an ihr bewundert hatte. Die neue

Dosis des Doktor Menahovsky schien perfekt zu wirken, sodass ich am Freitag den Mut fasste, Ruth meinen Freunden vorzustellen. Ich verabredete mich mit ihnen in der Hotelbar, um später in einem nahe gelegenen Restaurant essen zu gehen. Allerdings hatten nur Julián und Daniel Zeit, sich mit uns treffen. Daniel kam in Begleitung einer koreanischen Studentin, mit der er in diesem Trimester ausging.

Haydée konnte ich nur am Sonntag sehen, dem letzten Tag meines Aufenthalts in Paris und bei Weitem dem besten. Ich schlug Ruth vor, dass wir uns bis zum Nachmittag trennen sollten, teils, weil ich zu viele Tage mit ihr verbracht hatte und ihr spärliches, aber stets oberflächliches Geplapper mich zu nerven begann, und teils auch, weil ich mich scheute, sie meiner geliebten Freundin vorzustellen – wenn ich ganz ehrlich bin. Ruth willigte ein, ohne Misstrauen oder Bedenken zu hegen, und sagte, sie würde die Zeit nutzen, um in den Läden auf dem Boulevard Haussmann zu bummeln. Das ist einer ihrer Lieblingsspaziergänge, der in mir eine unbeschreibliche Trägheit auslöst. Ich bat Haydée und Julián, mich in der Nähe des Cimetière de Père-Lachaise zu treffen und nach dem Mittagessen mit mir zum Grab von César Vallejo zu gehen, einem der Menschen, mit dem ich mich schon seit Langem geistig sehr verbunden fühle. Beide Freunde waren von meiner Idee begeistert. Wir verabredeten uns in einem Café auf dem Boulevard de Ménilmontant, das meine *cougar* erbärmlich gefunden hätte, aber das in mir die Sehnsucht nach meinem kargen Studentenleben wachrief. Wie recht ich gehabt hatte, Ruth abzuschütteln! Ich glaube sogar, das war nicht nur ein geschickter Schachzug, es war eine göttliche Eingebung. Haydée kam in Begleitung einer mexikanischen Freundin, die ich nicht kannte, einer jungen Frau mit dunklen Augen und Haaren, zu der ich eine ungewöhnliche Nähe empfand, als ob sich unsere Seelen wiedererkennen würden, wie es Nietzsche nach seiner ersten Begegnung mit Lou Andreas-Salomé beschreibt: »Von welchen Sternen sind wir uns einander zugefallen?«

Haydée hat schon immer einen beachtlichen Einfluss auf mein Liebesleben gehabt. Da fällt mir zuerst Susana ein und jetzt die junge Frau, mit der sie mich an jenem Sonntag bekannt machte und die mir seitdem nicht mehr aus dem Kopf gehen will. Zu einem anderen Zeitpunkt hätte es mich verletzt oder zumindest geärgert, dass Haydée, ohne zu fragen, mit einer Unbekannten zu unserer einzigen Verabredung kam, ich hätte das als sehr unhöflich empfunden und Haydée heftige Vorwürfe gemacht, aber sobald ich die ungebetene Freundin sah, naiv und reizend, die sich anscheinend der enormen Kraft ihrer Schönheit nicht bewusst war, fühlte ich mich durch ihre Anwesenheit belohnt. Den ganzen Nachmittag lang, im Café genauso wie auf unserem anschließenden Spaziergang über den Père-Lachaise, blickte ich sie mit schicksalhafter, sonderbarer Vorahnung an. Cecilia, das war ihr Name. Der Zustand der Verliebtheit ist, wie man sagt, die Unfähigkeit zu sehen, und wenn der Name dieser Frau »Blindheit« bedeutet, konnte damit nur gemeint sein, dass man von ihr geblendet wurde.

Nach dem Spaziergang über den Friedhof schlug Haydées Freundin vor, in ihre Wohnung zu gehen, die nur wenige Straßen entfernt lag, ein angemessener Ort für einen Philosophen aufgrund seiner Kargheit und seiner auf den Friedhof hinausgehenden Fenster. Als ich in ihrer kleinen Wohnung war, bemerkte ich gleich die Ähnlichkeiten zwischen uns. In der Miniaturwohnung von Cecilia hingen keine Bilder, auch kein anderer Wandschmuck oder etwas in der Art. Die Wände waren weiß, ideal, um sich zu konzentrieren und sich der Stille hinzugeben. Ich stellte fest, dass Cecilia, wie ich, Ordnung und Sauberkeit liebte. Ihr Schrank – das fiel mir auf, als ich auf dem Weg ins Bad daran vorbeikam – war schmal und enthielt an Kleidung nur, was unbedingt notwendig war. Cecilia – dafür genügte ein Blick in ihren Kleiderschrank – war weder jemals in den geschmacklosen Läden gewesen, in denen sich die *cougar* gerade befand, noch würde sie mich, selbst wenn sie könnte, in die Restaurants einladen, in denen Ruth und ich essen, um die Defizite unserer Beziehung zu kompensieren. Zum ersten Mal in meinem Leben hatte ich einen Menschen anderen Geschlechts kennengelernt – es fällt mir schwer, sie »Frau« zu nennen« –, der zu mir passte. Ich wusste auch, dass meine bescheidenen Gewohnheiten und mein asketischer Lebensstil ihr nicht nur nachvollziehbar erscheinen, sondern auch perfekt zu ihrer Wesensart passen würden. Ich hatte schon von Cecilia geträumt, bevor ich ihr zum ersten Mal begegnet war. Ich stellte mir genau vor, welche Empfindung ihre Nähe in mir auslösen würde, die sanfte Atmosphäre, die zwischen uns herrschen würde, ein Gefühl, das bis dahin noch kein Wesen aus Fleisch und Blut in mir hervorgerufen hatte.

Ich weiß nicht, wie es mir gelungen war, ihre Wohnung zu verlassen und nach Sèvres-Babylon ins Hotel zurückzukehren. Ich begreife weder, wie es mir möglich war, in dieser Nacht mit Ruth zu schlafen, zumal ich versucht hatte mich dagegen zu wehren, noch, am nächsten Tag ins Taxi zu steigen, das uns zum Flughafen Charles-de-Gaulle brachte. Während Ruth eifrig bemüht war, Zeitschriften für den Flug nach Hause auszusuchen, gelang es mir, ihr einige Minuten zu entkommen, und ich lief in eine Telefonzelle, um Cecilia anzurufen. Als ich ihre Stimme hörte, beruhigte ich mich etwas, fühlte mich aber auch sehr machtlos. Ich hätte ihr gern so vieles gesagt und zwang mich doch zu schweigen, um sie nicht zu verstören. Am Telefon sprach ich in einem unbeschwerten Tonfall, der nur meine Freude, sie kennengelernt zu haben, zum Ausdruck brachte. Und in demselben heiteren Tonfall ließ ich fallen, dass ich zurückkommen würde, ein Versprechen, das ich vor allem mir selbst gab, eine Art Kabbala oder Beschwörung. Auf dem gesamten Rückflug richtete ich kaum ein Wort an Ruth. Ich bin kein melodramatischer Mensch. In emotionalen Belangen habe ich mich immer für die apollonische Sachlichkeit und den Anstand entschieden. Dennoch: Wie viel Mühe hat es mich gekostet, an jenem Tag die Beherrschung und den Anstand zu wahren! Vom Flughafen aus fuhr ich kurz in meine Wohnung, um zu duschen, danach ging ich direkt ins Büro. Kaum hatte ich den Computer eingeschaltet, schrieb ich schon diese Zeilen:

Cecilia,
ich träume davon, eines Tages, bald, die reine Freude empfinden zu dürfen, Dir zu schreiben und mit Dir zu sprechen – oder an Deiner Seite zu schweigen, mehr noch, als durch Deine Augen in Dich hineinzusehen wie durch ein offenes Fenster. Obwohl sie nur kurz war, hat mir unsere Begegnung am Sonntag gezeigt, wie stark das Verlangen sein kann, sich hinzusetzen, um in Deinen Augen zu wandern – wie der gute César Vallejo gesagt hätte.

Wäre ich heute Nachmittag in Paris und wanderte an Deiner Seite oder sähe mich neben Dir und ließe es zu, dass Claudio der Mann wäre, als den Cecilia ihn sieht, wäre ich ein glücklicher Mann, sogar glücklicher als jetzt, da ich Dir schreibe.

Danke, dass Du mit Haydée zu der Verabredung gekommen bist, danke für das richtige Maß an Wärme, danke, dass Du in mir bist, Cecilia heißt, Cecilia Rangel, und dass Du mich so lange blenden wirst, bis ich erblinde.

Entweder man glaubt an Versprechen oder nicht. Versprechen werden erfüllt oder nicht. Aber gegen Beweise gibt es nichts einzuwenden. Beweise befreien uns von der Notwendigkeit, die Ungewissheit mit Versprechen zu beschwören. Jeder Beweis stützt sich selbst durch die Fülle dessen, was er aufdeckt. Versprechen sind menschlich, sie sind aus dem Willen und den Irrungen der Menschen gemacht, Offenbarungen hingegen erfordern unsere Beteiligung an dem, was uns transzendiert und über uns hinausgeht. Seit dem Sonntag, an dem ich Cecilia kennengelernt hatte, wusste ich, dass ich sie auf eine Weise liebte, die mit Mittelmaß nichts zu tun hatte. Vielleicht war mir diese Liebe an dem Nachmittag in ihrer Wohnung klar geworden, oder vielleicht erklärte sie sich mir von selbst, als ich zu Ruths Wohnung lief und dabei an Cecilia dachte, und auch jedes Mal, wenn ich sie getroffen hatte, bevor ich sie schließlich in Paris fand, und all die Male, als ich sie mit einer anderen Person verwechselte, als ich mich für einen anderen hielt oder ihr nicht ebenbürtig war. Noch vor wenigen Tagen wäre es mir lächerlich erschienen zu sagen: *Ich liebe Cecilia*, aber so ist es nun mal. Die Liebe zu ihr lässt mir keine Wahl:

Entweder ich nehme diese Liebe an, oder ich verspiele sie und verbringe dann den Rest meiner Tage damit, sie unter einem anderen Namen, mit einem anderen Gesicht, in einem anderen Breitengrad neu zu erfinden und das Geheimnis gegen »die Weisheit« zu tauschen.

GERÜCHTE

Lange nachdem Tom weggefahren war, hinterließ David, der Freund vom Square Gardette, eine Nachricht auf meinem Anrufbeantworter und lud mich zu einer Party am Freitagabend bei sich zu Hause ein.

»Vor seiner Abreise hat Tom darauf bestanden, dass ich dich einlade, falls ich eine Party veranstalte. Er macht sich Sorgen, dass du viel allein bleibst. Er sagt, du seist eine Eremitin.«

Nachdem ich lange hin und her überlegt hatte, ging ich hin, nicht weil ich Lust hatte, mich zu amüsieren, sondern weil ich mehr über Tom herausfinden wollte. Haydée erklärte sich bereit, mich zu begleiten, doch sobald wir über die Türschwelle waren, überließ sie mich meinem Schicksal. Ich bin sicher, ich hätte mehr Spaß gehabt, wenn ich mich nicht auf meine Nachforschungen über die Vergangenheit und die Zukunft meines Nachbarn versteift hätte. Die Wohnung gegenüber vom Park hatte sich an diesem Abend in eine sechzig Quadratmeter große Bar mit Menschen aus aller Herren Länder verwandelt. Die Musik wechselte zwischen verschiedenen Stilrichtungen: Soul, als es noch wenige Gäste waren, danach Latin, Electro und französische Retrosongs. Brigitte Bardot mit *Tu veux ou tu veux pas*, Les

Rita Mitsouko und Nino Ferrer untermalten die Höhepunkte der Nacht. Fast alle tranken Wein oder Bier, obwohl auch eine Wodka- und eine Ginflasche herumgingen. Alle, die an diesem Abend da waren, die Angolaner, Schweden, Panamaer, Holländer, Südafrikaner, Brasilianer und Koreaner, kannten und schätzten Tom. Und fast alle hielten ihn für einen hoffnungslosen Fall. Es war nicht schwer, diese Leute dazu zu bringen, mir von ihrer Geschichte mit Tom und dem Einfluss, den er auf ihr Leben gehabt hatte, zu erzählen. Sie sprachen mit der nostalgischen Zuneigung, die gewöhnlich verstorbene oder schwer kranke Freunde wecken und die bewirkt, dass man jedes Anzeichen eines Disputs oder eines Streits vergisst. Nur David konnte ich nicht nach Tom fragen, wie es meine Absicht gewesen war. In seiner Rolle als Gastgeber – die er perfekt ausfüllte – blieb ihm keine Zeit, länger mit seinen Gästen zu plaudern. Doch ich hatte Gelegenheit, mit Nick zu sprechen, einem Schriftsteller aus New York, der seit seiner Kindheit mit Tom befreundet war, und mit einem Italiener namens Ricardo, der mit ihm in der Buchhandlung arbeitete. Diese beiden waren die Einzigen, die die Krankheit ihres Freundes nicht als einen »tragischen und unvermeidbaren« Zustand auffassten, sondern aus Taktgefühl – mir und meiner Zuneigung für Tom gegenüber – über die medizinischen Möglichkeiten spekulierten. Nick und Ricardo machten Scherze über Toms verschrobenen Charakter. Zum Beispiel erzählten sie mir, dass Tom in den letzten Jahren, seit er seine Diagnose erhalten hatte, für eine beträchtliche Summe Urnennischen auf verschiedenen europäischen Friedhöfen erworben hatte. Sie berichteten mir auch von seiner jüngsten Begeisterung für Horrorromane. Beide hofften, dass unsere Beziehung seine Stimmung aufhellen und seinen Lebenswillen stärken würde. Und sie meinten, dass die Reise nach Sizilien Tom sehr guttun könnte, da er diesen Ort liebte.

»Bitte hab Geduld mit ihm«, sagte Ricardo mit seinem neapolitanischen Akzent. »Wenn er da unten ist, scheint er alles andere zu vergessen. Als ob die Zeit dort nicht existierte. Sicher freut er sich sehr auf dich, wenn er wieder zurückkommt.«

Dennoch hatten weder Ricardo noch Nick die leiseste Ahnung, wann das sein konnte. Tom war schon öfter für mehrere Monate auf die Insel gereist, ohne genau zu sagen, wann er zurückkäme. Ich versuchte herauszufinden, wo Tom in Sizilien wohnte, aber keiner meiner Gesprächspartner wusste etwas darüber. Irgendjemand sagte etwas von einer alten Tante, jemand anderes sprach von einer Freundin seiner Mutter. Kurz gesagt, es war vollkommen unmöglich, Tom ausfindig zu machen.

»Und Michela?«, fragte ich. »Könnte es sein, dass er bei ihr ist?«

Nick und Ricardo schauten sich ratlos an, beiden erschien dieser Gedanke abwegig.

»Sie sehen sich schon seit vielen Jahren nicht mehr«, erklärte Ricardo.

Ich versuchte, mehr zu erfahren, versuchte herauszufinden, was genau zwischen Tom und Michela vorgefallen war, wie ihre Beziehung ausgesehen hatte, wie lange sie gedauert hatte, wie sie sich getrennt hatten und vor allem, wer von beiden der Verlassene war. Aber weder Nick noch Ricardo wollten mir Details verraten.

»Die Beziehung dauerte ein paar Jahre«, sagte Nick. »Ich bin sicher, dass sie wichtig war, aber seit sie sich getrennt haben, ist auch einiges passiert.«

»Du bist ihr ähnlich«, fügte der Italiener schon ziemlich angetrunken hinzu. »Nicht nur äußerlich, auch dein Akzent, deine Persönlichkeit. Vielleicht macht das Tom Angst. Müsste es zumindest … Kein Mann kann zwei solchen Frauen widerstehen, vor allem nicht, wenn er krank ist.«

»Zwei solchen Frauen? Aber du kennst mich doch gar nicht!«, antwortete ich entrüstet.

»Hör nicht auf ihn! Er redet nur dummes Zeug!«, protestierte Nick, und sein Freund musste das Thema wechseln.

Ich blickte in den Flur, wo ich Haydée zwischen dem Wohnzimmer und der Küche hin- und hergehen gesehen hatte, erst mit einem Glas Gin in der Hand und später mit Wein aus den verschiedenen Flaschen, die Daniel seinen Gästen anbot. Schließlich fand ich sie in der Schlange vor dem Bad. Sie hatte Mühe, sich auf den Beinen zu halten. Ich schlug ihr vor, sofort zu gehen und uns nur von Daniel zu verabschieden. Genau das taten wir auch. Während wir nach unten gingen, kam meine Freundin auf der Treppe ins Stolpern, was in einem schmerzhaften und scheinbar endlosen Sturz endete. Als ich endlich bei ihr war – sie lag ausgestreckt auf dem Teppich im Hausflur –, weigerte sie sich aufzustehen. Sie hatte sich einen Knöchel verstaucht. Wir mussten David um Hilfe bitten, denn ich allein konnte Haydée nicht fortbringen. Eigentlich hatten wir geplant, in dieser Nacht zusammen in meiner Wohnung zu schlafen, da Haydée am Sonntag eine Verabredung mit einem Freund in einem Café in Ménilmontant hatte. Aber in diesem Zustand konnte sie unmöglich bis zu meiner Wohnung laufen und, schlimmer noch, in den vierten Stock hochsteigen. David bot uns an, bei ihm zu übernachten, aber Haydée weigerte sich standhaft, und ich musste sie im Taxi zu sich nach Hause begleiten, wo es glücklicherweise einen Fahrstuhl gab.

Ich befand mich also wieder in dem Zimmer, wo ich meine ersten Tage in Paris verbracht hatte. Von mir abgesehen, hatte sich in diesem Zimmer fast nichts verändert. Dieselben Bücher in den Regalen, dieselben kubanischen Masken an den Wänden. Erneut an diesem Ort zu sein kam mir vor, wie zum Ausgangspunkt einer Weltreise zurückzukehren. Ich weiß nicht, ob es daran lag oder an dem Whisky, der noch in meinen Adern floss, aber ich hatte einen seltsamen Traum, in dem ich mich bei bedecktem und regnerischem Himmel über den Boulevard de Sébastopol gehen sah. Ich wusste nicht genau, wohin ich wollte, aber ich hatte es eilig, vielleicht wegen der Kälte. Um herauszufinden, wie spät es war, ging ich in eine Telefonzelle und erkannte darin Ricardo – den italienischen Freund von Tom –, der auf dem Boden saß, während er steif vor Kälte die Gelben Seiten durchblätterte. Ich fragte ihn, was er da mache, und er antwortete, ganz natürlich, dass er die Nummer des Gottes Helios suche.

»Unter H ist er nicht zu finden«, erklärte er mir. »Kann sein, dass man ihn unter einem seiner anderen Namen oder unter den sizilianischen Namen findet.« Mir fiel auf, dass seine Zunge schwarz war wie die der Mönche in *Der Name der Rose.* Ricardo sah mich neugierig an und fragte: »Und du? Wartest du immer noch?«

Ich nickte.

Dann hielt er mir ein Stück Papier mit einer Telefonnummer hin, die der Kabine, und sagte voller Ernst:

»Wenn du es satthast, ruf mich an. Dann habe ich dir etwas zu sagen.«

»Was denn? Sag es mir jetzt gleich«, drängte ich ihn. »Ich halte die Ungewissheit nicht aus.«

»Das kann ich nicht. Du hast das Warten noch nicht satt.«

Ich wachte mit einem unbegreiflichen Gefühl von Hoffnung und Dankbarkeit auf, als ob es sich bei diesem Traum um eine Vorahnung gehandelt hätte. Jedenfalls erhielt ich keine Postkarte aus Sizilien mehr, weder in diesen Tagen noch in den darauffolgenden Monaten.

Ich verbrachte den ganzen Vormittag mit Haydée und Rajeev in der Wohnung in der Rue de Levy, wie in alten Zeiten. Zum Frühstück tranken wir den köstlichen Vanilletee, den es dort jeden Morgen gab, aber dieses Mal ging Rajeev auch Croissants holen, um uns zu verwöhnen. Haydée war immer noch am Fuß verletzt, aber sehr viel auffälliger und geruchsintensiver war ihr Kater. Wir blieben mehrere Stunden am Küchentisch sitzen, unterhielten uns und schauten uns die Fotos an, die Rajeev in Indien und Kuba gemacht hatte.

Im Laufe des Vormittags schwoll Haydées Knöchel ab, und obwohl sie Schwierigkeiten hatte zu laufen, war sie gegen Mittag schon wieder bereit hinauszugehen. Sie erklärte Rajeev und mir, dass ihre Verabredung sich nicht aufschieben lasse: Der Exfreund ihrer Kusine Susana war zu Besuch in Paris, und sie hatte versprochen, ihn auf den Friedhof Père-Lachaise zu begleiten.

»Hat vielleicht einer von euch Interesse mitzukommen?«

»Ich dachte, meine Nachbarn machen dir Angst«, sagte ich, weil ich an ihr entsetztes Gesicht bei ihrem ersten Besuch in meiner Wohnung denken musste. Rajeev und ich tauschten einen komplizenhaften Blick aus. Ich weiß noch, dass ich dachte: Nur ein Verliebter käme auf die Idee, dass Haydée sich bessern könnte. Ich sagte ihr, dass ich lediglich mit ihr zur Metro kommen würde, aber auf dem Weg erzählte mir Haydée so viele Anekdoten von ihrer geliebten Kusine Susana, die vor mehreren Jahren gestorben war, und deren Exfreund, dass ich neugierig wurde und meine Freundin zu ihrer Verabredung begleitete.

Als wir in dem Café ankamen, wartete der Kubaner aus New York schon auf uns. An seinem Tisch entdeckte ich Julián, einen weiteren Freund von Haydée, den ich flüchtig kannte. Die beiden Männer sprachen sehr vertraut miteinander und klopften sich hin und wieder auf die Schulter. Ich hatte den Eindruck, dass sie eine enge Verbindung zueinander hatten. Sobald sie uns entdeckten, stand Claudio auf, um meine Freundin zu umarmen. Als ich die beiden zusammen sah, begriff ich, wie wichtig dieser Mann für sie war und wie groß ihre Zuneigung zu ihm. Die wahren Freunde unserer Freunde sind immer spannend für uns. Diese Menschen kennenzulernen bedeutet, einen wesentlichen Teil ihres Lebens zu entdecken. Deshalb nehmen wir sie an, resigniert, wie entfernte Verwandte, die man unmöglich loswird, auch wenn sie uns manchmal misstrauisch machen. Als ich sah, wie gerührt Haydée war, empfand ich es als Privileg, bei diesem Treffen die stille Zeugin ihres Wiedersehens zu sein. Es war mir gleichgültig, dass ich mich von dieser Freundschaft ausgeschlossen oder zumindest fremd fühlte. Es genügte mir zu sehen, wie meine Freundin sich freute. Und so war es. In der ersten halben Stunde beobachtete ich die beiden nur neugierig, hörte ihnen zu, wie sie sich in diesem Jargon unterhielten, mit dem sich Haydée, aus Rücksicht, sehr zurückhielt, wenn sie mit mir sprach. Nach und nach, ohne dass einer von uns vieren eine Anstrengung machte, fügte ich mich in die Gruppe ein. Der Wein und die herzliche, entspannte Atmosphäre am Tisch trugen dazu bei, dass ich Teil dieses Beisammenseins wurde. Wie Julián und Haydée machte ich Scherze über den Neuankömmling, der sich über meine Anwesenheit zu freuen schien. Nach dem Mittagessen vergaß ich zum zweiten Mal meinen Vorsatz, mich zu verabschieden, und begleitete die Freunde auf den Friedhof. Dadurch forderte ich die Erinnerung an Tom heraus, die an diesem Ort wie ein fühlbarer Schatten umherstreifte, sehr viel gefährlicher als irgendein Gespenst. Was war mit den Männern los? Woher kam dieses plötzliche Interesse für Friedhöfe? Ich fragte mich, ob es, angesichts meiner eigenen Leidenschaft, nicht ich selbst war, die diesen Typ Mensch anzog. Dennoch schien Claudio, im Gegensatz zu Tom, keinen Hang zur Esoterik zu haben. Als einfacher oder auch besessener Leser wollte er das Grab von einem seiner Lieblingsautoren finden. In New York hatte ihm jemand erzählt, dass Vallejo in der Nähe meiner Wohnung begraben war; deshalb hatte er sich hier mit Haydée verabredet – um den Nachmittag für etwas Totentourismus zu nutzen.

Am Haupteingang bat Julián den Wärter um einen Plan des Friedhofs – etwas, das ich nie getan hatte –, dann blieb er vor der Liste der »berühmten Toten« neben der Pforte stehen, auf der mehr als dreihundert Namen aufgeführt waren – eine lächerliche Zahl, wenn man bedenkt, dass die

Summe der hier Bestatteten auf zweieinhalb Millionen geschätzt wurde. Dank der alphabetisch geordneten Liste fanden wir uns gut zurecht, und vor allem fanden wir heraus, dass César Vallejo hier nicht begraben lag. Aber Claudio ließ sich nicht beirren. In der Überzeugung, dass die Franzosen den Dichter nicht gut genug kannten, um seinen Namen auf der Liste zu führen, lief er voraus und nahm selbstverständlich an, dass wir ihm folgen würden. Wir machten uns auf die Suche nach dem Grab, wohl wissend, dass es ein unsicheres Unterfangen war, das leicht scheitern konnte, aber auch voller Vertrauen in den sachlichen Zufall, den Haydée nach Art der Santería zusammenfasste:

»Wenn Vallejo hier liegt, wird Claudio uns zu ihm führen. In seiner gesamten Existenz als Dichter hat er keinen beharrlicheren Fan als ihn gehabt. Vallejo muss ihn für seine Treue belohnen.«

Als ich sie das sagen hörte, musste ich an Tom denken und daran, dass er großen Gefallen an diesem karibischen Glauben gefunden hätte. Ich spürte einen Stich in der Brust, dem ich lieber keine Beachtung schenkte.

Wir kamen nicht weit auf den verschlungenen Wegen des Père-Lachaise. Haydée war so unvernünftig, es uns verheimlichen zu wollen, aber ihr tat immer noch der Fuß weh, und wir hatten alle Sorge, dass es ihr noch schlechter gehen würde, wenn sie sich zwang weiterzulaufen. Als wir an der Avenue Transversale No. 3 angelangt waren, schlug Julián vor, wir sollten uns auf ein paar Stufen setzen. Dann bat er Haydée, ihm ihre Verstauchung zu zeigen. Der Knöchel war blau, fast schwarz geworden. Claudio, der New Yorker Öffnungszeiten gewohnt war, erklärte sich bereit, Verbandszeug zu besorgen. Wir erklärten ihm, dass am Sonntag um sechs Uhr abends wahrscheinlich keine Apotheke geöffnet haben würde. Ich sah ihn von meinem Platz auf der oberen Steinstufe aus an. Das Abendlicht fiel ihm ins Gesicht und ließ ihn mehrere Jahre jünger wirken. In diesem fast übernatürlichen Sonnenstrahl kam er mir bekannt vor. Ich hätte nicht sagen können, woher ich ihn kannte oder wann ich ihn getroffen hatte, vielleicht war es auch ein Foto in Haydées Wohnung gewesen, aber ich war sicher, dass ich ihn vorher schon einmal gesehen hatte. Claudio war mit Verve aufgestanden und wusste nun nicht, was er tun sollte. Er wandte sich zu dem Grab rechts von uns und vertrieb sich die Zeit mit dem Lesen der Grabinschrift.

»Das ist das Grab von Kreutzer!«, rief er, als ob wir zu weit weg von ihm wären, um ihn hören zu können. Aber er erreichte kein Quorum. Niemand außer ihm wusste, um wen es sich handelte.

Claudio erklärte uns, dass Kreutzer einer der besten Geiger zu Zeiten Chopins gewesen war.

»Ihm ist die Sonate Nr. 9 für Violine und Klavier gewidmet. Die berühmte Kreutzer-Sonate, nach der auch Tolstois Roman benannt wurde.«

Haydée lächelte ironisch.

»Sicher. Die kennt ja jeder.«

Ich fragte mich, was Tom wohl über Claudio und die Gräber, die ihm gefielen, gedacht hätte.

Es hatte angefangen zu regnen. Feine Wassertropfen fielen auf unsere Köpfe. Der Friedhofswärter ging ganz in der Nähe mit seiner Glocke vorbei.

»Meine Herrschaften, wir schließen gleich!«

»Was machen wir mit deinem Fuß?«, fragte Julián.

Ich schlug vor, zu mir nach Hause zu gehen, um dort Tee zu trinken. In irgendeiner Kiste würde ich etwas finden, womit ich Haydées Knöchel verbinden konnte.

Haydée erwähnte die Treppen.

»Deshalb haben wir gestern nicht bei dir geschlafen. Weißt du noch?«

»Wenn du willst, laufe ich allein zu mir und hole das Verbandszeug«, sagte ich. »Aber heute haben wir zwei starke Männer, die dich tragen können.«

Claudio übernahm es, Haydée bis zu meiner Wohnungstür zu bringen. Ich war froh, dass ich letzte Nacht nicht zu Hause geschlafen hatte, so war immer noch aufgeräumt, und auf dem Couchtisch standen weder dreckige Gläser noch Dessertteller mit Zigarettenkippen von Haydée herum.

Ich bemerkte, dass Claudio mir einen anerkennenden Blick zuwarf.

»Möchtest du ein Glas Wasser? Du musst erschöpft sein«, sagte ich.

Nachdem er mir mehrere Komplimente über die – von mir vollkommen unbeabsichtigte – Schlichtheit und Schmucklosigkeit meiner Wohnung gemacht hatte, trank er drei Gläser Wasser und schnaufte wie ein Vierbeiner. Anschließend ließ er sich auf das Sofa im Wohnzimmer fallen, direkt neben Haydée, die schweigend ihren Fuß betrachtete. Ich bot meinen Gästen einen *thé à la menthe* an, und während der Tee zog, ging ich ins Schlafzimmer, um in den Kommodenschubladen nach einem Verband zu suchen. Im Wohnzimmer sprach niemand ein Wort. Das Schweigen dauerte mehrere Minuten, bis einige sehr leise Klaviertöne erklangen: Claudio hatte eine CD in meinen CD-Player eingelegt, die er vor unserem Treffen in der FNAC gekauft hatte: ein Konzert von Albéniz, gespielt von Alicia de Larrocha.

Wie durch ein Wunder fand ich den Verband in einem Haufen Unterwäsche. Ich legte ihn auf den Couchtisch und ging zurück in die Küche, um den Herd auszuschalten und die Minzeblätter noch mit heißem Wasser aufzugießen.

An diesem Nachmittag passierte nicht mehr viel. Wir tranken den Tee nach marokkanischem Brauch mit Pinienkernen – in Belleville war das so üblich –, dann gingen meine Gäste nach Hause. Nur Claudio, der am Montagmorgen nach New York zurückflog, war noch in der Nähe seines Hotels zum Abendessen verabredet. Der Kubaner und ich verabschiedeten uns ganz ungezwungen voneinander, in dem sicheren Gefühl, dass zwischen uns schon Verbundenheit herrschte. Ich machte ihn darauf aufmerksam, dass er seine CD nicht vergessen dürfe, aber er weigerte sich, sie mitzunehmen. Sobald ich die Tür geschlossen hatte, setzte ich mich aufs Sofa, um weiter Musik zu hören, und war bald schon eingeschlafen. Am Morgen rief mich der Freund von Haydée vom Flughafen aus an, um sich von mir zu verabschieden. Es war ein kurzer, aber herzlicher Anruf, der den guten Eindruck bestätigte, den ich von ihm bekommen hatte. Claudio bedankte sich für die Einladung in meine Wohnung und sagte, dass er sich sehr freue, mich für den Kreis seiner Pariser Freunde gewonnen zu haben. Dann beendete er das Telefonat, aber während er den Hörer von seinem Gesicht entfernte, kurz bevor er ihn wieder in die Gabel hängte, konnte ich noch einmal das Seufzen des Vierbeiners hören.

Mehrere Stunden später erschien auf meinem Computerbildschirm eine neue Nachricht. Claudio machte mir eine Liebeserklärung und zitierte dabei César Vallejo.

In dem Moment, als die Nachricht aus New York eintraf, die erste von vielen, war meine Welt, so paradox das auch klingen mag, von einem Mangel geprägt. Diese Welt war wie ein Negativ, wo alles an den Menschen erinnerte, der nicht da war. Die Orte und die Dinge des täglichen Lebens, der Boulevard, die Eingangstür zu meinem Wohnhaus, die Fenster meiner Wohnung und ihr Ausblick, das Areal des Père-Lachaise und seine Baumwipfel, die Wände meines Schlafzimmers, die Laken auf meinem Bett, das eingeschaltete Radio verrieten Toms Abwesenheit. Und das war auch der Grund, warum es frustrierend war, diese Gegenstände zu sehen und zu berühren. Claudios Nachricht, diese geschliffenen und unerwarteten Zeilen, die in aller Aufrichtigkeit die Freude ausdrückten, mich kennengelernt zu haben, hatten eine ähnliche Wirkung. Sie unterstrichen das Fehlen eines Briefwechsels zwischen Tom und mir, unser langes Schweigen. Auf einen Menschen zu warten, zumindest so, wie ich es tat, bedeutete den Stillstand der eigenen Existenz, bedeutete, diese für unbestimmte Zeit mit einer Hypothek zu belasten, sie gegen einen absurden Konjunktiv zu tauschen. Von jemandem besessen zu sein, der beschlossen hat, nicht da zu sein, heißt, Minuten, Stunden und ganze Tage unseres Lebens jemandem zu schenken, der weder darum gebeten hat noch diese Zeit haben will; es heißt, diese Minuten, Stunden und Tage in die Dimension der verlorenen Zeit zu zwängen, in das Unbrauchbare; es heißt, die unzähligen Möglichkeiten, die diese Zeit uns bietet, nicht zu nutzen und sie gegen die schlechteste aller Optionen einzulösen: die Frustration, das Leiden. Dreimal las ich verwirrt Claudios E-Mail. Wie einfach schien es plötzlich, sich hinzusetzen und einige freundliche Zeilen zu schreiben, um sich für ein Treffen zu bedanken. Wie traurig, dass Tom – unter welchen Umständen auch immer – diese Großzügigkeit fehlte. Ich beschloss, einen Spaziergang zu machen, um auf andere Gedanken zu kommen, bevor ich Claudio antwortete. Es war ein strahlender Morgen mit einem wolkenlosen Himmel, ein ungewöhnlicher

Tag für diese Jahreszeit. Aber auch diese Sonne und diese Schönheit empfand ich als schmerzhaft. Die Abwesenheit drängte sich mir wie eine giftige Wassermasse auf, die unkontrolliert die Umgebung überschwemmt und alles verunreinigt. Ich war wütend auf mich selbst, weil ich diesen schönen Tag und diese neue Freundschaft, die sich in meinem Leben abzeichnete, nicht genießen konnte. Wer war Tom, verglichen mit der Kraft und der Herrlichkeit der Natur? Ein unbedeutendes Individuum unter mehreren Millionen, mehr noch, eine nicht greifbare Erinnerung. Wie wichtig konnte es sein, dass er nicht hier, in einer Stadt übervoll von Schönheit, war? *Avec des si on mettrait Paris en bouteille*, wie die Pariser sagen, und das war genau, was ich tat: Ich steckte die Stadt in eine Flasche, verwandelte sie in eine gräuliche und zusammengepresste Miniaturausgabe ihrer selbst, an der man sich nicht erfreuen konnte. Als ich nach Hause kam, schaltete ich den CD-Player mit der CD, die Claudio eingelegt hatte, ein und rief mir sein Gesicht in diesem seltsamen Licht am Spätnachmittag auf dem Friedhof in Erinnerung. Nachdem ich mir zwei oder drei mögliche Antworten überlegt hatte, entschloss ich mich zu schreiben:

> Ich versuche immer noch, das Gefühl der Vertrautheit zu deuten, das ich empfand, als ich Dich kennenlernte, es war, als ob ich Dich wiedererkennen würde.
>
> Wie auch immer, es war mir ein Vergnügen.

Während ich das Konzert von Albéniz hörte, bereitete ich noch einmal *thé à la menthe* zu und blieb lange am Fenster sitzen. Ich dachte über das Leben dieser Millionen Menschen nach, die nun dort drüben begraben waren; ich dachte an die Intensität, mit der einige von ihnen durchs Leben gegangen waren und sich angestrengt hatten, etwas Wertvolles zu hinterlassen, damit man sich immer an sie erinnerte; ich dachte auch an all die anderen Menschen, deren Namen nicht auf den Listen berühmter Persönlichkeiten standen und deren Biografien in Vergessenheit geraten waren. Fühlten sie etwas? Hatten sie vielleicht Gedanken, wie Tom behauptete? Und wenn unsere Existenz eine Art Gussform wäre, wie die eines Bildhauers oder eines Schmieds?, fragte ich mich. Wenn jede Erfahrung, die wir während unseres Lebens machen, jede Emotion, jeder Gedanke wie eine CD wären, die nur einmal aufgenommen wird, und danach hört man sie immer wieder an, hat aber keine Möglichkeit mehr, etwas zu verändern: Würden wir die Zeit vergeuden, wie wir es tun, würden wir uns mit schmerzlichen Ideen und Gedanken quälen, damit sie sich bis in alle Ewigkeit wiederholen? Ich grübelte noch eine ganze Weile über diese Frage nach, die ich schließlich mit Ja beantwortete. Es war am wahrscheinlichsten, dass wir auch in dem Bewusstsein, nichts ändern zu können, weiter unsere Zeit verschwenden würden. Ich fürchte, es handelt sich dabei um eine Trägheit, sagte ich mir, ein unkontrollierbares Verhalten wie das der Insekten, die wir für so idiotisch halten – und die gleichzeitig so sonderbar vertraut wirken –, wenn wir sehen, wie sie ihre Fertigkeiten routinemäßig ausführen und ständig wiederholen, ganz zu schweigen von den Momenten, in denen sie sich einer Kerze nähern oder an Fensterscheiben zerschellen, ein Bild, das übrigens mit verdächtiger Häufigkeit in der Literatur auftaucht. Aber im umgekehrten Fall, angenommen, wir könnten, in dem Bewusstsein der Endlichkeit unserer Lebenszeit, wählen, wie die Ewigkeit verlaufen soll, was würden wir tun, denken oder sagen? Wie würde unser letztes Urteil ausfallen? Ich fand keine Antwort. Abends erhielt ich noch eine Nachricht:

> Anscheinend haben wir beide ganz genau das Gleiche erlebt. Ich, Cecilia, weiß, was dieses Wiedererkennen ist. Du wirst es auch wissen, wenn wir uns wieder treffen.

Die Sonne kam auch am nächsten Morgen wieder heraus, und allmählich fing ich an, den wohltuenden Einfluss der letzten Sommertage auf meine Stimmung zu spüren. Tom schrieb mir nach dieser ersten Postkarte nicht mehr, er rief auch nicht mehr an nach dieser einen Nachricht, und obwohl ich weder seinen Geruch noch seine Nähe noch seine Zuneigung vergessen hatte – an der ich trotz seines Schweigens nicht vollends zweifelte –, begann ich, jedes Mal mehr an Claudio zu denken und mich über seine häufigen Nachrichten zu freuen, als ob das Leben sich vorgenommen hätte, so viel Zurückhaltung mit der überschwänglichen Wortgewandtheit des Kubaners auszugleichen. Wenn eine Beziehung, so intensiv sie auch sein mag, der Ungewissheit und der Enttäuschung so viel Raum gibt, lässt sie andere Interessen und andere Hoffnungen zu.

Am Mittwoch beschloss ich, in das Schwimmbad zu fahren, in das ich ab und zu ging, in dem ich aber seit Toms Abreise nicht mehr gewesen war, teils wegen der Kälte und teils wegen der lähmenden Trägheit, die mich befallen hatte. Gerade als ich aus dem Haus gehen wollte, fand ich ein Päckchen in meinem Briefkasten. Es kam aus New York und schien eine CD-Hülle zu enthalten. Ich hatte Zeit, nach oben zu gehen und es in meiner Wohnung zu öffnen, aber der Gedanke, zu Hause zu bleiben, machte mir Angst. Ich beschloss, das Päckchen nach meiner Rückkehr zu öffnen. Bevor ich aus dem Haus ging, warf ich einen Blick auf Toms Briefkasten, der mit Rechnungen und Werbeprospekten vollgestopft war. Das Schwimmen half mir, mich zu entspannen, und ich kehrte hungrig nach Hause zurück. Ich kochte Nudeln und mischte sie mit einer Fertigsoße aus dem Glas. Als ich vor dem dampfenden Teller saß, öffnete ich den Umschlag. Es enthielt *Dark Intervals* von Keith Jarrett, dessen Musik ich noch nie gehört hatte. Bevor ich die CD einlegte, spülte ich die Teller und räumte die Küche auf. Als ich fertig war, stellte ich fest, dass ich noch eine E-Mail erhalten hatte. Es waren die Anweisungen zum Hören der CD:

Ich nehme an, Cecilia, dass Du den Umschlag inzwischen bekommen hast. Ich habe mich entschlossen, Dir diese CD zu schicken, denn ich muss Dir ein paar Dinge erklären, und ich weiß, dass ich Dir nichts sagen könnte, was genauer oder aufrichtiger und zutreffender wäre als das, was diese Musik ausdrückt und was sie hoffentlich auch Dir über mich erzählen wird. Schließ die Augen und hör Dir »Americana« an. Wenn Du zu Minute 2.19 oder 2.56 gelangst, zur 4.16 oder 5.25 oder 6.11, stell Dir vor, ich säße neben Dir. Oder leg »Hymn« auf und bleib ab Minute 1.11 dran. Das ist es, was ich Dir in meiner unvollkommenen Art sagen will, als würde ich Deine Hand nehmen, als wäre ich jetzt auf einer Landstraße unterwegs nach Irgendwo und würde Dich dabei betrachten, wie du auf das Nahe und das Ferne schaust.

Ich muss gestehen, dass ich diesen Anweisungen keinerlei Beachtung schenkte, aber sie wiesen mir eine Spur zu der Persönlichkeit dieses neuen Freundes, den Haydée als »sonderbar« beschrieben hatte. Das passierte nicht nur ein Mal. So viel Präzision löste nicht nur Ablehnung oder Neugier in mir aus, mir verging einfach die Lust. Daher hörte ich die CD wie jede andere auch, die ich in meiner Wohnung auflege, still und aufmerksam, gegenüber dem Fenster. Von dem Tag an erhielt ich immer wieder CDs, die ich nach bestimmten Anweisungen anhören sollte. Ich bekam auch Nachrichten, in denen er mich bat, in einen Park oder ein Museum zu gehen und eine Skulptur aus bestimmten Blickwinkeln zu betrachten, wie viel Schritte ich von der Vorderseite des Werks in eine der vier Himmelsrichtungen zurücklegen musste und um wie viel Grad ich meinen Körper neigen musste, um dieses oder jenes Detail im Fokus zu haben. Wie konnte es sein, dass er ein derart gutes Gedächtnis hatte? Entnahm er diese Information irgendeinem Notizbuch mit Aufzeichnungen aus seiner Zeit in Paris, oder handelte es sich einfach nur um eine Art Wahnvorstellung? Inzwischen neige ich zu der zweiten Annahme.

Claudio:
Heute hatten wir einen fantastischen Tag, so wie ich mir die Tage in New York vorstelle. Es war kalt, aber der Himmel war tiefblau, und die Sonne schien. Heute Morgen ging ich zum ersten Mal seit langer Zeit schwimmen. Danach fuhr ich nach Hause zurück und hörte mir *Dark Intervals* an, die heute per Post kam. Danke, dass Du mir die CD geschickt hast. Ich finde es sehr gut, dass sich Deine Jarrett-Leidenschaft bis nach Paris überträgt, aber ich möchte Dich um einen Gefallen bitten: Idealisiere mich nicht. Ich ertrage es nicht, die Menschen zu enttäuschen.

UNGEWISSHEIT

Seit meiner Rückkehr nach Manhattan habe ich versucht, Ruth möglichst aus dem Weg zu gehen. Ihre Gegenwart bringt mich momentan zur Verzweiflung. Diese anmaßende Frivolität, das Benehmen eines kleines, verzogenen Mädchens, dem alles in den Schoß gefallen ist und das sich den Luxus gönnt, eine Depression zu pflegen, empfinde ich als Beleidigung. Doch will ich sie keinesfalls verletzen und treffe mich hauptsächlich deshalb noch mit ihr, selbst wenn mir das ein schlechtes Gewissen bereitet. Während ich abends in dem Loft in Tribeca Delikatessen esse, denke ich an Cecilia. Ich stelle mir vor, wie sie allein im Bett liegt oder beim Frühstück sitzt, gegenüber dem Friedhof, wie sie dieser unerbittlichen, sie auszeichnenden Hellsichtigkeit ausgeliefert ist, ohne meine starke Schulter, ohne einen Menschen, der sie beschützt und auf diesem schmerzhaften Weg begleitet, den ich so gut kenne, der Weg, den Menschen wie wir gehen müssen, Menschen, die unfähig sind, sich selbst etwas vorzumachen. Während Ruth palavert, an ihren Fingernägeln herumspielt, eine Tischdecke aussucht, die zu dem Rosenstrauß passt, den sie gerade gekauft hat, und eine teure Weinflasche nach der anderen holt, um mich zu verwöhnen, schwinden die letzten Überreste des Verlangens, das sie einmal in mir hervorgerufen hat. Stattdessen ist eine Sehnsucht nach diesem anderen Leben entstanden, das weit von mir entfernt verstreicht, ohne dass ich etwas dagegen tun könnte, oder fast nichts, außer Cecilia all das zu schreiben, was ich ihr persönlich nicht sagen kann.

Ich will nicht leugnen, dass ich wieder unter die pfirsichfarbenen Laken gekrochen bin, um ausgiebig gewaltsamen Sex zu haben. Manchmal ist eine Kraft in meinem Körper, die sich nur mit solchen Handlungen freisetzen lässt. Aber morgens, egal, ob ich auf dem Satinlaken aufwache oder in meinem eigenen kargen Schlafzimmer, gilt mein erster Gedanke Cecilia, ihrer Existenz, ihrer Abwesenheit, die schmerzt wie ein Schlangenbiss. Dann ist es mir unerträglich, Ruth neben mir schlafen zu sehen. Wenn mich das reduzierte Zusammenleben mit ihr früher schon nicht zufriedengestellt hat, hinterlässt es jetzt eine unergründliche Leere in mir, die Gewissheit, dass ich nicht dort bin, wo ich sein sollte, dass ich das Falsche tue. Cecilia hingegen gibt mir Gelassenheit. Ich muss nur an sie denken, um diese Ruhe zu spüren.

Der November war seltsam und ganz anders als mein bisheriges Leben in New York. Ich war euphorisch, weil ich endlich meine Traumfrau kennengelernt hatte, weil ich immer an sie dachte und weil sie so positiv auf meine Nachrichten reagierte. Trotzdem besuchte ich weiterhin Ruth. Ein Teil von mir, der aufrechte, moralische, »der ethische«, wie er (der Teil) über sich selbst gesagt hätte, verlangte von mir, diese Gewohnheit aufzugeben. Wenn ich jetzt den Willen aufbrachte, im Rahmen meiner Möglichkeiten ein besserer Mensch zu werden, mein gesamtes Potenzial auszuschöpfen, dann wegen Cecilia, nicht wegen Ruth, und vor allem nicht *für* Ruth. Aber wenn ich doch überzeugt war, dass ich endlich zu der genannten Gewissheit gefunden hatte, warum handelte ich dann nicht entsprechend und entledigte mich ein für alle Mal der *cougar*? Es wurde immer schwieriger, mich mit Ruth zu unterhalten, und ich fand immer weniger Gefallen daran, eng an sie geschmiegt zu schlafen. Nicht einmal der Sex mit ihr interessierte mich noch. Cecilias Nachrichten hingegen versetzten mich in eine Stimmung, die die erhabenen Gefühle vor den körperlichen Empfindungen triumphieren ließen. Aber statt dass diese Begeisterung mein seelisches Gleichgewicht stärkte, wurde ich Ruth gegenüber schrecklich kleinmütig. Inzwischen sage ich mir, vielleicht als Entschuldigung, dass die Erfahrung zu lieben, wenn sie derart unstrittig ist, die Gefahr einer Revolution, eines radikalen Wechsels, des *renversement* mit sich bringt. Und obwohl wir es vermeiden – oder wie in meinem Fall, aufschieben –, jähe oder ungelegene Entscheidungen zu treffen, ist der Zusammenbruch, das Erdbeben bereits zu spüren. Wenn sich eine Liebe von solcher Dimension ereignet, wenn sie sich so aufdrängt, erfasst uns eine große Zerbrechlichkeit. Und es ist natürlich und unvermeidlich, dass man dann Halt sucht, so absurd oder falsch das auch sein mag, um zu verdrängen, dass wir von einem Abgrund verschlungen werden: in der Arbeit, in den täglichen Gewohnheiten, aber auch in den Beziehungen zu Menschen, die schon vor der aufrüttelnden Begegnung Teil unserer Welt waren. Zumindest erkläre ich mir so mein feiges Verhalten gegenüber der *cougar*. Ruth gab mir die ganze Sicherheit, die Cecilia mir genommen hatte, und zwar allein aufgrund der Tatsache, dass sie existierte und in mein Leben getreten war. Im Gegensatz zu Cecilia, von deren Gefühlen ich nicht viel wusste, war Ruth glücklich mit mir, sie war glücklich, mich zu verwöhnen und zu verhätscheln und mich mit ihrer Aura aus Luxus und Komfort zu umschließen. Da ich daran nicht den geringsten Zweifel hegte, konnte ich nicht anders als Ruth für ihre andauernde Güte Anerkennung zollen. Ich verspürte Dankbarkeit, auch eine gewisse Sorge um sie und zweifellos eine bestimmte Art der Zuneigung. Das ist nicht wenig, aber es ist auch nicht genug. Trotzdem, sobald mein moralischer Teil mich dazu drängte, Ruth loszulassen und die unbestreitbare Liebe zu ehren, wie es sich gehörte, überkam mich ein Gefühl ähnlich tiefer Betrübnis. Einige Male, während ich mich im Loft nach einem üppigen Abendessen im Klubsessel ausruhte und beobachtete, wie Ruth sich damit plagte, den Tisch abzuräumen oder Zeitschriften in ein Regal zu stapeln, versuchte ich, mir gedanklich Trennungsgründe und passende Sätze zurechtzulegen. Dann erinnerte ich mich an die Schwäche, die sie in den Tagen vor unserer Reise offenbart hatte, die naive Begeisterung, mit der sie ihren Wunsch, mit mir zusammenzuleben, geäußert hatte. Plötzlich erschien mir ihr kindlicher Gesichtsausdruck als Anzeichen ihrer Schutzlosigkeit – viel mehr als sonst –, und die Erklärungen über unser unaufschiebbares Ende lösten sich auf, noch bevor ich sie auch nur im Stillen formulieren konnte. Nicht, dass ich nicht auf Ruth verzichten könnte, ganz und gar nicht, aber bei dem Gedanken daran, mit ihr Schluss zu machen, fing ich an, sie zu vermissen. Die Notwendigkeit, die Beziehung zu beenden, verstärkte meine Zuneigung zu ihr und verursachte mir schon jetzt Leid. Außerdem, wenn ich ganz ehrlich bin: Häufig widersetzte sich meine praktische Seite heftigst einer Trennung, und das nicht ohne Grund: Ruth lebte in New York, Cecilia nicht. Mein Job war hier in dieser Stadt, und es ist schwierig, einen so angenehmen und gut bezahlten Job wie meinen zu finden. Es stimmt, dass meine Liebe zu Cecilia alles Erdenkliche rechtfertigte, auch die Idee, alles hinter mir zu lassen, um nach Paris zu ziehen und mir ein Leben an ihrer Seite aufzubauen. Aber die Vernunft und die Vorsicht, zwei Gottheiten, die ich schon mein ganzes Leben lang verehre, rieten mir zu warten, bevor ich eine derartige Entscheidung traf, bevor ich auf das verzichtete, was für mich eine tägliche Flucht vor dem Druck des Arbeitslebens war, bevor ich den Menschen verletzte, der mich unermüdlich mit Liebenswürdigkeit, gutem Willen und Geduld bedacht hatte. Wenn sich die Beziehung zu Cecilia gut entwickelte, ich sie dazu brachte, für mich Ähnliches oder einen Teil dessen zu empfinden, was sie in mir weckte, dann würde ich sie zu überzeugen versuchen, ihr Studium in New York zu beenden, und ich müsste meinen Job nicht aufgeben. Aber dafür musste ich gefühlvoll und behutsam vorgehen. Ich musste ihr Zeit geben, die Dinge zu verarbeiten. Ich dürfte nichts erzwingen. Und ich wollte Ruth nicht verletzen, daher musste die Strategie ebenfalls gemäßigt sein. Früher oder später, davon war ich überzeugt, würde ich mich von ihr trennen müssen, die Beziehung in freundschaftliche Gefilde bewegen, aber der Übergang musste diskret sein, beinahe unmerklich. Das war es, was ich seit meiner Rückkehr anstrebte. Das Problem lag, wie immer, in der weiblichen Intuition für Gefahr, jedes Zeichen von Unaufmerksamkeit und Desinteresse richtig zu deuten. Seit wir aus Paris zurückgekommen waren, fragte Ruth mich häufig, woran ich dachte. Nachts wachte sie mehrmals auf, weil sie geträumt hatte, ich würde sie verlassen. Sie ging sogar so weit, mich misstrauisch nach meinem Treffen mit Haydée zu fragen, als ob ihr Unbewusstes sich darüber im Klaren wäre, dass diese Verabredung den Wendepunkt in unserer Geschichte darstellte, den Moment, in dem das Zünglein an der Waage begonnen hatte, sich zu dem endgültigen »Nein« hinzuneigen.

Der November war, ich wiederhole, ein sehr seltsamer Monat. Jede Antwort, die ich von Cecilia erhielt, und mochte sie noch so schlicht sein, erfüllte mich mit Jubel, mit Zärtlichkeit, mit Hoffnung und gleichzeitig mit dem verzweifelten Wunsch, die Zeit möge rasch vergehen, damit ich sie wiedersehen könnte. Ich gewöhnte mir an, Flugtickets nach Paris im Internet zu suchen und die verschiedenen Angebote zu verfolgen und zu vergleichen. Jeden Tag setzte ich mich während der Mittagspause vor den Computer, einen dampfenden Kaffee auf dem Tisch, und ging eine nach der anderen die mir bekannten Flugsuchmaschinen durch, hauptsächlich amerikanische, aber auch einige französische. Ehrlich gesagt, ich hätte warten und diese Phase der keuschen Verliebtheit, der Seelenverwandtschaft bis zu den Grenzen des Möglichen verlängern können; ich hätte die persönliche Begegnung mit ihr so lange wie möglich hinauszögern und sie schließlich mit meinen Worten verführen, ich hätte mir die nötige Zeit nehmen können, um jede ihrer Bedenken und Befürchtungen mit guten Argumenten zu entkräften. Doch das Wissen, das ich im Laufe meines Lebens über das weibliche Geschlecht gesammelt hatte, und meine Erfahrung in diesen Dingen sagten mir, dass ich mich persönlich mit ihr treffen musste, wenn sich die Zuneigung festigen sollte. Die Frauen brauchen das, und sei es auch nur ein einziges Mal. Kein Wort, mag es auch noch so leidenschaftlich oder tiefsinnig sein, prägt sich in ihre Herzen ein, wenn ihm nicht eine oder mehrere Liebkosungen vorausgehen. Auch für mich war das wichtig. Bevor ich mich in irgendeiner Weise von Ruth distanzierte, wollte ich bekräftigen, was ich schon wusste, und erreichen, dass sich auch Cecilia darüber im Klaren war.

Sechs Wochen vergingen in diesem ungewöhnlichen Rhythmus, schnell, meine Emotionen und meine briefliche Annäherung an Cecilia betreffend; langsam bezüglich der sterbenden Beziehung zu der *cougar*, denn ich traute mich nicht, die notwendige Sterbehilfe vorzunehmen. Cecilia und ich schrieben uns täglich, manchmal sogar mehrmals am Tag. Anfangs waren ihre Nachrichten zurückhaltend, sogar reserviert, aber nach und nach baute sich, wahrscheinlich unter dem Einfluss meiner hingebungsvollen Mitteilungen, Vertrauen zwischen uns auf. Und obwohl ihre Briefe nicht so lang und feurig waren wie die, die ich ihr schickte, konnte ich darin eine gewisse Bereitschaft zur Liebe erkennen. Eines Nachmittags äußerte sie in einer kurzen Nachricht den Wunsch, sich mit mir zu treffen. Daraufhin traf ich die Entscheidung, sie in Paris zu besuchen. Die Weihnachtsferien standen kurz bevor. Ich machte es genauso wie zu Studentenzeiten und kaufte das Flugticket für den vierundzwanzigsten Dezember, um bestimmt in einem leeren und leisen Flugzeug reisen zu können.

Den Heiligabend verbrachte ich bei Haydée. Weder meine Freundin noch Rajeev waren in einem katholischen Milieu aufgewachsen, daher war dieses Abendessen nicht religiös und auch kaum festlich. Ich, die ich den Gelagen meiner Familie sonst nicht entkommen konnte, empfand dieses Weihnachtsessen als das beste meines Lebens. Ein paar indische Freunde von Rajeev und eine venezolanische Freundin von Haydée, die ich schon bei anderen Gelegenheiten gesehen hatte, feierten mit uns. Das Essen, Curry mit getrockneten Früchten und Kokosmilch, Basmatireis und Spinat mit Käse als Beilage, schmeckte köstlich. Wir öffneten mehrere Flaschen Champagner, aber ich trank nicht mehr als zwei oder drei Gläser. Am nächsten Morgen würde Claudio aus New York kommen, und deshalb wollte ich einen Kater um jeden Preis vermeiden. Haydée sagte, dass es typisch für seine Verschrobenheit sei, eine solche Reise an dem Abend anzutreten, an dem die Menschen zum Feiern zusammenkämen. Ich hingegen betrachtete das als eine ausgezeichnete Möglichkeit, die Unannehmlichkeiten dieses Datums zu umgehen, und als Beweis für unsere Verbundenheit. Kurz nach Mitternacht fuhr ich nach Ménilmontant zurück. Am Vortag hatte ich Croissants und Orangensaft gekauft, um

Claudio etwas zum Frühstück anbieten zu können. Nachdem ich mich vergewissert hatte, dass meine Wohnung sauber und aufgeräumt war, stellte ich den Wecker und legte mich schlafen. Ich hatte vor, lange genug vor seiner Ankunft aufzustehen, um mich anzuziehen und in aller Ruhe den Tisch zu decken, aber das war nicht möglich. Denn Claudio hatte mir nicht, wie ich glaubte, gesagt, wann das Flugzeug auf dem Flughafen Charles-de-Gaulle landete, sondern wann er ungefähr vor meiner Tür stehen würde. Wie durch ein Wunder weckten mich seine Schritte auf der Treppe auf, kräftige Tritte, die seine Größe und seine robuste Konstitution verrieten, ganz anders als bei Tom. Ich hatte nicht einmal Zeit, mir das Gesicht zu waschen. Ich öffnete die Tür und gab mir größte Mühe, ihn mit einem strahlenden Lächeln willkommen zu heißen, um mein zerzaustes Äußeres wettzumachen. Claudio stellte seinen Koffer im Eingang ab und wartete darauf, dass ich ihm das Frühstück servierte. Auf unserem Kontinent essen wir gewöhnlich sehr viel mehr als das, was ich ihm anbot. Mir wurde bewusst, dass er nach dieser Reise über den Atlantik einen Riesenhunger haben müsste, und ich schämte mich, dass ich nichts als Brot, Saft und Kaffee zu Hause hatte. Claudio sagte allerdings nichts und beschränkte sich darauf zu essen, wobei er mich die ganze Zeit über ansah. Auch ich schwieg. Seine Ankunft hatte mich überrascht, und ich stand wohl auch noch unter dem Einfluss des Champagners. Es war ein furchtbar unangenehmer Moment, und ich wünschte mir bereits, er würde wieder gehen. Ich dachte daran, Musik aufzulegen, aber eine CD auszuwählen schien mir eine extrem schwierige, unlösbare Aufgabe zu sein. Auf Jarrett oder Albéniz zurückzugreifen hätte wie eine übertrieben romantische Geste gewirkt. Ich nehme an, dass Claudio bemerkte, wie unwohl ich mich fühlte, mich deshalb in seine großen Arme schloss und so in mein Schlafzimmer trug. Glücklicherweise unternahm er keine sexuellen Annäherungsversuche. Sein großer, kräftiger Körper, seine Locken und sein grauer Bart, seine große Nase und seine Hände gefielen mir, aber sie waren auch fremd und Respekt einflößend. Seit dem Treffen in dem Café bis zu seiner Rückkehr nach Paris war alles so schnell gegangen, dass mir keine Zeit geblieben war, um es zu verarbeiten. Ich bin sicher, dass er das bemerkte. Nach einigen Minuten, die mir wegen meiner plötzlichen Schüchternheit wie eine Ewigkeit vorkamen, fragte Claudio, ob er bei mir duschen könne, und ich nutzte die Zeit, um mich anzuziehen. Sein Plan war, an diesem ersten Weihnachtsfeiertag einen Spaziergang auf dem Friedhof von Montmartre zu machen, um weiter nach dem Grab von César Vallejo zu suchen. Die Idee gefiel mir. Zunächst einmal weil ich, so unglaublich es auch schien, mir nie die Zeit genommen hatte, andere Friedhöfe der Stadt aufzusuchen. Außerdem sagte mir etwas, dass die naheliegenden Alternativen, wie ein Besuch des Weihnachtsmarkts oder des Hüttendorfs, das zu dieser Jahreszeit auf den Champs-Élysées aufgebaut wurde, diesen

Mann, der jeden Zentimeter der Statue von Balzac kannte, wenig begeistern würden.

Wir nahmen die Metro bis zur Station Blanche, und dort schlug ich vor, in die erste Brasserie zu gehen, an der wir vorbeikamen, denn ich war sicher, dass der Arme jeden Moment vor Hunger ohnmächtig werden könnte. Der Preis für das Tagesmenü überstieg mein Budget bei Weitem, aber das sagte ich nicht. Glücklicherweise bestand Claudio darauf, die Rechnung zu bezahlen. Während des Essens stellte er mir die üblichen Fragen, die zwei Menschen einander stellen, die sich mögen, aber noch nicht gut kennen. Claudio interessierte sich zum Beispiel dafür, wo ich aufgewachsen war, wo ich studiert hatte und wie meine Familie war. Auch er berichtete mir etwas über seine Kindheit im sozialistischen Kuba; er sprach von seiner Mutter als einer vorbildlichen Frau, der er alles verdankte, den Besuch einer guten Schule und den Weggang von der Insel; er erzählte ebenfalls von Susana, Haydées Kusine, die er sehr geliebt hatte. Der überraschende Tod dieses Mädchens war die schmerzhafteste Erfahrung seines Lebens, von der er sich – zumindest war das mein Eindruck – nie erholt hatte. Dieses Gespräch war sehr wichtig für uns beide. Ich, die ich in jungen Jahren von meiner Mutter verlassen worden war, konnte das Leid in seinem Blick nachempfinden, und während er mir davon berichtete, hatte ich das sichere Gefühl, dass ich ihn eines Tages lieben würde.

Der Friedhof von Montmartre ist ganz anders als der Père-Lachaise. Zunächst einmal liegt er mehrere Meter unter dem Niveau der Straße, in dem Becken eines ehemaligen Steinbruchs. Es ist ein kapriziöser Ort, unstrukturiert und so typisch bohemehaft wie früher das berühmte, von Künstlern bevölkerte Viertel Montmartre. Ein Informationsschalter neben dem Eingang war geöffnet, was für den fünfundzwanzigsten Dezember äußerst ungewöhnlich war. Die Angestellte fragte uns freundlich, ob wir einen Familienangehörigen suchten, und wir nutzten die Gelegenheit, uns nach dem Dichter zu erkundigen.

»Vallecho?«, fragte sie noch einmal, nachdem wir den Namen für sie in ein Notizbuch geschrieben hatten und sie eine Liste durchgesehen hatte. »Der ist nicht hier. Sie sollten lieber in Montparnasse nach ihm suchen. Ich bin fast sicher, dass er dort liegt.«

Wir gingen auf den Friedhof, um die Gräber einiger Schriftsteller zu besuchen. Darunter waren das von Bernard-Marie Koltès, mit dem sich Claudio sehr verbunden fühlte, aber auch das Grab von Zola und das von Théophile Gautier, einem der Lieblingsschriftsteller meiner Jugend. Andere Friedhöfe kennenzulernen war, wie in fremde Länder zu reisen, ohne die eigene Stadt zu verlassen. Verglichen mit dem Père-Lachaise ist der Friedhof von Montparnasse viel moderner und übersichtlicher. Auf dem Père-Lachaise gibt es Gräber, die aussehen, als seien sie aus verwesten Knochen oder Lumpen gemacht, sie wirken beinahe organisch, zernagt von den Würmern der Zeit, oder es ist ein Denkmal entstanden, dem man sich nicht zu nähern traut, denn diese Gräber scheinen alles um sie herum zu bemerken, einschließlich unserer Gedanken; auf dem Friedhof von Montparnasse sind die Grabstätten sauberer und auch nicht so alt. Die Inschriften auf den Steinen sind gut lesbar. Damit will ich nicht sagen, dass es dem Friedhof an Charakter fehlen würde. Montparnasse hat einen ausgeprägten Charakter, aber der entspricht dem zwanzigsten Jahrhundert und ähnelt eher dem von Jean-Paul Sartre oder Serge Gainsbourg. Es kam nie zu einer Verquickung der Epochen, wie das gegenüber von meiner Wohnung der Fall ist. Der Peruaner lag tatsächlich in Montparnasse, aber auch Julio Cortázar, Emil Cioran und Eugène Ionesco. Ich kann nicht beschreiben, wie erstaunt ich war, als ich entdeckte, dass auch Porfirio Díaz, der ehemalige Präsident von Mexiko, französierter Bürger von Oaxaca wie ich selbst, dort ruhte, neben so vielen berühmten Persönlichkeiten, denen er sicherlich nichts zu sagen gehabt hätte.

Die Friedhöfe von Paris verteilen sich auf die vier Himmelsrichtungen: Montmartre im Norden, Père-Lachaise im Osten, Passy im Westen und Montparnasse im Süden. Während wir zu Fuß zur Bastille zurückliefen, erzählte mir Claudio, dass es vor dem Bau der vier Friedhöfe einen Hauptfriedhof im Zentrum der Stadt gegeben hatte, neben dem Markt Les Halles, genau dort, wo sich heute die Place Joachim-du-Bellay befindet. Dieser Ort wurde nach einer schrecklichen Epidemie Ende des achtzehnten Jahrhunderts, die auf den inadäquaten Umgang mit den Leichen zurückzuführen war, geschlossen. Seitdem war es verboten, die Toten in der Stadt zu begraben. Ich weiß noch, dass ich dachte: Wie viele Leichen liegen wohl unter der Erde, über die wir jeden Tag laufen! Und damit nicht genug, erstreckt sich ein ausgedehntes Netz römischer Katakomben im Untergrund der Stadt, das massenweise Knochen beherbergt. Ich kam zu dem Schluss, dass man in Paris – unabhängig davon, wo genau – immer auf dem Grab von jemand anderem lebte. Die Stadt ist ein riesiger Friedhof. Wenn die Spiritisten recht hatten – und davon war ich mehr und mehr überzeugt –, mussten wir alle, zumindest einmal, von einer armen Seele im Fegefeuer besessen gewesen sein.

Je länger ich darüber nachdenke, desto seltsamer finde ich es, all diese Friedhöfe zusammen mit Claudio abgelaufen zu sein und nicht mit Tom. Im Gegensatz zu meinem Nachbarn interessierte sich Claudio nicht für die Toten, sondern für Schriftsteller. Für ihn entbehrten die Gräber jeglicher Mystik oder verborgener Bedeutung. Claudio suchte ein rein ästhetisches Vergnügen, und diese Tatsache gab mir ein gewisses Gefühl der Sicherheit.

In dieser Nacht schliefen wir zusammen, ohne irgendwelche Vorbehalte von meiner Seite. Wenn ich in puncto soziale Beziehungen ungeschickt war, so war ich in puncto sexuelle Erfahrung ein echter Neuling. Was mich in Mexiko jahrelang mit Stolz erfüllt hatte, war seit meiner Ankunft in Paris, und vor allem seit meiner Freundschaft mit Haydée, mit einem unaussprechlichen Schamgefühl verbunden.

Claudio hatte wahnsinnig viel Geduld mit mir. Ich weiß nicht, ob er das Ausmaß meiner Ignoranz erfasste, aber er machte nie eine Anspielung auf das Thema. Was er sicherlich sehr wohl begriff (und ich zweifle nicht, dass es ihm gefallen hat), ist die Tatsache, dass ich ein unbeschriebenes Blatt war, auf dem jede seiner Anweisungen – die er immer gab, wenn es um Musik ging, um Museumsbesuche, aber auch im Bett – für die Ewigkeit festgehalten wurde. Ich will ja nicht angeben, aber ich glaube, dass ich schnell gelernt habe. Claudio flog nach New York zurück, und ich besuchte ihn dort einige Wochen später, während meiner Ferien im Februar.

CLAUDIOS VERSION

Für die Muslime ist das Paradies ein Garten voller Jungfrauen, und so stellte ich mir in Kuba immer einen Ort ähnlich dem Nordpol vor, weiß und weit, wo es statt Palmen Eis gab und wo statt Lärm und Tumult eine perfekte Stille herrschte. Deshalb ist seit meiner Ankunft in New York der Winter die Jahreszeit, die ich am meisten genieße. Im Gegensatz zu meinen Landsleuten halte ich diese Monate für recht erbaulich, eine Zeit der Reinigung. Die Kälte, vor allem wenn die Temperatur mehrere Grad unter null fällt, befreit nicht nur unsere Atemwege, sondern wirkt auch dieser unerträglichen Verweichlichung entgegen, die das gute Wetter verursacht, insbesondere das Tropenklima. Bei fünfzehn Grad minus kommt niemand mehr auf die Idee, sein Leben in einer Hängematte zu verplempern oder in Flip-Flops durch die Gegend zu schlurfen. Im Gegenteil, der Winter treibt uns dazu an, sparsam mit unseren Bewegungen zu sein, eilig zu gehen, jeden unnötigen Umweg und jeden Spaziergang zu vermeiden. Alle unsere Zellen bleiben aktiv und produzieren den notwendigen Brennstoff, damit unser Körper gut funktioniert. Man muss nur einen Blick auf die Weltwirtschaft werfen, um festzustellen, dass die kalten Länder besser operieren als die warmen und dass die nördlichen und gebirgigen Regionen rentabler sind als die Küstengebiete, wo die Menschen lediglich diese Art Musik produzieren, die zum Tanzen verleitet und Hemmungslosigkeit provoziert, Percussions, die zum animalischen Sex anstiften, maßlos Cannabis konsumiert wird –, das heißt, wo die Verrohung fortschreitet, und das auf dem schnellsten Weg, der mir bekannt ist. Aus diesem Grund, und nicht, weil ich Geld sparen will – wie Mario und meine anderen Verleumder behaupten –, versuche ich, die Heizung so wenig wie möglich anzustellen, und begnüge mich mit der Wärme, die die anderen Wohnungen im Haus abgeben, in denen verweichlichte Latinos und Asiaten leben, die nur Strom verschwenden. Ich dusche auch im Winter, genau wie zu jeder anderen Jahreszeit, jeden Morgen kalt und kann so den heißen Kaffee beim Frühstück viel mehr schätzen.

Wenn ich das Haus verlasse, bemühe ich mich, würdevoll durch die Straßen bis zur Bushaltestelle zu gehen, keine schnellen, verhaltenen Bewegungen zu machen und auch keine unnötigen Grimassen zu schneiden, die sich auf den Gesichtern der Fußgänger breitmachen. Ich stelle mir vor, ich wäre ein k.-u.-k.-Offizier auf dem Weg in die Kaserne seines Regiments. Ich stelle mir sogar vor, ich wäre der Winter selbst, und alle Plebejer würden sich unter meiner eisigen Knute ducken. Mit majestätischer Würde steige ich langsam die Stufen des Busses in Richtung Verlag hinauf.

Die Menschen sehen mich blass vor Neid an, der auch eine gewisse Bewunderung erkennen lässt. So viel Mühe sie sich auch geben, sie können das Gejammer und Geklage über die Kälte, die mit mir hereinzieht, wenn ich an ihnen vorbeigehe, nicht lassen. Die Nase tief im Mantel vergraben, tauschen sie die Wetternachrichten aus und geben ihre Kommentare dazu ab. Während ich sie reden höre, denke ich an ihre armseligen Leben und daran, wie anders die Welt wäre, wenn diese Menschen wüssten, wie sie die beste aller Jahreszeiten nutzen könnten, um ihren Charakter zu stärken. Aber das ist zwecklos. Mit den Jahren habe ich begriffen, dass dem Pöbel nicht zu helfen ist und dass ihn zu bemitleiden genauso wenig bringt wie der Versuch, ihn zu erziehen.

Am Donnerstag, dem fünfundzwanzigsten Dezember, setzte mich ein Taxi um halb zehn Uhr morgens vor der Hausnummer dreiundvierzig auf dem Boulevard de Ménilmontant ab. Ich tippte den Türcode ein, den Cecilia mir in einer E-Mail mitgeteilt hatte, und stieg vier Stockwerke hinauf, um sie zu wecken. Zumindest war das meine Absicht. Sie stand bereits in der Tür und wartete auf mich. Sie trug, daran erinnere ich mich gut, einen dunkelgrauen Flanellpyjama, ihre offenen Haare fielen auf die Schultern, wirkten aber nicht unordentlich. Sie sah schön aus, so frisch aus dem Bett. Es war das zweite Mal in meinem Leben, dass ich mich mit ihr traf. Ein skeptischer und förmlicher Mensch hätte nicht ohne Grund von uns behauptet, dass wir Fremde waren. Aber das stimmte auch nicht ganz. Cecilia erschien mir in allem vertraut. Ich erkannte ihren Geruch wieder – weiß der Himmel, wieso –, ihre Gesichtszüge, ihre Art, zu sprechen und sich zu bewegen, ihre Sanftheit und ihre präzise Distanz. Sie war mir in jeder Hinsicht sehr viel vertrauter als Ruth, an die ich inzwischen gewöhnt sein sollte. Sobald Cecilia mich kommen sah, nahm sie mir den Koffer ab und stellte ihn hinter der Tür auf den Boden. Danach griff sie nach meiner Hand und führte mich in ihr Wohnzimmer, und ich setzte mich auf dasselbe Sofa, wo ich schon vor einem Monat mit Haydée und Julián der Musik von Albéniz gelauscht hatte. Es war kalt. Draußen fiel dichter Regen, und in den Fenstern ihrer Wohnung sahen wir statt der Bäume und der Gräber des Père-Lachaise den Dunst und den Widerschein der brennenden Lampe. Auf dem kleinen Tisch in der Zimmermitte stand das Frühstück. Ich hatte keinen Appetit. Eigentlich hatte ich dasselbe schon im Flugzeug gegessen, aber ich zwang mich, noch einmal zu frühstücken, um Cecilia nicht zu kränken. Die ganze Zeit über stellte ich mir ihre Brüste vor, genau wie die, die Diego Rivera malte, dessen Wandmalereien ich in Chicago gesehen hatte. Sobald Cecilia mit Essen fertig war, trug ich sie in meinen Armen in ihr Schlafzimmer und legte mich neben sie auf ihr Bett, dem noch ihre Körperausdünstungen der letzten Nacht anhafteten. Dieser Geruch, den ich jetzt mit einer unglaublichen Deutlichkeit erinnere, berauschte mich wie eine Opiumwolke. Obwohl ich eine starke Erektion hatte, schien Cecilia in andere Gedanken versunken zu sein, und ich zog es vor, an diesem Morgen nichts zu forcieren. Gegen elf duschte ich, holte frische Wäsche aus dem Koffer und wartete darauf, dass sie sich anzog. Wenn es etwas gibt, das mich mit Unbehagen erfüllt, dann ist das mangelnde Körperpflege. Jedes Mal, wenn es in Kuba dunkel wurde und die Pumpe nicht mehr das Wasser in die Tanks auf den Dachterrassen befördern konnte, schleppte ich eimerweise Wasser für die ganze Familie. Überraschenderweise störte es mich nicht im Geringsten, dass Cecilia auf das Duschen verzichtete. Ich sagte mir, dass sie vielleicht die hiesigen Gewohnheiten angenommen hatte, die etwas lockerer waren als die in Amerika. Außerdem roch sie immer frisch und sauber, anders als ich. Der Regen hatte kurz aufgehört, und ein Sonnenstrahl drang durch die dunklen Winterwolken. Ich schlug vor, im XVIII. Arrondissement zu Mittag zu essen und anschließend, sofern das Wetter es zuließ, zum Friedhof von Montmartre zu gehen, um dort das Grab von Vallejo zu suchen, das wir beim letzten Mal nicht gefunden hatten.

Wir aßen das *menu de midi* in einer bescheidenen Brasserie am Ausgang der Metrostation Blanche. Ich gebe zu, es gefiel mir, dass sie ihren Mantel auszog und sich ihre Brüste wieder unter ihrem Pullover abzeichneten. Dieses Mal, vielleicht wegen der Kälte oder weil meine Nähe auf sie wirkte, stellten sich ihre Brustwarzen in meine Richtung auf. Wie ich schon sagte, stelle ich den Frauen, mit denen ich eine Beziehung eingehe, keine Fragen zu ihrem bisherigen Leben. Aber mit Cecilia brach ich wehrlos nicht nur diese, sondern auch noch weitere grundlegende Überlebensregeln. An diesem Nachmittag, während wir unseren Salat und unser Fleisch mit Pommes frites aßen, fragte ich sie alles, was mir einfiel. Ich wollte wissen, wie sie als Kind und als junges Mädchen gewesen war, mit wem sie aufgewachsen war, wie lange sie schon in Paris lebte. Sie erzählte mir von ihrer Kindheit bei ihrer Großmutter in Oaxaca, einer Stadt, in der ich noch nie gewesen war, aber die ich mir umgeben von Vulkanen vorstellte, mit alten Gebäuden, Obstbäumen und exotischen Vögeln. Sie erzählte mir von ihrem Vater, der zwischen Oaxaca und Ciudad de México pendelte, von der großen Liebe, die sie beide verband. Sie erzählte von ihrer Mutter, an die sie sich nur wenig erinnerte und wie diese, als sie sich in einen anderen Mann verliebte, von Zuhause floh, um mit ihm zusammen zu sein; von ihrem Literaturstudium an einer Provinzuniversität und von der Bibliothek, die der Maler Francisco Toledo der Stadt stiftete, in der sie aufgewachsen war, und die sie viele Jahre lang eifrig nutzte. Oaxaca war natürlich nicht Havanna. Im Gegenteil. Dennoch gab es Ähnlichkeiten in unserer Entwicklung, oder zumindest glaubte ich, sie zu sehen: die Schwierigkeit, in unseren Heimatstädten Bücher zu kaufen, die Liebe zu Bibliotheken. Cecilia war nicht so eingepfercht aufgewachsen wie ich, aber sie war verlassen worden. Sie verbrachte viel Zeit allein in einem alten Haus, wo nur ihre kranke Großmutter wohnte. Verlassen und eingepfercht zu sein sind, meiner Meinung nach, zwei Seiten derselben Medaille. Beide Situationen bedeuten Isolation, Angst und Verzweiflung. Obwohl fast niemand in Oaxaca die Santería praktizierte, waren ihre Nachbarn, genau wie meine, tief in heidnischen Glaubensüberzeugungen und Bräuchen verwurzelt. Ich vermute, dass die Ablehnung dieser verrückten Sitten ihre Rationalität mehr als alles andere beeinflusst hat. Mir erging es dank Facundo Martínez und der zahlreichen Rituale, die seine Familie in unserem Innenhof vollzog, ähnlich. Alles, was Cecilia mir an diesem Nachmittag über sich selbst erzählte, bekräftigte meinen Wunsch, bei ihr zu bleiben, ihr den Weg zu weisen, sie mit meinem eigenen Körper vor jeglicher Unbill zu schützen. Nach dem Essen gingen wir zu Fuß bis zur Avenue Rachel, wo sich der Haupteingang des Friedhofs befand. Vallejo war auch nicht in Montmartre begraben. Wir besuchten die Gräber von Stendhal, Zola, Théophile Gautier und Koltès, für den ich große Sympathie hege. Bernard-Marie Koltès. Es erfüllt mich mit Stolz, in Paris gewohnt zu haben, als er noch lebte und ihn nur wenige Menschen kannten. Selbstverständlich wäre es mir nie eingefallen, ihn mit meiner unnötigen Anwesenheit zu belästigen. Es genügte mir zu wissen, dass wir dieselbe Stadt teilten. Gegen sechs Uhr fuhren wir mit dem Bus zu ihrer Wohnung zurück. Cecilia schlug vor, eine Flasche Wein bei Chez Nicolas zu kaufen. Ein sehr erschwinglicher Rotwein, der mir so gut schmeckte wie die erlesenen Tropfen der *cougar*, einfach nur, weil ich ihn mit Cecilia teilte. In dieser Nacht schliefen wir miteinander, und bevor der Morgen graute, hatten wir uns dreimal geliebt. Ich gebrauche dieses Wort nicht aus einer romantischen Anwandlung heraus. Mir ist bewusst, wie pathetisch das bei vielen Gelegenheiten klingen kann. Dennoch gibt es keinen anderen Ausdruck, der besser beschreiben könnte, was in den frühen Morgenstunden zwischen unseren Körpern passierte. Cecilia und ich vögelten nicht, wir fickten auch nicht, ein extrem obszönes Verb, das ich nur im Notfall verwende. Wir weiteten dieses Gefühl, das uns seit unserem Kennenlernen begleitete, lediglich auf den Bereich des Körperlichen aus.

Mein Aufenthalt in Paris dauerte genau drei Nächte und vier Tage. Den Zeitraum, den der Verlag bewilligt, bevor Urlaubstage abgezogen werden. Wir trafen niemanden. Ich teilte weder Haydée noch Julián, nicht einmal Michel Miló mit, dass ich an diesen Tagen in Paris war. Cecilia und ich konzentrierten uns darauf, die Gesellschaft des anderen zu genießen, wir erweckten sogar den Anschein eines gemeinsamen Alltags, wie ich ihn mir an ihrer Seite erträumte: schweigsam, ruhig, genügsam und voller gegenseitiger Zuneigung, aber ohne Übertreibungen. Ich will nicht bestreiten, dass ich mehrmals an Ruth dachte, fast immer machte ich mir dann Vorwürfe, dass ich unfähig gewesen war, vor meiner Abreise mit ihr Schluss zu machen. Ich fühlte mich schuldig, weil ich mit dieser uneingestandenen Beziehung meine Zukunft mit Cecilia aufs Spiel setzte. Manchmal machte ich mir auch Sorgen um Ruth. Ich hatte ihr nichts von meiner Reise erzählt. Ich hatte nur gesagt, dass ich dieses Wochenende arbeiten wolle und sie nicht sehen könne. Als ich in New York ins Flugzeug stieg, hatte ich das Handy ausgeschaltet und es nicht ein einziges Mal wieder angemacht, um nachzusehen, ob sie angerufen hatte. Ich machte mir auch Gedanken, wie ich ihr die Dinge erklären sollte, sobald ich nach Hause zurückkehrte. Es war absurd, noch länger abzuwarten. Doch diese Gedanken zogen schnell vorüber und nahmen nicht viel Raum ein. Sofort beanspruchte Cecilias Anwesenheit meine ganze Aufmerksamkeit, und die Kraft meiner Gefühle für sie erlöste mich von allen Fehlern, die ich in der Vergangenheit gemacht hatte.

Am Sonntag fanden wir auf dem Friedhof von Montparnasse endlich das Grab von Vallejo. Wir hatten in einem Sushi-Restaurant in der Rue de Gaîté gegessen, wo Cecilia, die japanisches Essen liebte, recht häufig hinging. Vom Restaurant aus spazierten wir bis zur Avenue du Maine, um den Friedhof durch einen Seiteneingang zu betreten, wo eine Liste der dort bestatteten Persönlichkeiten hing, auf der auch endlich Vallejos Name aufgeführt war. Das Grab war nicht leicht zu finden – ich glaube, der Plan war nicht gut –, aber schließlich standen wir davor. Ich hatte die Ausgabe einer Anthologie seiner Gedichte in der Manteltasche, aus der ich an seiner Ruhestätte vorlesen wollte. Aber wir waren nicht die einzigen Besucher von Vallejos Grab an diesem Nachmittag. Zwei seiner Leser waren schon vor uns da. Einer war ein Professor für Quechua an der Universität von Paris, der Leiter des, wie er uns sagte, Fachbereichs Minderheitensprachen. Der Mann kannte, wie ich, mehrere Gedichte von Vallejo auswendig, und im Gegensatz zu mir war er nicht zu schüchtern, sie öffentlich vorzutragen. Er behauptete sogar, dass er bei früheren Besuchen an diesem Grab, bei denen er dem Verstorbenen jedes Mal eine Flasche Pisco und eine Kiste Zigarren als Geschenk mitbrachte, das Glück gehabt hatte, sich mit der Seele des Dichters unterhalten zu können. Als wir ihm von unserer Suche nach Vallejos Grab in den verschiedenen Stadtvierteln berichteten, erklärte er uns, dass man den Dichter zunächst auf dem Friedhof von Montrouge im XIV. Arrondissement begraben hatte, erst 1970 hatte seine Witwe beschlossen, ihn nach Montparnasse umzubetten, wie es immer sein Wunsch gewesen war. Als wir in die Wohnung zurückkamen, zog ich mein Buch aus der Tasche und las Cecilia Fragmente aus *Trilce* vor, die wie für sie geschrieben schienen. Sie hörte aufmerksam mit geschlossenen Augen zu, bis sie einschlief.

Da es nun so sanft sonnig regnet
in diesem Frieden einer einzigen Zeile,
da hast du mich,
da hast du mich, an der ich hänge,

damit du meine Ecken sättigst.
Und würdest du, wenn diese gefüllt sind,
dich mit noch größerer Güte verschwenden,
werde ich dort holen, wo es nichts gibt,
ich werde aus Wahnsinn andere Ölbehälter schmieden,
unersättliche Gelüste
von Rang und Liebe.

Ich verließ Paris am frühen Morgen. Mein Flug ging am Montag, dem fünften Januar, um acht Uhr morgens, europäische Zeit. Ich hatte gerade genug Zeit, um zu mir nach Hause zu fahren und danach, gewaschen und ohne Koffer, ins Büro zu gehen, wo ich alle Kollegen mit meinem unerklärlichen und neuen Glück überraschen wollte. Doch die Freude, die ich mir vorausgesagt hatte, dauerte nur kurz. Wie schon beim letzten Mal verging mir die gute Laune, sobald ich wieder amerikanischen Boden betrat. Die vergangenen Tage an der Seite von Cecilia waren zu schön gewesen, zu vielversprechend, als dass ich meinen Alltag in aller Gleichmut wieder hätte aufnehmen können. Die Zeit mit ihr zu beenden erschien mir nicht nur unerträglich, sondern eine echte Dummheit. Dabei trieb mich nicht die Angst um, auf das Vergnügen verzichten zu müssen, sondern der Gedanke, Cecilia zu verlieren. Wir hatten verabredet, dass sie in ihren Ferien im Februar nach New York kommen sollte, aber wie konnte ich sichergehen, dass sich uns nicht irgendetwas in den Weg stellte und uns endgültig trennte? Wie meine Stimmung sank auch die Temperatur an diesem Montag weit unter null. Es schneite nicht, und die beißende Kälte schnitt in die Haut.

Cecilia:
Ich kann mich kaum auf meine Arbeit konzentrieren. Du fehlst mir. Wie ist das Wetter in Paris? Mit wem bist Du gerade zusammen? Erscheint es Dir nicht absurd, dass wir beide jetzt nicht zusammen sind, heute Abend nicht ins Kino oder zum Sushi-Essen in die Rue de la Gaîté gehen und danach in Deine Wohnung, wo wir bis spät in die Nacht im Bett bleiben, uns aneinanderschmiegen, uns gegenseitig Wärme spenden und uns ohne Angst und ohne Maske unserem Verlangen hingeben? Ich habe das Gefühl, mir fehlt ein Teil meines neuesten Naturells, meines neuesten Ichs, dessen Fleischwerdung und Spiegel Du bist: Ich vermisse – und das Vermissen ist in diesem Fall ein physiologischer Akt – Deine Augen, Deinen Mund, Deine Zunge, Deine Finger, verschlungen in meine, Deine Atmung, Deinen Atem, Deinen Geschmack, Deinen Hals, Deine Schultern, Deinen Rücken, Deine Stimme. Deine Augen vermisse ich sehr. Deine Stimme und Deine Augen. Was wir fühlen und manchmal uns nicht zu sagen trauen, was Du mich fühlen lässt, das ich mich nicht zu sagen traue, was dein Lächeln und Dein Atem mir sagen, obwohl Du selbst dich nicht traust, es mir zu sagen.

Eine ganze Woche lang war ich nichts als ein Jammerlappen, geknechtet von Sehnsucht und Aussichtslosigkeit, im Kampf gegen Kummer und physische Abwesenheit. Mehrmals überkam mich in dieser Woche, während ich am Schreibtisch saß und Fahnen korrigierte, das dringende Bedürfnis, Cecilia anzurufen. Meistens konnte ich mich nicht zurückhalten. Zum Glück – das denke ich jetzt – sprang nach mehrmaligem Klingeln der Anrufbeantworter der France Télécom an. Ich legte beschämt auf, wagte nicht, in einer Nachricht Spuren meiner Herzensangst zu hinterlassen. Lieber schickte ich ihr hoffnungsvolle E-Mails, wo ich ihr ein ums andere Mal die Untrüglichkeit meiner Gefühle versicherte.

Am Freitag rief Ruth mich nach fast achttägigem Schweigen im Büro an. Entgegen meiner Vorhersage hatte sie während meiner Abwesenheit nicht ein einziges Mal meine Handynummer gewählt, und ich hatte auch keine Nachrichten von ihr bei mir zu Hause vorgefunden.

»Hallo, Liebling«, sagte sie an diesem Freitagmorgen in dem für sie typischen, freundlichen und liebevollen Tonfall. »Konntest du während der Feiertage in Ruhe arbeiten?«

Ihre Stimme, die das Letzte war, was ich während dieses Todeskampfs zu hören gehofft hatte, wirkte auf mich wie eine Wundsalbe. Ich akzeptierte ihre Einladung zum Abendessen, ich konnte mich nicht dagegen wehren. Und als wir all die Köstlichkeiten aufgegessen und ich einen guten Kognak vor dem Kamin genossen hatte, weigerte ich mich auch nicht, mir ihr zu vögeln. Am nächsten Morgen, während wir Bagels mit Butter, Kaffee und Orangensaft frühstückten, hatte Ruth gute Neuigkeiten für mich: Während meiner Abwesenheit hatte sie mit einem ihrer Freunde, einem Beamten bei den Vereinten Nationen, über die Möglichkeit gesprochen, dass ich dort als Übersetzer angestellt würde, und der Freund hatte gemeint, dass es angesichts meiner Erfahrung und meiner Karriere im Verlagswesen sehr wahrscheinlich sei, dass ich den Posten bekäme.

Begeistert von diesen Jobaussichten, verließ ich Ruths Wohnung, und gleichzeitig hasste ich mich selbst. Ich musste mit Ruth reden, nicht um ihr zu sagen, dass es noch jemand anderen gab, aber doch um ihr ein für alle Mal mitzuteilen, dass ich sie nicht mehr so oft sehen konnte. Obschon der Gedanke naheliegt, war es nicht die Aussicht auf diesen Job bei den Vereinten Nationen, die mich daran gehindert hatte, die Dinge zu klären. Ich bin vollkommen von Ruths großmütiger Seele überzeugt und glaube, dass sie sich auch im Falle einer Trennung weiterhin für mich verwendet hätte. Nein, es war schlicht und einfach Feigheit. Noch nie in meinem Leben hatte ich mich so schäbig benommen.

Am Montag kehrte ich in den Verlag zurück und nahm auch den Mailaustausch mit meiner Pariser Freundin wieder auf. Cecilia schrieb seltener als ich. Während ich ihr zwei oder drei E-Mails am Tag schickte, antwortete sie nur zwei- oder dreimal pro Woche. Ihre Sanftheit hatte nur zur Folge, dass mein Verlangen weiter wuchs, und wenn die Wartezeit zwischen einer und der nächsten E-Mail länger als gewöhnlich dauerte, spürte ich eine innere Unruhe, die psychotische Ausmaße hatte. In dieser Zeit, während der knapp zwei Monate, die wir zwischen meinem Besuch im Dezember und ihrer Reise nach New York getrennt verbrachten, hatte ich Gelegenheit, eine ihrer weniger strahlenden Seiten kennenzulernen. Wahrscheinlich hatte auch ihr nach drei so intensiven Tagen eine plötzliche Trennung nicht gutgetan, und die Auswirkungen dieses Temperatursturzes zwischen Leidenschaft und Abwesenheit zeigten sich bald in unseren E-Mails. Drei Wochen nach meiner Rückkehr waren Cecilias Nachrichten nicht mehr so liebevoll wie anfangs, und allmählich zeigten sie eine wachsende Zweideutigkeit. Sie schrieb auch nicht mehr so häufig wie vor meinem Besuch, eher sporadisch. Hier sind zwei ihrer »Briefe«:

Liebster:
Seit Du fort bist, hat Paris sich in ein Iglu verwandelt, in dem es nicht zu regnen aufhört. Mit Dir zusammen zu sein war wie eine lange, warme Umarmung.
Ich vermisse Deine Haut und Deine Bärenstärke.
Ich freue mich sehr darauf, Dich bald in New York wiederzusehen.

Und eine Woche später:

Claudio:
Es gibt Zeiten, da will ich einfach nur die ganze Welt vergessen und mich mit etwas vollkommen Sinnlosem beschäftigen. So war es in den Tagen, in denen ich Dir nicht geschrieben habe. Ich kämpfe mit mir selbst. Ich habe ein paar schlechte Angewohnheiten, die ich selbst nicht mag, aber auch nicht ablegen kann. Seit ich Dich kennenlernte, habe ich versucht, mich für die Liebe zu öffnen, um die Frustration, die Verlassenheit zu bekämpfen. Aber manchmal bemächtigen diese Gefühle sich meines ganzen Lebens. Wozu sollte ich Dir von einem solchen Ort aus schreiben? Wenn ich wählen müsste, in welchem Meer ich mich ertränken soll, würde ich nach Sizilien fahren.

Hör nicht auf, mir zu schreiben. Deine Worte tun mir gut.

Nachdem ich diese Nachricht gelesen hatte, schaltete ich den Computer aus und ging spazieren. Die ganze Zeit über dachte ich an Cecilia und ihre Mutlosigkeit, die so anders war als die pharmakologische Krise von Ruth. Ich bin sicher, dass Tabletten in Cecilias Fall nur sehr wenig Wirkung gezeigt hätten. Was ist das, was man an einem anderen Menschen liebt? Ich glaube, es ist die Haltung – das, was noch unter dem liegt, was gemeinhin als »Chemie«

bezeichnet wird, eine mehr oder weniger typische Art, in der Welt zu sein, eine undefinierbare Weise, dem anderen zu helfen, sich kennen und akzeptieren zu lernen. Ich sagte mir, dass letztlich jeder Mensch ein ständiges Schlachtfeld war. Cecilia Rangel war, wie jeder andere Mensch auch – und mit siebenundzwanzig Jahren umso mehr –, ein instabiles Wesen, eine unendliche Reihe von Versuchen, Erfolgen und Misserfolgen. Und ich empfand bereits eine starke Zuneigung für alle ihre Hochs und Tiefs und Stimmungsschwankungen. Als ich zurückkam, schrieb ich ihr Folgendes:

> Cecilia:
> Nichts, was Du mir über Deine »unsichtbaren« Seiten verrätst, kann mich überraschen oder abschrecken. Manche Dinge werden mir nützlicher oder vorteilhafter oder positiver erscheinen als andere. Aber man kann niemanden stückweise lieben oder respektieren, sich nur bestimmte Seiten aussuchen. Ich schicke Dir dieses Gedicht von Salvatore Quasimodo, das ich vor Jahren entdeckt habe, an einem Tag, als ich mich so fühlte wie Du Dich jetzt:
>
> Ognuno sta solo sul cuor della terra
> trafitto da un raggio di sole:
> ed è subito sera.

Ein jeder steht allein auf dem Herzen der Erde
getroffen von einem Sonnenstrahl:
und gleich ist es Abend.

Mögen wir beide, bald, wo auch immer wir sind,
fühlen, wie derselbe Lichtstrahl uns durchdringt.

Am siebten Februar, nachdem Cecilia mehrere Tage lang mit ihrer dunklen Seite verhandelt hatte, landete sie auf dem Flughafen John F. Kennedy, wo ich sie abholte und zu mir nach Hause brachte.

GITTER

Jetzt im Rückblick erscheint mir diese Reise nach New York sehr viel extremer als damals, als ich dort war. Erstens war es so kalt, wie ich es noch nie erlebt hatte, nicht einmal in meinem ersten Winter in Paris hatte ich so gelitten. Der Himmel war, anders als ihn Claudio in seinen Nachrichten beschrieben hatte, noch bedeckter als in Paris. Ein paar Tage zuvor hatte der Schnee zu schmelzen angefangen, und die Straßen waren voller ekelhaftem, eisigem Matsch. Es war unmöglich, ohne richtige Winterstiefel, die ich nicht besaß und auf die ich auch keine Lust hatte, irgendwo hinzugehen. Jeden Morgen verließ Claudio um Punkt sechs Uhr das Bett wie ein Roboter, der mechanisch die immer gleichen Bewegungen ausführt: die Art und Weise, wie er die Füße auf den Boden setzte, die Zeit, die er im Bad verbrachte. Es war keine Absicht, aber während ich noch unter der Decke lag, konnte ich nicht umhin, die Geräusche aus der Dusche und die der Kaffeemaschine zu bemerken, ähnlich denen, die ich von meinen Nachbarn her kannte. Mir gefielen die Geräusche überhaupt nicht, denn ich empfand es als alarmierend, was sie über Claudio und sein Temperament aussagten. Sie offenbarten ganz andere Charakterzüge als die, die ich bisher an ihm kennengelernt hatte. Mir gegenüber trat er liebevoll, freundlich und beschützend auf, der Lärm, den er im Bad machte, tat Strenge und Intoleranz gegenüber jeglicher Form von Chaos kund. Am meisten hasste er das unüberhörbare Klingeln des Telefons. Wenn er mit Duschen fertig war, ging er, fertig angezogen und perfekt geschniegelt, auf dem Gesicht einen heiteren Ausdruck, in die Küche. Jeden Morgen öffnete er die Schubladen in derselben Reihenfolge. Zuerst die unterste, um einen Teelöffel herauszuholen, dann die mittlere, worin sich die Servietten befanden, und schließlich das Fach mit den Tassen. Danach nahm er den Kaffee und die Milch aus dem Kühlschrank und schaltete die Krups-Kaffeemaschine an, um einen Espresso zuzubereiten, der sein einziges Frühstück war. Er trank im Stehen, neben dem Küchenfenster, von dem aus man nichts sehen konnte außer einen winzigen Balkon des gegenüberliegenden Gebäudes und ein ebenso kleines Stückchen Himmel. Wenn er fertig war, spülte er schnell die Tasse und den kleinen Löffel und räumte sie anschließend, genau wie die Milch und den gemahlenen Kaffee, wieder in die entsprechenden Fächer und Schubladen. Claudios Gläser, sein Besteck und sein Geschirr waren vollkommen identisch, und in der Küche musste eine bestimmte Ordnung eingehalten werden, die er mir am ersten Tag, voller Stolz auf seine Erfindungsgabe, erklärte und mich bat, doch bitte nichts daran zu ändern. Der Name dieser Haushaltspolitik lautete »Inventarrotation«, und sie hatte zum Ziel, von jedem Gegenstand gleichermaßen Gebrauch zu machen, ohne irgendeinen zu bevorzugen oder zu vergessen. Dafür war es unerlässlich, die benutzten Teile stets hinter oder unter den anderen unbenutzten zu verstauen. Mit der Kleidung geschah ungefähr das Gleiche. Die Hemden zirkulierten, auf Bügel gehängt, im Schrank, die Hosen im Schrankfach, ebenso die Unterhosen, alle das gleiche weiße Modell. Die einzigen Teile, die von dieser Kreisbewegung verschont blieben, waren die Schuhe, von denen er sehr viel weniger hatte: schwarze Boots (die er auch während seiner zwei Reisen nach Paris getragen hatte), weiße Turnschuhe, die er auch während der Woche trug, und ein Paar Birkenstocksandalen. Man könnte meinen, dass ein Mensch, der eine solch strenge Ordnung und tägliche Routine in seiner Wohnung aufrechterhält, gewiss auch einen entsprechenden Charakter hat, aber auf Claudio traf das nicht zu. Er war immer noch der liebe Kubaner, den mir Haydée vor mehreren Monaten vorgestellt hatte, der mir mit seinen Briefen geholfen hatte, mich – zumindest bis zu einem gewissen Maß – von meiner Obsession für Tom zu befreien. Doch New York nahm Claudio vollkommen in Anspruch. An dem Montag meiner Ankunft aßen wir abends in einem Sushi-Restaurant in seinem Viertel. Danach gingen wir nicht mehr nach draußen. Claudio arbeitete bis sieben Uhr abends, und anschließend ging er ins Fitnessstudio. Auf das Training konnte er nicht verzichten. Während ich auf ihn wartete, langweilte ich mich zu Tode. Gewöhnlich kam er mit orientalischem Essen für uns beide nach Hause, und sobald die Teller wieder sauber an ihren Platz geräumt waren, sollte ich mich neben ihn aufs Sofa setzen, um schweigend Musik zu hören oder einen Dokumentarfilm über Roboter anzuschauen. Er begeisterte sich für Soldatenandroiden und andere Maschinen, die Tiere imitierten, wie den Robot Mule oder den Robot Big Dog, die er beide toll fand, die mir aber, auch wenn ich nie wagte, es auszusprechen, ziemlich lächerlich vorkamen. Da ich den ganzen Tag in der Wohnung eingesperrt war, reichten mir diese Vergnügungen nicht. Fast jeden Abend schlief einer von uns ein, bevor das Video zu Ende war, und der andere musste dafür sorgen, dass beide ins Schlafzimmer kamen. In New York begegneten sich unsere Körper mit sehr viel weniger Hingabe als während Claudios letztem Besuch in Paris. Wir schliefen einander eng umschlungen, aber die Zuneigung schien in keusche, geschwisterliche Gefilde zurückgewichen zu sein.

Claudios Wohnung war nicht gerade ein Ort zum Wohlfühlen. Sie war kaum größer als meine, und überall standen Kisten mit Papieren und Briefen herum. In den Ecken und neben den Bücherregalen stapelten sich Berge von Zeitungen. Die Steinmauern waren hübsch, aber sorgten in einem kalten Klima wie dem von New York nicht gerade für eine gemütliche Atmosphäre. Die meisten seiner Bücher waren philosophische Abhandlungen, für mich vollkommen unverständlich. Es war nicht einmal möglich, mir die Zeit zu vertreiben, indem ich die Straße beobachtete, denn, so ungewöhnlich es auch klingt, von den Fenstern aus sah man gar nichts. Ich weiß, dass es falsch von mir war, auch hier in Papieren herumzuschnüffeln, wie ich es schon in Toms Wohnung getan hatte. Doch gab es sonst auch nicht viel zu tun und ich muss zu meiner Verteidigung sagen, dass ich mich mehrere Tage lang beherrschte, bevor ich mir seine Unterlagen schließlich ansah. Am Freitag aber konnte ich mich nicht mehr zurückhalten, und nach einem langen und langsamen Mittagessen im Wohnzimmersessel beschloss ich, mir die erste Kiste vorzunehmen. Fast alle Briefe darin waren von seiner Mutter. Sie schrieb ihm, wie sehr es sie schmerzte, von dem Menschen getrennt zu sein, »den sie auf der ganzen Welt am meisten liebte«. Wenn ich mich recht erinnere, waren das auch seine eigenen Worte gewesen. Nachdem ich stundenlang gelesen hatte und bedenkenlos immer weiter spionierte, sah ich nach, was Claudio alles in den Kisten aufbewahrte. Ich fand einen kleinen Umschlag mit Postkarten, die Haydée ihm aus Paris geschickt hatte, und auch ein paar von anderen Freunden. Ich entdeckte Manuskripte mit Gedichten, die er anscheinend selbst geschrieben hatte, und ein Buch mit Aphorismen, mit Unterstreichungen und Kommentaren, von einem gewissen Michel Miló. Schließlich fand ich in einer Kiste, die hinter vielen anderen versteckt war, und fand, wonach ich die ganze Zeit gesucht hatte: die Briefe von Susana – etwa zehn mit einem weißen Band zusammengebundene Umschläge, die einander ähnelten, dann noch ein weißes Seidentuch, ein paar formelle Schwarz-Weiß-Porträtfotos von ihr und noch andere kleine

Dinge. Ich wusste, dass ich mich auf der Schwelle zu einem sehr persönlichen Bereich befand. Bevor ich diesen Ort entweihte, wollte ich mir mein Tun gut überlegen. Außerdem lebte Susana nicht mehr, und Tom hatte mich gewarnt, dass man die persönlichen Gegenstände der Toten respektieren müsse, wenn man nicht unter den Konsequenzen leiden wolle. Ich nutzte die Gelegenheit, dass es einmal nicht regnete, zog mir den Mantel an und ging auf die Straße. Mir war klar, dass meine Schuhe kaputtgehen konnten. Ich hatte Lust, Claudio mit einem guten, selbst gekochten Essen zu überraschen, also machte ich mich auf die Suche nach einem Supermarkt, wo ich alle Zutaten finden würde, von Zwiebeln und Knoblauch bis hin zu den wichtigsten Gewürzen, denn in Claudios Schubladen gab es nichts als abgepackten Kaffee, Kekse und Frühstücksflocken. In einem Geschäft auf dem Broadway Ecke sechsundachtzigste Straße kaufte ich eine Flasche Wein und alles, was ich für die Zubereitung von Moussaka und Salat benötigte.

Ich kehrte in die Wohnung zurück und rief Claudio auf dem Handy an, um ihm Bescheid zu sagen, aber er nahm nicht ab. Dann versuchte ich, ihn im Büro zu erreichen, aber dort hatte ich auch kein Glück. Die Frau am Telefon sagte, dass er das Büro eine Stunde früher als gewöhnlich verlassen hatte. Sie meinte, er sei bestimmt gleich ins Fitnessstudio gegangen, um früher zu Hause zu sein. Ich ging zum Regal, legte eine CD von Ry Cooder ein und fing an zu kochen. Als ich diese Säuferstimme hörte, musste ich sofort an Tom denken, und ich fragte mich, wo er sich diesen Winter wohl versteckte, ein Jahr nach unserer symbiotischen Zeit, in der ich auch gelernt hatte, das Gericht zu kochen, das ich gerade für Claudio zubereitete. Während ich Paprika klein schnitt, entkorkte ich die Weinflasche und trank ein paar Gläser, bis ich einen leichten und zweckmäßigen Rausch hatte. Als die CD zu Ende war, entschied ich mich, meinen Schwips mit David Byrne zu untermalen. Das Moussaka wurde langsam im Ofen gar, sodass ich Zeit hatte, den Tisch zu decken und mit einer Kerze, die ich in einer Küchenschublade fand, eine romantische Atmosphäre zu schaffen. Das Abendessen war fertig, aber Claudio war nicht nach Hause gekommen und hatte sich auch nicht gemeldet. Ich rief ihn wieder auf dem Handy an, ohne Erfolg. Im Büro ging niemand mehr ans Telefon. Draußen hatte es angefangen zu schneien. Während die Zeit verstrich, wuchsen mein Hunger und meine Sorge ins Schwindelerregende. Ich trank die Flasche Wein aus und schlang erst den Salat, dann das Hauptgericht hinunter. Bevor ich schlafen ging, beschloss ich, den Gesetzen zur Ehrung der Verstorbenen zu trotzen und Susanas Briefe zu lesen. Bis auf wenige Ausnahmen waren alle Postkarten in demselben Jahr abgestempelt, zwischen März und Dezember. Die Schrift war klein und zittrig, die Blätter eng beschrieben. Das schienen keine Briefe zu sein, die jemand anderes lesen sollte, sondern eher Zeugnisse eines sehr wirren und ermüdenden inneren Monologs. Dennoch musste ich nur ein paar Seiten gründlich lesen, um zu begreifen, dass sie voller Vorwürfe und Anschuldigungen waren. Susana war einsam und fragte Claudio – es war ständig dieselbe Leier –, »warum er sie verlassen habe«. Ich konnte nicht alles lesen. Es waren mehr Seiten und mehr Schmerz, als ich in diesem Moment ertragen konnte. Ich legte die Briefe und Karten wieder an ihren Platz zurück, nahm im Sessel Platz und wartete weiter auf Claudio. Irgendwann schlief ich ein.

Ich erwachte, kurz bevor es draußen hell wurde. Mein Kopf tat weh, und mir war, als hätte ich die ganze Nacht damit verbracht, diese Briefe zu lesen. Ich empfand großes Mitleid mit Susana und verspürte auch das unmögliche Bedürfnis, ihr zu helfen. Ich öffnete die Tür zu Claudios Schlafzimmer, in der Hoffnung, er wäre zurückgekommen, aber das Bett war unberührt. Allerdings zeigte das rote Licht des Anrufbeantworters, dass jemand eine neue Nachricht hinterlassen hatte. Sie war von ihm. Sosehr ich es auch versuchte, ich konnte nicht herausfinden, wann er auf den Anrufbeantworter gesprochen hatte. Claudios Stimme klang sonderbar, in vorsichtigem Flüsterton sagte er mir, dass es ihm gut gehe und ich mir keine Sorgen machen solle. Am Morgen würde er nach Hause kommen und mir alles erklären. Statt das Gerät anzuhalten, musste ich versehentlich den Knopf gedrückt haben, der die alten Nachrichten abspielte. Das Band lief, und ich hörte zahlreiche Nachrichten auf Englisch, Schmähungen und Drohungen, die ich nicht ganz verstand, die mich aber sprachlos machten. Es war die Stimme einer Frau, einer Raucherin, die wahrscheinlich um einiges älter als Claudio war und die ihn, nach zwei oder drei Beleidigungen, auch *»love«* oder *»sweetheart«* nannte.

Wir glauben, dass die Bindungen zwischen uns und den anderen unverrückbar sind und ein Leben lang bestehen, vor allem die Zuneigung. Aber die Menschen verändern sich, je nach Ort und Umständen. Seit ich Claudio kannte, hatte ich durchschnittlich zwei Nachrichten pro Tag von ihm bekommen, liebevolle und hilfsbereite Zeilen, in denen manchmal ein Impuls zu belehren oder zu verbessern, mitschwang, dem ich keine Beachtung geschenkt hatte. Wir hatten auch vier sehr intensive Tage in Paris erlebt, in denen ich in sein Innerstes zu blicken schien. Bis jetzt hatten wir uns immer in der Stadt getroffen, in der ich lebte. Wie man im Sport zu sagen pflegt, war es für mich fast immer ein Heim- und für ihn ein Auswärtsspiel gewesen. Deshalb ist es aus der Rückschau nicht sonderlich überraschend, dass ich in New York einem Menschen begegnete, der so anders war als der Claudio, den ich kannte. Ich hatte die Veränderung nicht sofort bemerkt, obwohl, wenn ich es recht bedenke, hätte ich genau hingesehen, wären mir die Anzeichen aufgefallen. Stattdessen wollte ich ihm lieber vertrauen, blind an seine Zuneigung glauben, an seine Ehrlichkeit. Was die Zuneigung anging, hatte ich keine Zweifel, wie ich auch nicht an Toms Gefühlen für mich zweifelte, aber die Ehrlichkeit ist eine Tugend, die immer seltener wird.

Nachdem ich die Nachrichten gehört hatte, konnte ich unmöglich weiterschlafen. Ich vertiefte mich wieder in Susanas Briefe und fand auch einige Zeilen, die Claudio an sie geschrieben hatte. Die Ähnlichkeit mit den E-Mails, die er mir geschickt hatte, war beschämend. Ich räumte den Tisch ab und hielt mich auch in der Küche an seine idiotische »Inventarrotation«. Dann setzte ich mich ins Wohnzimmer, um seine Rückkehr abzuwarten. Die unterschiedlichsten Erklärungen gingen mir durch den Kopf. Als ich das Grübeln leid wurde, beschloss ich, Haydée anzurufen. In Paris war es zehn Uhr morgens, und ich hatte keine Bedenken, sie aufzuwecken. Auch Haydée wusste nicht, wo Claudio sein könnte, aber ihre Stimme gab mir das Gefühl, zu Hause zu sein. Nachdem ich ihr erklärt hatte, was geschehen war und wie meine letzte Woche verlaufen war, stand ihr Urteil fest:

»Ich habe Claudio sehr gern, aber er ist wirklich ein Scheißkerl. Bleib nicht länger dort. Komm sofort zurück.«

Und kurz gesagt, das machte ich dann auch.

SCHLAFLOSIGKEIT

Der Radar, den manche Frauen in Hinblick auf die Bedrohung – unmittelbar oder nicht – durch ihre Artgenossinnen haben, zeigt ihre Verwandtschaft mit Schlangen oder anderen Gifttieren. Ich kann mir immer noch nicht erklären, wie Ruth von Cecilias Ankunft in New York erfuhr, denn ich hatte niemandem davon erzählt, nicht einmal Mario, meinem einzigen Freund in der Stadt. Vielleicht ist sie zu einer unerhört talentierten Kartenlegerin gegangen, oder sie hat einen Detektiv zu meiner Überwachung engagiert, das würde ihrem gelegentlichen Sinn fürs Praktische entsprechen. In jedem Fall bekam ich, sobald Cecilia in der Stadt war, ununterbrochen Anrufe von Ruth; zuerst arglose und später aggressive. Ich hielt es für besser, nicht zu antworten. Dann begann sie, mir SMS-Nachrichten zu schicken. Alle fünfzehn Minuten fragte sie mich, ob ich noch im Büro sei oder im Fitnessstudio oder »ob ich mich um jemand Wichtigen kümmere«. Ihr ironischer Unterton sagte mir, dass sie im Bilde war. Dennoch gelang es mir, gelassen zu bleiben und Cecilia in Empfang zu nehmen, ohne mich zu verraten. Wir stiegen in ein Taxi, das uns vom Flughafen zu meiner Wohnung brachte, und um ihr zu schmeicheln, bat ich den Taxifahrer, die CD mit dem Konzert von

Alicia de Larrocha einzulegen, die ich ihr bei meinem ersten Besuch in ihrer Wohnung geschenkt hatte. Nachdem wir ihren Koffer in meine Wohnung gebracht hatten, lud ich Cecilia in eines meiner japanischen Lieblingsrestaurants ein, das zwischen Columbus Avenue und siebenundsiebzigster Straße liegt. Noch größer als die Begeisterung, Cecilia in New York zu wissen, wie ich es mir monatelang erträumt hatte, war an diesem Abend die galoppierende Angst, etwas, oder besser gesagt *jemand*, könnte uns trennen. Ich habe mir immer wieder gesagt, dass die Schuld ganz allein bei mir liegt. Wenn ich meine Trennung von Ruth nicht bis in alle Ewigkeit aufgeschoben, sondern aufrichtig angesprochen hätte, dass zwischen uns eine gewisse Distanz nötig war, dann hätte nichts den Ort der Reinheit und der Intimität gefährden können, den Cecilia wie auch ich verdienten. Obwohl sie nach der langen Reise und der Zeitumstellung müde sein müsste – in Paris musste es ungefähr drei Uhr morgens sein – bemerkte Cecilia eine gewisse Anspannung in meinem Gesichtsausdruck. Sie nahm meine Hand, und nachdem sie mir lange in die Augen geschaut hatte, fragte sie mich, ob ich mich über ihren Besuch freue. Ihre Frage rührte mich.

Das Gift, das Ruth versprühte, hätte uns fast umgebracht. Trotz der Kälte und des Schneematschs gingen wir zu Fuß zu meiner Wohnung zurück, und es passierte nicht mehr, als dass einer von uns mal ausrutschte. In dieser Nacht schlief Cecilia in meinen Armen ein, bevor ich sie ausziehen konnte. Aber ich war nicht enttäuscht, ich genoss es, bei ihr zu sein und sie atmen zu hören. Ihre offenen, dunklen Haare fielen auf meine Brust. Ich zog ihr die Hose aus, brachte sie ins Bett und legte mich daneben. Aber kaum hatte ich die Lampe ausgeknipst, hörte ich, wie der Anrufbeantworter ansprang. Ich stieg aus dem Bett und ging zum Telefon, um nachzuschauen, wer anrief. Meine Vermutung wurde bestätigt: Es war Ruth, am Rande des Nervenzusammenbruchs, der der pharmakologischen Störung glich, die sie einige Monate vor unserer Reise nach Paris erlitten hatte. Sie redete schluchzend auf mich ein, stieß unsinnige Anschuldigungen und Drohungen aus, behauptete unter anderem, am nächsten Morgen in meinem Büro auftauchen und mir eine Szene machen zu wollen, ebenso wie sich noch in derselben Nacht umzubringen. Ich sah auf das Display. Seit 18 Uhr 45 waren neunundzwanzig Nachrichten eingegangen, die sicher alle von Ruth waren. Seit ich sie kannte, hatte das Zusammensein mit Cecilia mir ein noch nie gekanntes Glücksgefühl beschert, aber in dieser Nacht wurde meine Seligkeit von der Angst vor den Drohungen der *cougar* überschattet.

Ich konnte nicht wieder schlafen gehen, bevor ich eine Verteidigungsstrategie entworfen hatte, also setzte ich mich aufs Sofa, um darüber nachzudenken. Währenddessen klingelte das Telefon noch zweimal. Ich musste mich sehr beherrschen, nicht abzunehmen. Schließlich entschloss ich mich, den Apparat auszustecken.

Der Morgen überraschte mich auf dem Sofa. Als ich ins Schlafzimmer kam, war Cecilia wach und las einen Roman, dessen Titel ich vergessen habe. Ich entschuldigte mich, dass ich nicht bei ihr im Bett geschlafen hatte.

»Mach dir keine Gedanken«, antwortete sie. »Wir haben noch mehr als genug Zeit. In der Küche steht heißer Kaffee. Möchtest du eine Tasse?«

Ich stellte mir vor, wie sie wenige Minuten zuvor hungrig, auf der Suche nach etwas zu essen, durch die Wohnung gelaufen war, sich aber nicht getraut hatte, mich zu stören. Ich hatte fast keine Vorräte im Haus. Und trotzdem war es ihr gelungen, ein Frühstück vorzubereiten. Es war das erste Mal, dass jemand mein persönliches Territorium betreten hatte. Niemand außer mir hatte je in dieser Wohnung gegessen. Höchstwahrscheinlich hatte Cecilia den Boden vollgekrümelt, die schmutzigen Teller im Spülbecken gestapelt, aber das machte nichts. Wenn ein Mensch es verdiente, sich in dieser Festung aufzuhalten, dann war sie das.

Mein Schweigen entmutigte Ruth nicht, sondern verschärfte nur ihre Krise. Gegen zwölf Uhr Mittag, als ich gerade vom Schreibtisch aufstehen und in die Kantine zum Essen gehen wollte, fing mein Handy wieder an zu klingeln. Ich beschloss, sie ein für alle Mal zur Rede zu stellen.

»Hör mir mal gut zu«, sagte ich scharf. »Ich habe keine Ahnung, welche Tabletten du genommen hast, aber du tickst nicht mehr ganz richtig. Wie kannst du es wagen, mir zu Hause und auf dem Handy solche Beleidigungen zu hinterlassen? Welches Recht nimmst du dir heraus? Wirklich, ich erkenne dich nicht wieder.«

»Mit wem bist du zusammen?«, erwiderte sie, ohne den Anflug eines schlechten Gewissens. »Wo kommt dieses Mädchen her, das jetzt in deiner Wohnung wohnt?«

Ganz offensichtlich bekam sie von irgendwem Informationen. Ruth wusste sehr gut, dass ich niemanden in meinen Schlupfwinkel einlud, deshalb war es nicht schwer, sie davon zu überzeugen, dass das Mädchen eine Verwandte von mir war, eine Kusine aus Miami, die hier studieren wollte.

»Sie versucht, an der City University of New York angenommen zu werden, und hatte hier ein Bewerbungsgespräch«, log ich. »Bitte ruf mich nicht mehr mitten in der Nacht an.«

»Wenn du nichts zu verbergen hast«, sagte sie, »warum bist du dann nicht ans Telefon gegangen?«

»Ich dulde nicht, dass du mich auf diese Weise überwachst oder auch beleidigst. Sag mir endlich, was ich für dich tun kann.«

Sie antwortete, sie sitze in einem Café an der Penn Station, nicht weit vom Verlag entfernt. Sie flehte mich an, mit ihr zu Mittag zu essen. Sie wollte mich sehen, »um sich zu entschuldigen«. Das war das Letzte, was ich mir in diesem Augenblick wünschte, aber damit sie sich beruhigte, traf ich mich mit ihr. Anfangs trat ich gekränkt und stolz auf, aber in Wirklichkeit quälten mich Gewissensbisse und eine allumfassende schreckliche Angst, ich könnte sie aufs Neue aus der Fassung bringen. Als ich bemerkte, dass sie allmählich wieder zur Vernunft kam, konnte auch ich mich wieder entspannen. Wir verabschiedeten uns, und ich musste ihr versprechen, dass ich ihr meine Kusine am Freitagnachmittag vorstellen würde. Das war zweifelsohne ein Fehler, aber zumindest belästigte Ruth mich den Rest der Woche nicht mehr. In den folgenden Tagen ging ich nach dem Fitnessstudio kurz in ein koreanisches Restaurant in der Nähe meiner Arbeit und kam dann mit warmem Essen nach Hause. Nach dem Abendessen setzten Cecilia und ich uns auf das Sofa, um meine Lieblings-CDs zu hören. Cecilia hört keine Musik, sie gibt sich ihr hin. Sie hat eine ergreifende Art, sich mit dem Klang zu vereinen. Zum ersten Mal in meinen zweiundvierzig Lebensjahren war ich mit einem Menschen zusammen, der über die notwendige Sensibilität verfügte, um Musik so genießen zu können, wie ich das tue.

Die Woche verging ohne größere Zwischenfälle. Am Freitag beschloss ich, nicht mehr im Fitnessstudio zu trainieren, sondern direkt nach der Arbeit nach Hause zu gehen; ich wollte Handy und Festnetzanschluss ausschalten und mich Samstag und Sonntag mit der Frau meines Lebens in der Wohnung einschließen. Solange Cecilia und ich zusammen wären, könnte der Rest der Welt zusammenbrechen. Aber Ruth war schlauer, als ich erwartet hatte. Just in dem Moment, als ich das Büro verlassen wollte, erschien sie in der Tür des Verlagshauses und hakte sich bei mir unter.

»Es stört dich doch nicht, dass ich dich abhole, oder?«, fragte sie mit so hoffnungsvoller und fröhlicher Stimme, dass ich wehrlos war. »Ich dachte, wir könnten zusammen zu dem französischen Restaurant gehen, das du so magst, etwas zum Mitnehmen holen und deiner Kusine sagen, sie soll in meine Wohnung kommen.«

Mir blieb nichts anderes übrig, als ihrem Vorschlag zu folgen. Unterwegs tat ich so, als würde ich meine Kusine anrufen, um ihr den neuesten Plan für den Abend mitzuteilen, aber keine Antwort erhalten. Während ich zum Schein telefonierte, sah ich, dass Cecilia mehrmals angerufen hatte. Sie musste verzweifelt sein. Ich hatte das Handy stumm geschaltet, damit Ruth nichts hörte. Auch in ihrem Loft in Tribeca ließ Ruth mir keine Minute Zeit, um Cecilia über meine Verspätung zu informieren. Während des Abendessens bekam ich kaum einen Bissen hinunter. Nicht einmal das *confit de canard* machte mir an jenem Abend Appetit. Mein Magen schien von einer frischen Narbe verschlossen. Ruth hingegen lächelte und plauderte wie selten in ihrem Leben. Ich wartete, bis sie ihren Nachtisch aufgegessen hatte, und sobald sie fertig war, stand ich auf, um meinen Mantel zu holen.

»Du gehst schon wieder?«, fragte sie.

»Ich mache mir Sorgen um meine Kusine. Vielleicht hat sie den Schlüssel verloren und kann nicht mehr in die Wohnung.«

»Aber sie hat doch deine Handynummer. Oder nicht? Wenn sie ein Problem hätte, würde sie dich anrufen.« Ihre Stimme war wieder schärfer geworden.

»Sie geht nicht an ihr Handy. Ich habe es schon hundert Mal bei ihr probiert, und es springt immer sofort die Mailbox an. Vielleicht hat sie das Handy in der Wohnung vergessen.«

»Dann rufen wir die Polizei.« Sie klang nicht ironisch, sondern eher verzweifelt.

»Ich würde lieber nach Hause gehen, wenn es dir nichts ausmacht. Wenn sie nicht bei mir in der Wohnung ist, rufe ich Hilfe.«

»Natürlich macht es mir etwas aus!«, schrie sie und hielt sich das Messer, mit dem sie Käse geschnitten hatte, an die Kehle. »Wenn du zu dieser Hure zurückgehst, bringe ich mich um.«

Als ich versuchte, ihr das Messer aus der Hand zu nehmen, kam es zu einem Gerangel. Ich bemerkte, dass ihr Arm zitterte. Mit Gewalt nahm ich das Messer von ihrem Hals weg, und dabei verletzte die Stahlklinge Ruth am Schlüsselbein. Ihr Ausschnitt färbte sich rot. Die Wunde war nur oberflächlich, das erkannte ich, als ich sie mit einem alkoholgetränkten Wattebausch säuberte, aber im ersten Moment wusste keiner von uns beiden, wie tief der Schnitt war. Während ich das Blut wegwischte, begann die *cougar* zu weinen. An diesem Abend glich ihr Weinen mehr denn je dem eines kleinen, ungerecht behandelten Kindes. Ich versuchte, sie zu beruhigen, indem ich sie auf meinen Schoß setzte, und letztlich vögelte ich mit ihr. Das war zweifellos einer der besten Ficks unserer gemeinsamen Geschichte, und wir wiederholten das Ganze bis spät in die Nacht, als mich wie immer Brechreiz befiel. Im Badezimmer gelang es mir endlich, zwischen zwei Anfällen von Übelkeit, Cecilia anzurufen und eine schuldbeladene Nachricht auf den Anrufbeantworter bei mir zu Hause zu sprechen.

Gegen neun Uhr kam ich in meiner Wohnung an. Ich war kaum durch die Tür getreten, da wusste ich schon, dass Cecilia endgültig weg war: Ihr Koffer war nicht da, die CDs und Bücher, die ich ihr jeden Tag nach der Arbeit geschenkt hatte, lagen aufeinandergestapelt auf dem Sofa, wo wir, es war kaum zwei Abende her, zusammen *The hours* von Philip Glass angehört hatten.

II

WIEDERBEGEGNUNG

Nach dem abrupten Ende meiner Liebesaffäre mit Claudio ging es mir bei Weitem nicht so schlecht wie nach Toms Abreise. Ich kehrte nach Paris zurück, zufrieden, wieder dort zu sein, und freute mich darauf, Haydées Geburtstag zusammen mit ihren Freunden zu feiern. Claudio schickte mir zig Nachrichten, von denen ich keine einzige las, nicht einmal aus Neugier. Ich war überzeugt, dass ich gerade noch rechtzeitig einer verhängnisvollen Geschichte entkommen war, und ich war froh darum. Als das neue Semester anfing, ging ich wieder zu den Seminaren in meinem Institut und nahm auch meine Arbeit als Fremdsprachenassistentin im Lycée Condorcet wieder auf. Mein Leben verlief routinemäßig, ohne große Überraschungen. Doch dieses Gefühl der Ruhe und Erleichterung, das – zumindest seit ich in Frankreich lebte – ziemlich ungewöhnlich für mich war, hielt nicht lange an. Eines Morgens, ich machte mich gerade für meinen wöchentlichen Konservendoseneinkauf fertig, hörte ich Toms unverwechselbare Schritte auf der Treppe. Ich schaute durch den Türspion und bemerkte, dass eine noch größere Müdigkeit als vor seiner Abreise auf seinem Gesicht lag, während er den Koffer, mit dem er auch fortgegangen war, die Stufen hochschleppte. Es dauerte nicht lange, bis wir wieder zu einer Alltagsdynamik gefunden hatten, die der von früher ähnelte. Wir aßen fast jeden Abend zusammen, und am Wochenende blieben wir bis zum Morgengrauen vor seinem Kamin sitzen und redeten. Der Eindruck, den ich auf der Treppe bekommen hatte, bestätigte sich: Toms Gesundheitszustand hatte sich während der Reise maßgeblich verschlechtert, und diese Entdeckung, zusammen mit meiner Freude darüber, dass er wieder da war, halfen mir, meinen Groll zu verdrängen. Wir nahmen auch wieder unsere Wanderungen durch das Viertel und über den Friedhof auf, ohne dass ich dagegen Einwände erhob. Tom erzählte mir, dass er in Sizilien täglich auf dem Cimitero degli Angeli von Caltanissetta spazieren gegangen sei, von dem er mir auch das Foto geschickt hatte; ein Friedhof mit prächtigen, ockergelben Denkmälern, der sehr viel moderner war als unser Père-Lachaise. Dieser Friedhof hatte ihm so gut gefallen, dass er sich dort eine Urnennische zugelegt hatte, obwohl er schon eine auf dem Père-Lachaise besaß. Er sagte, als man ihm den Preis nannte, habe er nicht mehr widerstehen können.

»Wenn ich sterbe, musst du einen Teil meiner Überreste dort hinbringen«, sagte er im Scherz zu mir, aber mir gefror das Blut in den Adern.

Jeden Nachmittag, wenn ich aus dem Gymnasium kam, holte ich Tom von der Buchhandlung in République ab, und wir gingen zusammen nach Hause. Während Tom die Abrechnung machte, sah ich mir manchmal den Tisch mit den

Neuerscheinungen an, die Tom so verachtete. Er war der Meinung, dass Bücher eine lange Reifezeit überstehen mussten und erst gelesen werden sollten, wenn der Autor bereits mehr als zehn Jahre lang im Viertel gegenüber geruht hatte. Erst dann konnte man sagen, ob seine Texte fortbestehen würden.

Tom ging gern zu Fuß, bei jedem Wetter, aber es war ihm anzusehen, dass die Bewegung ihn erschöpfte. Deshalb drängte ich darauf, die Metro oder den Bus zu nehmen, der die Avenue Parmentier hinauffuhr, und im Kreisverkehr auszusteigen. Und dann mussten wir auch noch die Treppen im Haus hochsteigen. Die vier Stockwerke genügten, dass Tom die Puste ausging. Es fiel mir nicht immer leicht, mich zurückzunehmen und keine Fragen zu seiner Gesundheit zu stellen. Obwohl er von seinem eigenen Tod besessen war, sprach Tom sehr wenig über seine Krankheit. Er schien sich für all das, was er nicht tun konnte, zu schämen, als ob es ihm schwerfiele, das richtige Maß zwischen Bemühungen und Vorsicht zu finden. Wenn Tom etwas auf dieser Welt nicht ausstehen konnte, dann, dass man ihn für behindert hielt. Als ich eines Nachmittags zur Buchhandlung kam, überraschte ich Tom hinten im Laden, wo er auf dem Boden saß. Sein Gesicht hatte eine grau-grünliche Farbe angenommen. Ich machte mir furchtbare Sorgen und schlug ihm vor, dass er sich krankmeldete, um sich zu erholen.

»Du weißt nicht, was du da sagst«, antwortete er. »Wenn ich mich gehen lasse, komme ich mir völlig abhanden.«

Ich verließ das Hinterzimmer und sah mir vorn im Laden die Bücherregale an, während ich auf ihn wartete. Als Tom schließlich zu mir kam, tat er so, als wäre nichts gewesen. Sicher hätte jemand, der unsere Beziehung nicht kannte, wie etwa Haydée oder Rajeev, nicht verstehen können, dass ich nicht versuchte, Tom von einer Auszeit zu überzeugen; dass ich ihn nicht zu seiner wöchentlichen Untersuchung ins Institut Pasteur begleitete; dass ich mich auf andere Weise um ihn kümmerte, aber ich wusste: Wenn es etwas gab, das Tom an mir schätzte, dann, dass ich ihn nicht wie einen Kranken behandelte.

Das Ende des Winters kam schneller, als wir es erwartet hatten. Im April hatte ich den dritten Teil seines Bücherregals gelesen. Ich begann mit einer Magisterarbeit über lateinamerikanische Schriftsteller, die in Paris begraben waren. Stundenlang saß ich in der Bibliothek und las Biografien und die Werke von Cortázar, Ribeyro, Vallejo und Asturias. Ich hörte auf, in der Mensa der Universität zu essen, sondern ging nach meinem Unterricht in die Schulkantine. Einmal in der Woche, wenn Tom zum Arzt ging, aßen wir zusammen zu Mittag. An sonnigen Tagen gingen wir danach über den Boulevard Raspail oder im Jardin du Luxembourg spazieren. Wenn Tom von seinem Arzttermin kam, sah er anders, irgendwie schockiert aus. Er behauptete, dass die Ärzte seine ganze Energie beanspruchten. Es tat ihm gut, im Park unter den Bäumen zu spazieren und die sorglosen Menschen zu sehen. Diese Spaziergänge waren so anders als die auf dem Père-Lachaise. Im Jardin du Luxembourg waren wir viel heiterer Stimmung. Wir hatten Freude daran, ein paar der täglichen Besucher wiederzuerkennen, Stadtstreicher oder ältere Damen mit ihren Hündchen.

»Das ist unmöglich«, sagte er spöttisch. »Du gehst mit mir in diesem Park der Bourgeoisie zwischen Blumen und Pflanzen spazieren, als wäre ich ein Pudel. Dabei weißt du doch, dass ich ein Schakal vom Friedhof bin.« Aber so war es nur donnerstags. Den Rest der Woche blieb Tom in unserem Viertel. Ich erinnere mich, dass ich in diesem Juni besonders glücklich war, ähnlich wie im Jahr zuvor, als ich die einzige Postkarte von ihm bekommen hatte. Es kam mir vor, als hätte ich jehrelang, einen dunklen Schleier getragen, der, ohne dass ich es bemerkt hatte, meinen Blick auf die Welt verdeckte. Die Pracht der Bäume rührte mich, und auch der Himmel, der freundlicher und strahlender war denn je.

Das war nicht nur die Euphorie der Verliebtheit. Es war vielmehr eine Art Wiederbegegnung mit mir selbst und meiner Umgebung. Das beruhigende Gefühl, zu Hause zu sein, und hinter dieser scheuen Freude eine anhaltende Dankbarkeit.

Dann kamen der Sommer und die Ferien, die wir in diesem Jahr zusammen in einem Dorf in der Bretagne, drei Stunden von Paris entfernt, verbrachten. Wir wohnten in einem netten kleinen Hotel, das eher einem komfortablen Bed and Breakfast glich. Die Ärzte hatten Tom geraten, keine weiten Reisen zu unternehmen, aber das Meeresklima und die saubere Luft taten ihm gut. Trotz seiner körperlichen Erschöpfung war sein Geist wach, und Tom war zu Scherzen aufgelegt. Wir sprachen viel über die Vergangenheit und darüber, wie sie unseren Charakter geprägt hatte. Ich hatte genug Vertrauen zu Tom gefasst, um ihm zu gestehen, dass ich in seiner Wohnung seine Briefe und Unterlagen durchgesehen hatte. Tom wunderte sich nicht über meine Einmischung, aber als ich Michela erwähnte, wurde er ernst.

»Hast du sie in Sizilien gesucht?«, fragte ich, um einen vertraulichen Tonfall bemüht, denn ich war entschlossen, alle meine Zweifel zu beseitigen.

»In gewisser Weise, ja«, antwortete er. »Dort habe ich sie kennengelernt.«

Jetzt verstand ich, warum er sich eine Nische auf dem Friedhof dort gekauft hatte. Nicht ohne Bitterkeit wurde mir klar, dass Michela die besten Jahre an der Seite dieses wunderbaren Mannes hatte verbringen dürfen. Mit ihr hatte er lange Reisen unternehmen können und wahrscheinlich hatte sie auch die sinnliche Liebe mit ihm genossen. Ich war so eifersüchtig, dass mir ganz schwindelig wurde.

Ich sagte mir auch, dass der Schmerz die Menschen verrückt werden lässt, und vielleicht war Tom aufgrund der Trennung von Michela so sehr krank geworden. Ich zog es vor, nicht weiter nach zu fragen. Das wenige, was ich erfahren hatte, genügte, um mich damit zu quälen. Kaum etwas ist so schwer, wie sich von der Eifersucht zu befreien. Auch wenn ich nicht daran glaube, dass die Toten unter uns sind, kann ich sagen, dass nicht ihr Geist, aber zumindest die Erinnerung an Michela uns die ganze Zeit über begleitete.

Als wir nach Paris zurückkehrten, forderte Toms Gesundheit Tribut für unsere gemeinsame Reise. Im September schaffte er es nicht mehr zu Fuß von der Buchhandlung nach Hause, und für das Treppensteigen brauchte er doppelt so lange wie bisher. Ich beschloss, meine Stelle im Lycée Condorcet nicht wieder aufzunehmen. Wenn ich mich nicht um Tom kümmern musste, nutzte ich meine Zeit, um für meine Magisterarbeit zu recherchieren. An einem Donnerstag gegen zwei Uhr nachmittags verließ ich gerade mit Büchern beladen die Bibliothèque François Mitterand, als Tom anrief, um mir zu sagen, dass er im Krankenhaus sei. An diesem Morgen war er in der Sprechstunde des Institut Pasteur gewesen, und der Arzt hatte ihm untersagt, wieder nach Hause zu gehen. Er hatte keine Kleidung zum Wechseln dabei und bat mich, ihm einen Koffer mit ein paar Sachen zu packen. Als ich ihn fragte, ob er noch etwas brauche, trug er mir auf, ihm einen Pyjama zu kaufen.

ROBOTER

Als Cecilia abreiste, verfiel ich in eine emotionale Paralyse. Ich war wie vor den Kopf gestoßen und brauchte mehr als drei Tage, bis ich wusste, wie ich auf die Ereignisse reagieren sollte. Ich bin sicher, dass diese Phase der Benommenheit sich nachteilig auswirkte. Wenn ich sofort versucht hätte, Cecilia ausfindig zu machen, noch am selben Samstag, als sie meine Wohnung verließ; wenn ich Haydée angerufen und sie angefleht hätte, mir bei der Suche nach ihr zu helfen; wenn ich zum Flughafen gefahren wäre, so gewagt das auch war, um zu verhindern, dass Cecilia in das Flugzeug stieg, das sie nach Frankreich zurückbringen würde, wäre alles anders gekommen. Sicherlich hätte sie mir verziehen. Stattdessen widmete ich mich meiner Arbeit im Verlag und perfektionierte meine tägliche Routine, was die Ordnung und die Sauberkeit meiner Wohnung anbelangte. Ich sprach mit dem Geschäftsführer des Fitnessstudios und bat ihn, mein Trainingspensum zu erhöhen, damit ich abends, sobald ich nach Hause kam, ins Bett fiel, ohne der Versuchung zu erliegen, nostalgisch oder irgendwie sonst sentimental zu werden. Ich las Seneca und Michel de Montaigne, hörte immer wieder die *Goldberg-Variationen* mit Glenn Gould am Klavier, deren Heilkraft mich bis heute in Erstaunen versetzt. Wenn das Wetter es erlaubte, lief ich stundenlang im Central Park umher. Ruth meldete sich ein paar Wochen lang nicht, wie fast immer nach einem unserer Treffen. So vermied sie es, dass ich meine Wut an ihr ausließ. Ich rief sie natürlich auch nicht an.

Cecilia hingegen schrieb ich unzählige Nachrichten. Ich schickte ihr CDs, und es gelang mir auch, ihr über einen Internetauftrag Blumen in ihre kleine Wohnung in Ménilmontant zu senden. Ich bekam nie eine Antwort. Ich ertrug ihr Schweigen nicht wie eine Demütigung, sondern wie eine gerechte Strafe. Schließlich entschied ich mich, in einem Anfall von Demut und innerer Unruhe, Haydée anzurufen. Ich machte mich auf eine lange Standpauke gefasst. Haydée blieb nicht nur ihrem Charakter treu, sondern vor allem unserem Pakt, aufrichtig miteinander zu sein, und zeigte sich sehr unnachgiebig mir gegenüber.

»Du hast dich sehr mies benommen, und das weißt du auch«, sagte sie zu mir. »Es ist besser, wenn du nicht mehr nach ihr suchst. Sie liebt einen anderen.«

Schweigend schluckte ich ihre Antwort hinunter, und während ich ohnmächtig meinem eigenen Untergang zusah, erzählte mir Haydée in aller Ausführlichkeit von der Reise, die Cecilia und ihr Freund gerade in die Bretagne unternommen hatten.

Im März erhielt ich einen Anruf von Ruth, die mir mitteilte, dass ein anderer Kandidat die Stelle bei den Vereinten Nationen bekommen habe. Ich arbeitete weiter fleißig im Verlag und erhöhte täglich mein Korrekturpensum. Und ich hörte auf, mittags in die Kantine zu gehen. Hunger hatte ich keinen, und ich empfand es als Strafe, die Kollegen in der Schlange am Büfett grüßen oder mit ihnen an einem Tisch sitzen zu müssen. Ich gewöhnte mir an, diese Mahlzeit zu überspringen. Natürlich war ich abends zu müde, um ins Fitnessstudio zu gehen. Keinen Grund mehr zum Leben zu haben ist keine Entschuldigung dafür, sich gehen zu lassen. Ich musste weiter arbeiten, weiter meinen Lebensplan verfolgen, ich musste Geld für meine Rente sparen und meine Mutter so lange wie nötig finanziell unterstützen. Und sobald sie gestorben war, würde ich mich in einen gepflegten und würdevollen Alten verwandeln und mit meinen Ersparnissen das Seniorenheim bezahlen. In diesen Monaten erkrankte ich ungewöhnlich oft an Grippe und anderen Virusinfektionen. Der Arzt verschrieb mir dreimal Antibiotika. Beim letzten Mal blieb mir nichts anderes übrig, als mich für kurze Zeit im Verlag krankzumelden, denn ich konnte mich nicht einmal mehr aufrecht auf meinem Schreibtischstuhl halten. Ich hörte auf, das Fitnessstudio zu bezahlen, da ich mich nicht mehr überwinden konnte hinzugehen. Aber das war nicht das Schlimmste, sondern die grenzenlose Verachtung, die ich für mich selbst verspürte. Was geschah mit mir? Ich, der ich mein Leben und meine Gefühle immer unter Kontrolle gehabt hatte, war zu einem menschlichen Wrack verkommen, wie man sie zuhauf auf der Straße und an den Metroeingängen winseln sah.

Soviel von klugen Köpfen auch schon über das Thema geschrieben wurde, ich habe die Depression noch nie für eine richtige Krankheit gehalten. Mir scheint sie allenfalls ein Symptom oder, besser gesagt, eine Form des Selbstmitleids zu sein, der sich eine groteske Anzahl von Menschen hingibt, und natürlich auch ein sehr einträgliches Geschäft für die Pharmaindustrie. Deshalb habe ich Menschen, die ihre Depressionen vor sich hertragen, als handelte es sich um eine philosophische Haltung, schon immer verachtet. Doch in dieser Zeit nutzten meine schlimmsten Erinnerungen meine Schwäche und tauchten mit alarmierender Häufigkeit wieder auf. Ich durchlebte wieder die Verhaftung meines Großvaters und den Tag, an dem ein Lehrer mir in der Schule vor meinen Klassenkameraden auf den Kopf schlug. Und ich durchlebte wieder den Morgen, an dem ich meine Mutter weinend im Innenhof entdeckte, ohne dass ich den Grund für ihren Kummer erfuhr. Ich durchlebte wieder Susanas Beerdigung, den Gesichtsausdruck ihrer Mutter, schmerzverzerrt. Susana. Als ob mein Unbehagen ihren Geist heraufbeschworen hätte, hatte ich jetzt oft das Gefühl, sie sei in meiner Wohnung, mit Tränen in den Augen, vorwurfsvoll. Um nicht an sie – und auch an nichts anderes – zu denken, verbrachte ich Stunden vor dem Laptop, auf der Suche nach beruhigenden Bildern. Ich kann es mir nicht erklären, aber die Landungen von Raumschiffen oder ferngesteuerten Flugzeugen schenkten mir unbeschreiblichen Frieden. Doch kaum hatte ich den Computer heruntergefahren, fingen die Erinnerungen wieder an, mich zu verfolgen.

Ich war überzeugt davon, den Verstand verloren zu haben, deshalb rief ich Mario an und bat ihn, noch am selben Abend mit mir essen zu gehen.

»O mein Gott!«, rief er, kaum, dass er mich sah. »Du bist ja nur noch Haut und Knochen! Bitte sag mir nicht, dass du krank bist.«

Wir nahmen Platz, und ich überließ es Mario, das Essen zu bestellen. Es war viele Monate her, dass wir uns zuletzt gesehen hatten, und um ihn ins Bild zu setzen, musste ich weit, bis zu meiner ersten Begegnung mit Cecilia, ausholen. Mario hörte mir zu, ohne mich ein einziges Mal zu unterbrechen. In seinen Augen erkannte ich aufrichtige Besorgnis und die Dringlichkeit, mich aus diesem Zustand zu befreien.

»Ich weiß es nicht, Kumpel. Aber ich glaube, ich habe nicht mehr alle Tassen im Schrank.«

»Du bist nicht verrückt, mach dir keine Sorgen«, sagte er in dem liebenswürdigsten Tonfall, den ich je von ihm gehört hatte. »Zumindest nicht verrückter als gewöhnlich. Du bist ein Mensch wie jeder andere auch, und Menschen durchlaufen solche Phasen. Du weißt schon, die Midlife-Crisis und dieser ganze Mist. Du hast einfach eine fette Depression.«

Ich merkte, wie ich ihn mit weit aufgerissenen Augen anstarrte.

»Aber ich will kein Mensch sein. Verstehst du mich? Ich will ein Roboter sein!«, rief ich und zog die Aufmerksamkeit sämtlicher Gäste auf mich.

Mario fuhr erschrocken zurück, und bei mir brannte eine Sicherung durch. Beinahe hätte ich ihm den Hals umgedreht.

»Ich will eine Maschine sein! Ich will ein Roboter sein! Ich will eine unfehlbare Maschine sein!«

Sofort kam der Geschäftsführer des Restaurants zu unserem Tisch und bat uns, sein Lokal zu verlassen. Wir hielten es für das Vernünftigste zu gehen. Als wir uns voneinander verabschiedeten, legte mir Mario, fast schon ängstlich, nahe, einen Psychiater aufzusuchen.

»Wenn du dich entschieden hast, melde dich. Ich kenne einen ausgezeichneten Arzt.«

Was Mario sagte, ergab Sinn. Wenn ich nicht die notwendige Standhaftigkeit besaß, um zu meiner gewohnten seelischen und körperlichen Konstitution zurückzufinden (und Gott weiß, wie sehr ich mich dafür hasste), dann war es das Beste, einen Spezialisten aufzusuchen. Trotzdem war es mir lieber, wenn niemand etwas von meiner Schwäche erfuhr. Mario oder wen auch immer anzurufen, um die Nummer eines Nervenarztes zu bekommen, war unter meiner Würde. Ich musste einen anderen Weg finden, einen dieser Ärzte ausfindig zu machen. Als ich nach Hause kam, schickte ich Ruth eine Nachricht, in der ich sie um die Telefonnummer ihres Arztes bat. »Bitte antworte rasch«, schrieb ich, »ein Arbeitskollege braucht dringend Hilfe.« Die Antwort kam umgehend, zusammen mit einer Einladung zum Essen, die ich nicht weiter beachtete. Der Terminkalender von Doktor Menahovsky war voll. Erst nachdem ich der Sekretärin deutlich gemacht hatte, wie dringend es war, bekam ich einen Termin zwei Wochen später.

HERBST

Es war Anfang Oktober. Die Blätter an den Bäumen hatten schon einen glutroten Farbton angenommen. Wenn ich zu Tom ins Krankenhaus wollte, musste ich mit praktisch jedem öffentlichen Verkehrsmittel, das es in Paris gab, die ganze Stadt durchqueren. Ich fuhr mit der Metro von Père-Lachaise nach Châtelet, um dann die RER-Bahn in den Vorort Antony zu nehmen. Dort angekommen, stieg ich in den Bus, der die Autobahn kreuzte und in der Gemeinde Petit Clamart hielt, wo sich die Klinik befand. Das Dorf war sehr klein, und jede Haltestelle entsprach einer Etappe im Leben seiner Einwohner. Die erste Haltestelle war zum Beispiel an der Grundschule. Wenige Straßen entfernt lagen die weiterführende Schule und die Turnhalle, danach folgten die Gemeindeverwaltung und daneben die Kirche. Einige Straßen weiter kam der Bus am Friedhof vorbei und stoppte schließlich an dem Krankenhaus, in dem Tom untergebracht war. Anders als im Stadtzentrum waren die Straßen der Vororte von Bäumen und Büschen gesäumt. Das hätte eine hübsche Strecke sein können, wären da nicht die letzten beiden Stationen gewesen. Damals war ich mit dem Père-Lachaise schon sehr vertraut, die Gräber dort wirkten gar nicht mehr unheimlich auf mich. Den Friedhof von Clamart hingegen kannte ich überhaupt nicht und deshalb schien er mir Unheil verkündend. Er zeichnete sich durch eine aseptische Gleichförmigkeit aus – das galt für die Grabsteine wie für die bunten Blumenbeete –, und ihm fehlte jegliche Dramatik. Kurz gesagt war das der katholische, kleinbürgerliche Friedhof eines Dorfes, wo die Menschen auf keinen Fall auffallen wollten. Wenn ich dort spazieren ging, fragte ich mich öfters, welchen Unterschied es machte, in einem Massengrab oder an einem Ort wie diesem verscharrt zu sein. Ich hatte weder Zeit noch Lust, es zu überprüfen, aber wahrscheinlich befand sich unter den Toten nicht eine einzige berühmte oder bedeutende Persönlichkeit, da waren nur die Verstorbenen von Petit Clamart, so unsichtbar und anonym wie die Lebenden des Dorfs. Unauffällige Menschen, die dort seit einigen wenigen Generationen lebten, die Ladeninhaber des Ortes, Grundschullehrer, Beamte. Sobald der Bus die Autobahn überquert hatte, die das Dorf begrenzte, hielt er gegenüber der Klinik und fuhr dann weiter bis zur Endhaltestelle.

Nachdem wir jahrelang nicht über seinen Gesundheitszustand gesprochen hatten – oder zumindest kaum –, wurde Toms Krankengeschichte in diesen Wochen zum Hauptthema unserer Unterhaltungen und meiner Überlegungen. Um mich zu beruhigen, erzählte mir Tom, dass sein Krankenhausaufenthalt vorübergehend, eine Art Limbus in unserem Alltag, und dass wir bald schon wieder vor dem Kamin sitzen und über diese Zeit lachen würden. Ich berichtete ihm von seiner Wohnung, unserem Gebäude und dem Viertel. Ich richtete ihm Grüße vom Kioskbesitzer und der Bäckerin aus, obwohl ich beide seit Tagen nicht gesehen hatte. Ich brachte Tom Blumen und Schokolade, Bücher und Zeitschriften mit, die er nicht lesen konnte, denn die Medikamente machten es ihm unmöglich, sich zu konzentrieren.

Das Hôpital Antoine-Béclère, in das Toms behandelnder Arzt ihn fast gegen seinen Willen eingewiesen hatte, war auf Erkrankungen des Atemwege spezialisiert. Doktor Tazartès, der Tom wöchentlich im Institut Pasteur untersuchte, war gleichzeitig der Leiter der kardiologischen Station und brachte hier seine Patienten unter. Toms Erkrankung wurde mit den Buchstaben PAH abgekürzt, was für pulmonale arterielle Hypertonie stand. Dabei handelte es sich um eine anormale Entzündung der rechten Herzklappe, die nicht mehr ausreichend Blut in die Lungen pumpte. Niemand konnte die wahren Ursachen für diese Erkrankung ausmachen, und nachdem die Ärzte festgestellt hatten, dass kein anderes Mitglied aus Toms Familie je an PAH gelitten hatte, gingen sie bei ihm von einem idiopathischen Ursprung aus. Tom sagte, er sei nicht zum ersten Mal an diesem Ort. Er war schon früher in dieser Klinik gewesen, um seine Reaktion auf verschiedene Medikamente untersuchen zu lassen. Dieses Mal wollten die Ärzte testen, wie er auf Flolan, ein relativ neues Medikament, ansprach. Der Name Flolan klang für uns Englisch und beschwor einen veränderten Bewusstseinszustand. (*»Relax and float down*, wie in dem Beatles-Song«, hatte Tom gesagt, um die Stimmung aufzulockern.) Es war ein sehr starkes, gefäßerweiterndes Mittel, das nicht nur die Venen angriff, sondern auch Müdigkeit, ständige Übelkeit und Schwindelgefühle auslöste. Dennoch war Doktor Tazartès der Meinung, dass Toms Lebensqualität beträchtlich steigen würde, wenn er sich an das neue Medikament gewöhnen konnte. Mithilfe von Flolan würde er nicht mehr so schnell erschöpft sein, er würde problemlos Treppen hinauf- und hinuntersteigen können, das Reisen und die Höhenwechsel besser vertragen, und – das war genauso wichtig – er könnte auch wieder ein Sexualleben haben. Dafür musste er ständig eine viereckige Kassette in der Größe zweier Batterien des Typs C am linken Arm tragen, die zweimal täglich mit äußerster Sorgfalt nachgefüllt werden musste. Eine auf diese Behandlung spezialisierte Krankenschwester würde Tom zeigen, wie er dabei vorgehen sollte. Dass dieses Gerät an seinem Körper angebracht werden sollte, erschien Tom, und mir genauso, wie eine Katastrophe, die als gute Nachricht daherkam. Keiner von uns beiden hatte je daran gedacht, mit so einem Störenfried zu leben. Die Ärzte fragten uns auch nicht, ob wir einverstanden waren. Es war die einzige Möglichkeit, die sich noch bot, da das bisherige Medikament ihrer Meinung nach keine Wirkung mehr zeigte. Irgendwann wurde beschlossen, dass auch ich bei dieser Einführung anwesend sein sollte, um Tom helfen zu können, wenn er bewusstlos werden sollte. Die Ärzte entwarfen noch mehrere solcher Schreckensszenarien, an die wir nicht gern dachten, die aber sehr wohl eintreten konnten, und daher war es besser, sich an die Vorstellung zu gewöhnen. Manchmal ist die Gegenwart nicht anders zu ertragen, als sich eine vielversprechende Zukunft auszumalen, von all dem zu träumen, was wir tun werden, wenn das Unerträgliche vorbei ist. Tom und ich beschlossen, nach Mexiko zu reisen, sobald er entlassen würde. Oaxaca sollte ihn für die schwierige Gewöhnung an die neue Behandlungsmethode entschädigen. Wir stellten uns vor, wie wir durch die Straßen und über die kleinen Plätze meiner Geburtsstadt liefen, Häuser mit Holzgebälk, riesig hohen Mauern und schmiedeeisernen Balkonen. Im Internet suchten wir nach Fotos von den Hotels, in denen wir wohnen würden. In Wahrheit aber war an eine Reise nach Mexiko gerade nicht zu denken. Tom hatte weiterhin die meiste Zeit Schmerzen, mal wegen der Wirkung des neuen Medikaments, mal wegen der Katheterspitze, die ihm die Haut verbrannte, wenn sie tropfte. Und es frustrierte ihn, eingeschlossen zu sein. Es war offensichtlich, dass er sich gefangen fühlte und seine Unabhängigkeit vermisste. Er durfte nicht vom Bett aufstehen, außer wenn er zur Toilette musste. Durch eine Sonde, die seinen linken Arm durchbohrte, tröpfelte der bernsteinfarbene Wirkstoff, und die Halterung, an der jene grausame Flüssigkeit hing, konnte nicht bewegt werden, da sie keine Räder hatte.

Ich verbrachte die Vor- und die Nachmittage in Toms Krankenzimmer. Gegen ein Uhr aß ich zusammen mit ihm an dem Tablett, das die Krankenschwester über seinem Bett befestigte. Mit unseren überkreuzten Beinen sahen wir wie zwei Japaner aus, die dieselbe Tatami-Matte teilten. Mein Essen holte ich fast immer in der Besuchercafeteria, die sich im Erdgeschoss neben dem Geschenke- und Blumenladen befand, wo ich öfters auch eine Sonnenblume oder einen Paradiesvogel kaufte, um Toms Zimmer zu verschönern. Es verging keine Mahlzeit, ohne dass Tom über den Geschmack seines oder den Geruch meines Essens klagte. Obwohl er sehr viel dünner war als gewöhnlich, war er immer noch ein attraktiver Mann. Ich merkte das an der Art, wie die Krankenschwestern ihn ansahen und wie sie ihn behandelten. Statt Krankenhauskleidung trug Tom die blau-rot gestreiften Pyjamas, die ich ihm gekauft hatte, und die Schwestern gestanden ihm das zu. Nach dem Mittagessen fuhr er die Rückenlehne seines Betts herunter und bat mich, ihn schlafen zu lassen. Dann holte ich meinen Computer hervor und schrieb am Nachttisch vor dem Fenster weiter an meiner Magisterarbeit, bis Tom wieder aufwachte. Wenn er dann Lust hatte, sich zu unterhalten, schloss ich mein Dokument. Er bat mich, von meiner Kindheit in Oaxaca zu erzählen oder ihm Fotos von meinen seltenen Reisen zu zeigen. Wenn er nicht Musik hörte, vertrieb er sich die Zeit damit, Filme zu schauen. Am liebsten mochten wir optimistische Komödien, die häufig schon etwas einfältig waren wie *Harry und Sally* oder *Vier Hochzeiten und ein Todesfall*. Die Besuchszeit endete um sieben Uhr abends, aber niemand sagte etwas, wenn ich länger blieb, was fast täglich der Fall war. Gegen neun Uhr, wenn der Himmel und die Umgebung des Krankenhauses vollkommen dunkel wurden, wie es nur auf dem Land möglich ist, meinte Tom, ich solle nach Hause fahren. Der Moment des Abschieds bedeutete für mich immer Stress. Anfangs war es allein schon die Vorstellung, mich von ihm zu trennen, ihn in diesem nach Putzmittel riechenden Zimmer allein zu lassen, die mich deprimierte. Um diese Uhrzeit waren kaum noch Besucher im Gebäude. Es war eine sonderbare Tageszeit, die eine veränderte Atmosphäre mit sich brachte, so ähnlich wie hinter den Kulissen eines Theaters. Die Nachtpfleger schienen entspannter zu sein, doch mehr noch zeigte sich der Wandel bei den Patienten. Sie trafen sich in kleinen Gruppen, zu dritt oder viert, auf den Gängen oder versteckten sich hinter den Notausgängen, wo sie sich, die Kochsalzlösung an einer Hand befestigt, eine Zigarette teilten – was innerhalb des Krankenhauses strikt verboten war. Mehr noch als die Scham darüber, etwas Verbotenes getan zu haben, spiegelte sich in ihren Gesichtern Erleichterung. Die Zigaretten waren für sie der alte Freund, der unverzichtbare Kamerad, der sie, in den meisten Fällen, ins Krankenhaus gebracht hatte, nun besuchte und von dem sie sich nicht trennen konnten. Während sie ihre Lungen mit Rauch füllten, plauderten sie und lachten leise.

Manchmal wurden die Patienten auch gemeinsam von einem heftigen Hustenanfall geschüttelt. In seinem Essay *Sólo para fumadores*, einem seiner besten, erzählt Julio Ramón Ribeyro, dem ich ein Kapitel in meiner Arbeit gewidmet habe, wie er, selbst als sein Lungenkrebs das Endstadium erreicht hatte, seine Finger nicht von den Zigaretten lassen konnte. Das Rauchen war ein Trost, trotz der Suchtgefahr und ihrer verheerenden Folgen.

Das Schlimmste war die Rückfahrt nach Hause. Sobald es dunkel wurde, war dieser Ort nicht einfach nur unangenehm, sondern gruselig. Die Bushaltestelle, die sich auf der anderen Seite der Autobahn befand, war nur durch eine nach Urin stinkende, mit Graffiti besprühte Unterführung zu erreichen, die der perfekte Schauplatz für jede Art von Krimi gewesen wäre. Das Echo meiner Schritte auf dem Fliesenboden unterstrich die Einsamkeit dieses Orts, aber das war besser, als das Gefühl zu haben, jemand würde mir folgen. War ich endlich an der Haltestelle, musste ich mehrere Minuten lang warten, bis der Bus kam, und wenn er endlich auftauchte, war es nicht immer der richtige. Hin und wieder hielt statt des Schnellbuses ein anderer, der in einen noch weiter von Paris entlegenen Vorort fuhr, wo ich in die RER-Bahn umsteigen konnte. Ich musste also zwischen der Unsicherheit und dem unsinnigen, aber beruhigenden Umweg wählen, und meist entschied ich mich für Letzteres. Mein ganzes Leben lang habe ich stets darauf geachtet, immer ein Buch in der Tasche zu haben, vorzugsweise einen

Roman, um mich in öffentlichen Verkehrsmitteln beschäftigen zu können, aber in diesen Tagen war ich unfähig zu lesen. Mein Blick schweifte in die Weite jenseits des Fensters um bewegte Bilder aufzunehmen, Lichter, Autos, die müden, aber gesunden Gesichter neben mir. In diesen Monaten besaß ich noch genügend Lebensfreude, um gelegentlich das Lächeln einer muslimischen Mutter zu erwidern, die nach einem langen Arbeitstag mit verrutschtem Tschador nach Hause fuhr.

Eines Morgens, so gegen halb elf – ich war gerade im Krankenhaus angekommen –, erschien in Toms Zimmer die Krankenschwester, die uns zeigen sollte, wie man das Kassettengerät bediente, das an Toms linkem Arm befestigt werden sollte. Wenn ich an diese Frau denke, empfinde ich wieder dieselbe Verwirrung, die mich auch an jenem Tag ergriffen hatte. Sie trug eine weiße Krankenhausuniform, doch selbst diese sah an ihr irritierend aus. Die Hose saß in der Taille ungewöhnlich eng, und unter dem Stoff zeichneten sich ihre Oberschenkel und ihre Hüften ab. Statt der üblichen flachen Schuhe hatte sie Stilettos an. Die rötlichen Haare waren zu einem Knoten zusammengebunden, der fast in der Mitte ihres Kopfs saß, und ihre Brille hatte die Form von Katzenaugen. Wie sie sich mit gespreizten Beinen auf die Stuhlkante setzte, und vor allem wie sie die Spritze lässig und gierig wie ein Junkie in der rechten Hand hielt, erinnerte mich an die Karikaturen von Manara, den italienischen Zeichner von erotischen Comics, die Haydée in ihrer Wohnung sammelte. Auch die Art, wie Tom diese Krankenschwester musterte, hatte etwas Comichaftes. Er schien die Kassette und die Unannehmlichkeiten der Implantation vollkommen vergessen zu haben. Seine Faszination für die Krankenschwester rief in mir gemischte Gefühle hervor, Eifersucht, aber auch Freude darüber, dass Tom, an einem geheimen Ort, immer noch gewisse Regungen verspürte. Als die Frau ihre Vorführung beendet hatte, war ich nicht in der Lage, sie zu wiederholen. Tom erging es genauso, denn am nächsten Tag bat er darum, die Einführung noch einmal zu bekommen, um alle Informationen verarbeiten zu können. Zwei Tage später kam die Krankenschwester erneut zu uns, und wir versuchten, uns auf den technischen Teil der Prozedur und nicht so sehr auf die Choreografie zu konzentrieren. Wir lernten, die legendäre Kassette zu befüllen. Und vor allem lernten wir, welche Risiken die Herstellung der Lösung oder das Auffüllen des Behälters mit sich brachte: Das allerkleinste Luftbläschen konnte eine Thrombose oder eine Embolie verursachen. Wenn ich mir vorstellte, wie ich hochnervös diesen Apparat befüllte, weil Tom bewusstlos geworden war, verursachten mir der Druck und die Angst, etwas falsch zu machen, Übelkeit. Fast hätte ich mich geweigert diese Prozedur zu erlernen und solch eine Verantwortung zu übernehmen. Aber realistisch gesehen: Was war die Alternative? Wenn ich das nicht übernahm, wer sollte es sonst machen? Trotz aller

Bedenken war ich optimistisch genug, die Krankenschwester auf dem Gang zu fragen, ob es möglich sei, die Kassette in einem Flugzeug zu befüllen und ob die Wirkung oder die Dosis des Medikaments sich bei großen Höhenunterschieden oder unter atmosphärischem Druck ändere. Ich erzählte ihr, dass wir beabsichtigten, viele Reisen zu unternehmen, und auch daran dachten, eine Zeit lang in Mexiko zu bleiben. Die Antwort der Krankenschwester war eindeutig und offenbarte eine gewisse Weisheit:

»Vorläufig ist es besser, sich auf die Gegenwart zu konzentrieren. Es ist wichtig, dass Sie sich mit dem Wirkstoff vertraut machen, bevor Sie darüber nachdenken, irgendwohin zu reisen, sei es im Flugzeug, im Taxi oder in der Metro.«

ERINNERUNG

Wieder ging ein Wolkenbruch auf New York nieder. Ich war krank, und ich vermute, dass das Fieber mich in einen Bewusstseinszustand ähnlich der Hypnose versetzt hatte. Ich glaubte, ich wäre immer noch ein Junge in Havanna, mitten in der Pubertät. Die Luftfeuchtigkeit war unerträglich. Seit über einer Stunde stand ich in der Tür zum Innenhof und wartete auf Regla, die Kusine meines Nachbarn Facundo. Endlich erschien sie in knappen Shorts, die einen Großteil ihres festen und üppigen Hinterns sowie ihre ganzen Oberschenkel unbedeckt ließen. Ihr ärmelloses T-Shirt war so kurz, dass es ein Stück ihrer Taille freigab. Bis zum Ritual im Bad würde es noch mehrere Stunden dauern, aber die Peso-Münze befand sich schon in meiner Hosentasche, in ständigem Kontakt mit meiner Erektion. Facundo kam zu mir und legte mir die Hand auf die Schulter. Halb komplizenhaft, halb spöttisch lud er mich zu sich nach Hause ein, »um die Vorstellung von der ersten Reihe aus zu sehen«. Ich schaute auf seinen Arm, der noch auf meinem lag, und so seltsam das auch klingen mag, aber ich bemerkte, dass die Struktur und die Farbe seiner Haut der des Mädchens vollkommen glichen. Bereitwillig nahm ich die Einladung an. Aus der Küche drang Radiomusik und der Geruch von frisch gekochten schwarzen Bohnen. Lange Zeit blieben wir im Wohnzimmer und aßen lauter Mist, während seine Kusine mit dem Wischmopp hin und her lief und dabei einen höchst verstörenden Tanz aufführte. Die Ausbuchtung in meiner Hose war mehr als offensichtlich, und Facundo schaute unentwegt hin. Nach einiger Zeit bot er mir an, in das Zimmer zu gehen, wo er mit seinen Geschwistern schlief und das zu dieser Morgenstunde vollkommen leer war. Ich nutzte den Moment, als Regla in den Innenhof ging, um unbemerkt aufzustehen und meinem Nachbarn zu folgen. Sobald wir im Zimmer waren, ließ sich Facundo auf eines der Stockbetten fallen, zog sich das Hemd aus und warf die Arme wie ein Bär nach hinten.

»Mach es dir bequem«, sagte er. »Wenn du willst, kannst du deine Sachen ausziehen.«

Erschöpft von der Hitze und vor allem von meinem beinahe schon explodierenden Glied, folgte ich seinem Vorschlag. Erstaunt sah ich meinen Penis an, der anscheinend zu einer Seite meiner Unterhose entwischen wollte. Ich bemerkte Tropfen einer weißen Flüssigkeit. Facundo war näher gekommen, um das ebenfalls zu beobachten.

»Ich kann dir helfen, wenn du mich lässt«, sagte er und blickte mir dabei in die Augen. Danach umschloss er meinen Schwanz mit seinen zwei schwarzen Pranken. So musste sich die Möse seiner Kusine anfühlen. Er massierte mein Glied ein paar Sekunden lang, ohne dass ich den geringsten

Widerstand leistete, aber gleich darauf nahm er es, ohne mich zu fragen, in den Mund und ließ zu, dass ich zwischen seinen großen Lippen, die noch rosafarbener waren als seine Fingerkuppen, ejakulierte. Als wäre ich in der Zeit zurück zu jenem Tag gereist, konnte ich jetzt, in meiner Wohnung in Manhattan, die Temperatur und die Feuchtigkeit dieses Zimmers in El Cerro spüren, hörte Facundos raue Stimme, die mich bat, mich umzudrehen, damit er sich erleichtern konnte. Ich erinnerte mich auch daran, wie sich die Laken auf der Haut angefühlt hatten, und an die Fügsamkeit, mit der ich ihm erlaubte, mich mit seinem Glied zu penetrieren, während sich das meine erneut aufrichtete, eifrig bemüht, wieder in seinen Hintern einzudringen, der der Form und den Proportionen nach dem begehrten Arsch von Regla ähnelte. So blieben wir, ich weiß nicht, wie lange, auf dem Bett, bis die Erregung abklang und mich Gewissensbisse zu plagen anfingen. Als das Mädchen an diesem Nachmittag ins Bad ging, um wie immer zu duschen, versteckten sich weder Facundo noch ich, um sie heimlich zu beobachten. Facundo verließ höchst zufrieden den Hof, um im Park Baseball zu spielen, und ich schloss mich, halb tot vor Angst wegen der Entgleisung, zu Hause ein. Ich stellte mir vor, wie ich verurteilt wurde, und hatte die anklagende Stimme der Präsidentin des Comité de defensa de la Revolución meines Viertels im Ohr: »Schwuchtel! Scheißschwuchtel! Du kommst ins Gefängnis, weil du unser Volk verdirbst.« Es gelang mir, diese Erinnerung über Jahre hinweg unter

Verschluss zu halten, aber von Zeit zu Zeit tauchte sie wieder auf, um mich zu quälen, fast immer mit verheerenden Konsequenzen. So war ich zum Beispiel so unvorsichtig, fast zehn Jahre später Susana von meinen Erfahrungen zu erzählen. Seit unserer Reise nach Varadero begeisterte auch sie sich für diese Stellung, die ich mehr als jede andere genoss. Ich erzählte Susana davon, weil ich sehr betrunken war an diesem Abend und keine Kontrolle über die Worte hatte, die aus meinem Mund kamen; ich erzählte es ihr, weil mich, auch wenn ich danach nie mehr eine solche Erfahrung gemacht hatte, noch Jahre später Schuldgefühle quälten, von denen ich mich befreien musste, ich erzählte es ihr, weil ich einen Menschen brauchte, der diese Last mit mir teilte, sodass sie dadurch an Bedeutung verlor, ich erzählte es ihr, weil ich ihr blind vertraute und sicher war, dass sie mich in allem bedingungslos akzeptierte. Aber ich irrte mich. Seit dieser Enthüllung begann Susana, an meinen sexuellen Vorlieben zu zweifeln, sie deutete an, ich würde heimlich diesen oder jenen Freund begehren, und ich weiß nicht mehr, welche Dummheiten sie noch äußerte, bis ich, von ihrem Misstrauen zermürbt, beschloss, mich von ihr fernzuhalten. Seit dieser Episode in unserem Haus hörte ich auf, zu Familie Martínez zu gehen, und begnügte mich damit, sie insgeheim zu hassen. Wenige Monate später freundete ich mich mit Mario an und fand Zuflucht bei allen blonden, unterwürfigen und hochnäsigen Frauen, mit denen er mich auf seinen Partys bekannt machte. Ich versuchte, meine erste Erfahrung zu vergessen, indem ich die Mechanismen der weiblichen Lust bis ins Effeff beherrschen lernte, aber bis ich Susana kennenlernte, gelang mir das nicht auf Dauer. Danach hat nie wieder eine Mulattin meine Aufmerksamkeit oder mein Verlangen geweckt. Die dunkelste Haut, die ich nach Facundos streichelte, war die mexikanische Haut von Cecilia.

Es gibt wenige Orte, an denen man die Menschen so gut kennenlernt wie in Krankenhäusern. Und ich entdeckte bei meinen täglichen Besuchen Toms weniger sonnige Seiten. Zwar beinhaltete sein Medikament eine hohe Dosis Adrenalin, die ihn reizbar machte und seine Laune verschlechterte, und obwohl ich wusste, dass dies der Grund für seine Stimmung war, machte sie mir trotzdem zu schaffen. In solch einer Isolation bekommen die kleinen Dinge übertrieben viel Raum. Die Qualität des Essens, die Anordnung der Sachen auf dem Nachttisch, die Höhe der Jalousien, jede Änderung des Gewohnten stach auf einmal deutlich ins Auge. Ich selbst hatte großen Einfluss auf Toms Gemütsverfassung. Wenn ich mit ihm sprach, hatte ich das Gefühl, über ein Minenfeld zu laufen, und war bemüht, nicht diese Reizbarkeit zu wecken, die auf den geringsten Anlass oder Vorwand lauerte.

Mehrere Wochen nach seiner Einlieferung ins Krankenhaus schickte Toms Familie Verstärkung. Ich habe nie erfahren, ob er um diese Hilfe gebeten oder nur ein freiwilliges Angebot angenommen hatte. Eines Montagmorgens traf ich im Krankenhaus auf seine Kusine Valeria, eine schlanke und kräftige Vierzigjährige, die in der Schweiz aufgewachsen war. Sie wohnte ganz in der Nähe der Klinik bei anderen Verwandten und war deshalb immer eineinhalb Stunden vor mir da, früh genug, um den Bericht des Arztes während der Visite zu hören.

Morgens war Tom in Hochform, das waren seine Phasen größter Klarheit und Energie. Bis zur Mittagszeit strotzte er vor Humor, Fröhlichkeit und Genialität. Nachmittags hingegen ließ seine Kraft beträchtlich nach, und er schlief viele Stunden lang. Dann hatte ich Gelegenheit, mit meiner Magisterarbeit voranzukommen, und es verging nicht ein einziger Tag, an dem ich das nicht versuchte. Aber offen gesagt fiel es mir schwer, mich zu konzentrieren. Um arbeiten zu können, musste ich sehr viel Kaffee trinken, der zu jener Zeit meine wichtigste Energiequelle war. Wenn Tom Mittagsschlaf hielt, gingen Valeria und ich ins Besucherrestaurant hinunter. Dort tranken wir einen Cappuccino oder mehrere und redeten miteinander, um den Kopf freizubekommen. Nach und nach lernte ich bruchstückhaft die Lebensgeschichte dieser in meinen Augen so seltsamen Frau kennen. Ich erfuhr zum Beispiel, dass Valeria viele Jahre als Fremdsprachensekretärin gearbeitet hatte und dass sie ihren Freund für einen langen spirituellen Retreat verlassen hatte. Nach ihrer Rückkehr war sie noch zurückgezogener als vorher. Valeria war eine freundliche, aber extrem angespannte Person, deren Strenge nichts von der typisch italienischen Sanftheit und Herzenswärme erkennen ließ.

Es wurde kälter, auch wenn man noch nichts von dem unbarmherzigen Wetter ahnte, das in diesem Winter vorherrschen sollte. Ein starker Wind blies, aber die Tage waren noch sehr hell, überwältigend, und die Bäume kämpften weiter darum, ihre Laubpracht zu behalten. Ein leichter Mantel oder eine warme Jacke reichten aus. Ich trug damals einen weinroten Herrenwollmantel, dessen Gürtel ich verknotete, einen Rock aus dem gleichen Material und petrolfarbene Stiefeletten. Ich gewöhnte mir an, alle meine Sachen in der Computertasche zu transportieren. Manchmal nahm ich auch noch etwas mehr mit: ein Buch, einen Liter Eiscreme von Berthillon – meine Lieblingsmarke –, auch wenn das einen beträchtlichen Umweg auf meiner Reise nach Clamart bedeutete. Die Morgenstunden waren mir viel lieber als die Abende. Das Gebäude in Ménilmontant strahlte dieses Jahr eine noch nie da gewesene Trostlosigkeit aus, und dort zu schlafen war alles andere als angenehm. Sobald ich nach Hause kam, nahm ich ein heißes Bad und schaltete das Radio ein. Wenn ich in der Stimmung war, hörte ich mir die Nachrichten auf dem Anrufbeantworter an. An manchen Tagen war es mein Vater, an anderen mein Studienleiter, der über die Fortschritte meiner Magisterarbeit informiert werden wollte, um mein Stipendium zu verlängern, aber am häufigsten rief Haydée an. Seit Tom ins Krankenhaus gekommen war, hatte ich nicht mehr mit ihr gesprochen. Die Nachrichten, die sie mir auf dem Anrufbeantworter und auch auf der Mailbox hinterließ, klangen dringend, und dennoch war ich nicht fähig, sie zu beantworten.

Abgesehen von unserer Reise in die Bretagne hatte ich nie mehr Zeit mit Tom verbracht als im Krankenhaus, aber nur sehr selten sprachen und lachten wir und freuten uns über unsere gemeinsamen Tage. Die Angst, die ihm die Isolation verursachte, die Ungewissheit, die Behandlungsfortschritte betreffend, schoben sich zwischen uns, ohne dass wir etwas dagegen tun konnten. Es war, als ob der Tom, den ich vor zwei Jahren kennengelernt hatte, sich aufgespalten und sich eine seiner Hälften – die, die ich am meisten brauchte – wieder auf eine lange Reise mit unbekannter Rückkehr begeben hätte, nicht nach Sizilien, sondern an einen ungewissen Ort, an dem die Gefahr lauerte, ihn für immer zu verlieren. Wenn ich allein in meiner Wohnung war, die der eine Heizkörper kaum wärmte, dachte ich oft daran, dass Tom vielleicht sterben würde. Ich dachte auch über mein Leben und meine Perspektiven nach. Für mich lief alles auf Tom hinaus. Der Weg, den ich seit meiner Geburt und meiner Kindheit in Oaxaca genommen hatte, meine Begeisterung für Friedhöfe, meine Lektüre und meine Arbeit darüber, war eine Linie, mal gerade, mal kurvig, die zu unserer Begegnung geführt hatte. Meine Rolle als seine Krankenhausbegleiterin schuf nicht nur eine sehr enge Verbindung zwischen uns, sondern stellte auch die wichtigste Erfahrung meines Lebens dar. Ich, die ich mich immer für nutzlos gehalten hatte, gewann schließlich den Eindruck, zu etwas gut zu sein.

Eines Nachmittags, während Tom und ich im Bett *Dick Tracy* anschauten, folgte einem Zurechtrücken eine zweite, beabsichtigte, kühnere Berührung. Dann kamen die Küsse und das Lecken: die Dringlichkeit einer Annäherung, von der wir wussten, dass sie wegen ihrer Indiskretion riskant, doch gleichzeitig unaufschiebbar war. Mehrmals erschien eine Silhouette hinter der matten Glasscheibe in der Tür, wie eine Warnung, dass jederzeit jemand hereinkommen könnte, und trotzdem überließen wir uns dem Augenblick und vergaßen jede Vorsicht, bis Toms Kräfte vollkommen erschöpft waren und er einschlief. Ich verließ das Zimmer in einem Zustand der Erregung, der für die Menschen, die ich auf den Krankenhausfluren traf, offensichtlich gewesen sein musste.

Ich kann nicht sagen, ob es einen Zusammenhang mit unserer Begegnung gab oder nicht – der Gedanke daran quält mich immer noch –, aber am nächsten Tag hatte sich Toms Gesundheitszustand sehr verschlechtert. Die Ärzte beschlossen, die Dosis an Flolan zu erhöhen, um ihn zu reanimieren. Mehrere Stunden lang sah ich ihn schlafen, während ich mich mit der Magisterarbeit abmühte und mir inbrünstig wünschte, dass ich nichts mit dieser Situation zu tun hätte. Als es allmählich dunkel wurde, wachte er friedlich auf, fuhr die Rückenlehne des Betts nach oben, als ob nichts geschehen wäre, und fragte, ob er das Abendessen bekommen könne. Dann bat er mich, Musik anzumachen, irgendetwas, das ich auf meinem Computer hatte.

»Schlag etwas vor«, sagte ich. »Was möchtest du gern hören? Vielleicht haben wir Glück, und ich habe es in meiner Bibliothek.«

Wir wussten beide, dass das eher unwahrscheinlich war: Unsere Musikgeschmäcker waren sehr verschieden. Tom kannte sich gut mit britischer Musik aus, besonders mit der aus den Siebzigerjahren, und mit Jazz, während ich eine wenig individuelle CD-Sammlung besaß, die ich im Laufe meines Lebens von verschiedenen Freunden zusammenkopiert hatte. Tom hatte Lust auf Nick Drake, am meisten auf das Album *Pink Moon*. Ich tippte den Titel in die Suchzeile und entdeckte, dass ich ihm diese Freude machen konnte. Sofort füllten die Gitarrenklänge und Drakes introspektive Stimme das Zimmer. Dann geschah etwas, das ich nicht erwartet hatte: Wie vor eineinhalb Jahren jenseits der Wand, die unsere Wohnungen trennte, fing Tom an zu weinen. Als er sich nach mehreren Minuten beruhigte, sagte er: »Es ist sehr traurig, wenn ein Mann, der der Welt so viel zu geben hatte, so jung stirbt.« Damit meinte er in erster Linie den Sänger, aber auch sich selbst. Ich erwiderte, bei Drake sei das nicht so offenkundig, aber viele ebenso junge und talentierte Musiker seien freiwillig aus dem Leben geschieden. Wir sprachen über Elliott Smith, dessen Tod uns beide erschüttert hatte, und auch von Jim Morrison, der von allen unseren Nachbarn auf dem Friedhof am meisten Besuch bekam. Als ich anfing, die Selbstmörder zu verteidigen, sah Tom mich ungläubig und empört an. Das konnte ich verstehen. Er hatte keine andere Wahl, als sich mit seinem körperlichen und seelischen Leid abzufinden, wohingegen ich, ohne zu wissen, wie es war, in seiner Haut zu stecken, die Menschen idealisierte, die vorzeitig aufgegeben hatten. Wenige Tage später wurde Tom in den Operationssaal gebracht, weil die Ärzte ihm die Kassette implantieren wollten, die dann mit seiner Aorta verbunden würde. Er war zuversichtlich und fröhlich. Zwar brauchte er anderthalb Tage, um sich von der Operation zu erholen, aber dann ging es ihm erheblich besser.

DAVONLAUFEN

Ich hatte ungeduldig auf den Tag gewartet, an dem ich den Termin bei Doktor haben würde. Er würde mir – zumindest war das mein Wunsch – etwas verschreiben, das mich wieder schlafen und erneut das strenge und disziplinierte Leben aufnehmen ließ, das ich bis vor Kurzem geführt hatte. An diesem Samstag stieg ich, zum ersten Mal seit drei Monaten, sofort aus dem Bett, als der Wecker klingelte, und ging unter die Dusche. Ich betrachtete meinen nackten Körper im Spiegel. Mir schien, ich hätte außer dem Speck, den ich angesetzt hatte, auch mehr graue Haare an den Schläfen und am Körper bekommen. Meine Schulter war vollkommen verspannt, und trotzdem erledigte ich sorgfältig und routiniert meine Körperpflege. Wie jeden Samstag zog ich Turnschuhe an und wählte meine Kleidung nach dem Rotationsprinzip aus. Bis zu diesem Moment hatte ich alles unter Kontrolle. Doch als ich versuchte, mir den unverzichtbaren Espresso zuzubereiten, reagierte die Kaffeemaschine nicht. Ich konnte ihr nur ein paar kurze Dampfwolkenexplosionen entlocken, die an die Blähungen einer Katze erinnerten. Es ist unglaublich, was für eine Sicherheit uns bestimmte Haushaltsgeräte vermitteln. Und dass sie kaputtgehen genügt, um die Ordnung unserer Existenz durcheinander und die Welt zum Einsturz zu bringen. Ich stand vor der toten Kaffeemaschine und empfand eine Mischung aus Wut und Selbstmitleid, die schwer zu beschreiben ist. Beinahe hätte ich den Tisch mit einem Fausthieb zertrümmert. Ich blickte zur Uhr. Mir blieb noch genug Zeit, um im Café zu frühstücken. Eigentlich hätte ich am liebsten Spiegeleier mit Speck gegessen, doch auch jetzt konnte ich mich beherrschen und bestellte einen Teller mit Kiwi und Erdbeeren. Und den Espresso, der mir zu Hause verweigert worden war. Die Praxis von Doktor Menahovsky befand sich in der siebenundfünfzigsten Straße, zwischen Lexington und Third Avenue. Es war ein strahlender Morgen, und ich beschloss, zu Fuß durch den Central Park zu gehen. Dort fuhren die Menschen Fahrrad oder machten Inlineskating und trainierten ihre Körper, wie es sich gehört. Ich hingegen schleppte mich, aufgeschwemmt von Unbehagen und den Kilos, die ich an Taille und Oberschenkeln angesetzt hatte, meines Weges. Als ich bei Menahovsky ankam, sagte der Portier, der Fahrstuhl sei außer Betrieb, und ich musste die Treppe bis in den siebten Stock hinaufsteigen. Die Sekretärin bemerkte, wie ich schwitzte, und bot mir ein Glas Wasser an. Dann musste ich ein Formular ausfüllen, auf dem alle nur erdenklichen – und einige mir unbekannte – Krankheiten aufgeführt waren. Ich sollte alles ankreuzen, an dem ich litt. Menahovsky, der Demiurg, der die sanfte Ruth erschaffen hatte, war ein dürrer, kleiner Greis. Er hätte eine ziemlich finstere Erscheinung abgegeben, hätte sein Gesicht mit dem weißen Kinnbart nicht diesen gütigen Ausdruck gehabt. Sein Kopf war kahl, und er trug eine Nickelbrille. Über einer Art Trainingsanzug trug er den üblichen weißen Arztkittel. Trotz seiner schönen Möbel fühlte ich mich in dieser Praxis nicht wohl. Und ich konnte mich auch nicht entspannen, als Menahovsky begann, mir Fragen über meine Vergangenheit und mein derzeitiges Leben zu stellen. Dennoch versuchte ich, ihm aufrichtig zu antworten. Ich erzählte ihm von meiner Trennung von Cecilia und den Erinnerungen, die mich in der letzten Zeit bestürmten, vor allem der Tod meiner ersten Freundin. Ich versicherte ihm, dass ich mein ganzes Leben lang ein methodischer Mensch gewesen war, der auf seinen Gewohnheiten bestand und fähig war, sich an allerlei Regeln zu halten. Der Doktor fragte nach Einzelheiten zu Susanas Tod, aber meine Stimme versagte, als ich davon erzählen wollte. Deshalb entschied ich mich, ihm eine stark geraffte Version der Ereignisse zu geben. Er fragte mich auch nach meinen sexuellen Aktivitäten und ob und wie oft ich feuchte Träume hätte. Je indiskreter seine Fragerei wurde, desto näher rollte der Doktor auf seinem Bürostuhl an meinen Sessel heran. Danach ergriff er das Wort und teilte mir seine Diagnose mit. Seiner Meinung nach wurzelte mein Problem in einer posttraumatischen Störung, die ich schon seit mehreren Jahrzehnten mit mir herumschleppte, einer Zwangsneurose und einer relativ neuen, aber heftigen Depression. Er fragte mich, ob ich dazu bereit sei, Medikamente zu nehmen.

»Wenn ich ganz offen sein darf«, sagte er zu mir. »Sie haben keine große Wahl.«

Nachdem er das Rezept ausgefüllt hatte, riet er mir, in acht Tagen wiederzukommen, um die Wirkung dieser ersten Dosis Psychopharmaka auf meinen Gemütszustand überprüfen zu lassen.

Ich verließ die Praxis mit der Formel meiner neuen Persönlichkeit in der Innentasche meines Mantels. Während ich die Treppen hinunterging, dachte ich über Menahovskys abwegige Diagnose nach. Das Wort »Störung« erschien mir übertrieben. Bei Lichte betrachtet, beschrieb dieser Begriff meine Persönlichkeit nicht im Mindesten. Gestört erschien mir zum Beispiel Marios Lebensweise, der aufgrund seiner sporadischen Arbeit ohne feste Zeiten mitten am Tag aufstehen und mehrere Nächte pro Woche durchfeiern konnte. Oder auch das Leben jener Typen, die ich so oft am Rand des Parks Marihuana rauchen sah. Wer diagnostizierte all diese Leute? Wer entschied, ob sie Psychopharmaka einnehmen sollten oder nicht? Wo sollte die Einnahme dieser Medikamente hinführen? Ich hatte den Eindruck, dass es genauso gefährlich – und genauso permissiv – war, meine Gehirnchemie nach dem Prinzip »Versuch und Irrtum« mit bestimmten Substanzen zu manipulieren, wie sich mit LSD oder Marihuana zuzudröhnen. Als ich den Central Park erreichte, dachte ich noch immer darüber nach. Während ich die Wege entlangging, tauchten hin und wieder in ihr Training vertiefte Läufer auf, denen ich minutenlang hinterherschaute. Obwohl mir ihr meist hautenges, neonfarbenes Outfit lächerlich erschien, trugen die Läufer meines Erachtens das Banner der guten Gewohnheiten. Von allen Menschen im Park schienen sie mir die gesündesten zu sein. Ihnen konnte niemand vorwerfen, ein ungesundes Leben zu führen. Ich blickte auf meine Füße in den weißen Turnschuhen und dachte, dass ich genau dieser und keiner anderen sozialen Gruppe angehören sollte. Im Namen aller Werte, die ich im Laufe meines Lebens verteidigt hatte, fing ich an, in leichtem Trab durch den Park zu laufen, ohne mich zu überanstrengen, und versuchte, in einen Schritt- und Atemrhythmus zu kommen.

Noch in derselben Woche meldete ich mich bei einer kleinen Anfängergruppe von Läufern an. Jeden Morgen gegen halb sieben trabten der Trainer und die anderen zu meinem Haus und warteten vor der Tür auf mich, ohne einen Moment stillzustehen. Wenn wir alle abgeholt hatten, liefen wir zum Central Park und trainierten bis neun Uhr. Zwar war ich jetzt nicht mehr der Erste im Büro, aber ich fand den Grund meines Späterkommens so edelmütig, dass mir das vollkommen egal war. Der Trainer verordnete mir eine Diät und eine strenge Routine, die aus Aufwärmen, Bauchmuskelübungen, Sprint und Dauerlauf bestand. Nach und nach integrierte ich den Sport mit derselben Ernsthaftigkeit in mein Leben, mit der ich früher im Fitnessstudio trainiert hatte. Die festen Laufzeiten und die Ernährungsumstellung taten mir sehr gut. Das Fett verwandelte sich in Muskeln und meine Trägheit in frische Energie. Ich war fröhlicher, selbstsicherer und vor allem hatte ich wieder Respekt vor mir selbst. Das Laufen bereitete mir so viel Vergnügen, dass ich mich fragte, wie es möglich war, dass ich nicht schon früher damit begonnen hatte. Zu Menahovsky ging ich nicht noch einmal. Sechs Wochen später hatte sich meine Gehirnchemie derart verändert, dass ich nicht mehr daran dachte, Medikamente zu nehmen. Meine Behandlung bestand aus der Mischung einer hohen Dosis an Pheromonen und Dopamin, beide Substanzen bezog ich aus meinem Training. Nach drei Monaten lief ich schon morgens vor der Arbeit zehn Kilometer, und am Wochenende brachte der Trainer uns auf siebzehn. Wir trainierten für unseren ersten Marathon. Ich war hin und weg von der Idee. Ich sah mich als Athleten im alten Griechenland, der körperlichen Triumph anstrebt, um in den Olymp aufzusteigen. Außerdem hatte ich von anderen Läufern gehört, dass man sich nach einem solchen Lauf wie neugeboren fühle, und genau das war es, was ich brauchte: als ein anderer und besserer Mensch wiedergeboren zu werden. Für den ersten Marathon wählte ich symbolisch Mexiko City. Das war meine Art, mit der Episode Cecilia abzuschließen. Ich wollte die Zeit der Genesung, die ich nach unserer Trennung gebraucht hatte, in ihrer Heimat abschließen. Ich kann nicht behaupten, bei diesem Lauf denkwürdige Resultate erzielt zu haben. Außer den Nerven und dem Defizit an Erfahrung machte mir auch die Höhenlage des Ortes zu schaffen. Dennoch durchfuhr mich ein ungewöhnliches Glücksgefühl, als ich das Ziel erreichte.

Cecilias Heimat in dem Wissen, dass ich sie für immer verloren hatte, daran aber nicht zerbrochen war, zu besuchen, bewies unumstößlich, dass der Marathon seine Wirkung getan hatte. Ich hatte nicht nur wieder meine frühere Disziplin und Standhaftigkeit zurückerlangt, sondern war ein neuer Mensch, noch strikter und unempfänglicher für Gefühlsduseleien.

Tom ging es gut mit dem implantierten Apparat, und er war überzeugt, dass sich sein Gesundheitszustand bald bessern würde. Als er erfuhr, dass ihn einer seiner Freunde aus London im Krankenhaus besuchen würde, schlug er vor, ich solle das Wochenende für eine Auszeit nutzen. Seit meiner Ankunft in Europa war ich nur wenig umhergereist. Ich wollte gern Barcelona kennenlernen, also kaufte ich ein Flugticket einer Billig-Airline und buchte zwei Nächte in einem Hotel im Barri Gòtic. Die Meeresluft half mir dabei, den Stress der letzten Monate abzubauen. Das Klima in Barcelona war sehr viel milder als das in Paris, und ich war fast die ganze Zeit an der frischen Luft. Am Freitag rief ich Tom mehrmals an. Ich wählte auch die Nummer des Krankenhauses und schrieb Valeria ein paar SMS-Nachrichten. Am Samstag zog ich mich noch etwas mehr zurück als am Vortag, und am Sonntag tauchte ich vollkommen ab. Ich nahm an, dass die anderen mich sofort kontaktieren würden, sollte sich Toms Zustand verschlechtern. Ich ging in Buchhandlungen und zu einem Klavierkonzert im Palau de la Música. Ich erinnere mich an einen langen Spaziergang am Kai, von dem Torre Mapfre bis ins El Born, auf dem ich mir vornahm, alle Sorgen zu vergessen und an nichts anderes mehr zu denken als an die Richtung, die meine Füße nahmen, als ob mein Leben davon abhinge. Danach aß ich mit Genuss *arroz negro*, schwarzen Reis mit Tintenfisch, und trank dazu ein paar Gläser Bier. Zurück im Hotel, schlief ich mehr als zwölf Stunden. Ich wachte erst spät am nächsten Morgen auf, dankbar, dass Tom mich auf diese Reise geschickt hatte. Zum ersten Mal seit Monaten verspürte ich Lust, ganz ungezwungen mit jemandem zu plaudern. Deshalb rief ich Haydée an, aber das Gespräch verlief anders als erwartet. Nachdem sie mir eine halbe Stunde lang Vorwürfe gemacht hatte, eröffnete sie mir unverblümt, was sie mir schon seit Wochen hatte sagen wollen: Sie bekam ein Kind. Haydée erzählte, dass sie, als sie von der Schwangerschaft erfahren hatte, durcheinander und besorgt gewesen sei, aber nachdem sie lange mit Rajeev darüber gesprochen hatte, der auch mitten im einundzwanzigsten Jahrhundert absolut gegen eine Abtreibung war, hatte sie beschlossen, das Kind zu behalten.

»Die Reinkarnation ist für ihn nicht nur ein Teil seiner Kultur, sondern eine Tatsache. Kannst du dir das vorstellen?«

»Ja, kann ich«, sagte ich. »Tom glaubt, dass die Verstorbenen weiterhin unter uns sind. Der Unterschied zwischen diesen beiden Hypothesen ist nicht sehr groß.«

Wir lachten, aber ohne jede Leichtigkeit. Ich verbrachte den Tag mit Bummeln. Die ganze Zeit über empfand ich die Auszeit als übertrieben. Ich sagte mir, dass meinen Freund zu pflegen das Einzige war, was in meinem Leben Sinn ergab.

Abends flog ich wieder nach Hause, und nachdem ich mehrmals vergeblich im Krankenhaus angerufen hatte, packte ich meinen Koffer aus und schlief ein. Das Telefon weckte mich um halb sieben, als es draußen noch stockfinster war. Es fiel mir äußerst schwer, aus dem Bett zu kommen.

»Cecilia?«, fragte Toms Kusine. Valeria hielt es offenbar für möglich, dass noch jemand anderes an mein Telefon ging. »Wo hast du gesteckt? Ich habe dir eine dringende Nachricht hinterlassen.«

»Entschuldige, aber ich war so müde, dass ich das gar nicht mitbekommen habe. Ist etwas passiert?«

»Einiges, seit du weggeflogen bist. Tom wurde gerade auf die Intensivstation verlegt. Keine guten Neuigkeiten also.«

Ich spürte, wie mir die Kälte des Fußbodens in die Sohlen und bis in die Brust hinaufkroch. Ich bestand darauf, dass Valeria mir alles erzählte oder mir zumindest die Ungewissheit nahm, aber am Telefon wollte sie nicht mehr sagen.

»Tom will selbst mit dir sprechen. Am besten kommst du gleich her.«

Trotz ihrer Rätselhaftigkeit beruhigten mich diese Worte. Zumindest, sagte ich mir, war Tom nicht bewusstlos. Ich zog die erstbesten Sachen an, die ich fand: eine viel zu große Hose, einen uralten Pullover. Wie zu den Zeiten, in denen Tom und ich uns kennengelernt hatten, ließ ich meine Haare so, wie das Kissen sie geformt hatte, und ging dann mit falsch zugeknöpftem Mantel aus dem Haus. Ich lief zum Taxistand, entschlossen, meine letzten hundert Euro auszugeben. Den Computer hatte ich nicht dabei, nicht einmal ein Buch.

Die Intensivstation befand sich genau am gegenüberliegenden Ende von der Kardiologie. Die Räume mit den Fenstern nach Norden waren dunkler. Man musste durch mehrere Türen gehen, um zu Toms neuem Zimmer zu gelangen. Das Erste, was mir auffiel, war ein Monitor, der seinen Herzrhythmus maß. Tom lag im Bett, mit einer Beatmungsmaske auf dem Mund, war aber wach. Seine Haut, bläulicher als je zuvor, sprang in dem fahlen, durch das Fenster dringenden Winterlicht ins Auge. Sein Blick war traurig. Er bedeutete mir, näherzukommen. Als ich bei ihm war, nahm er die Maske ab, um sprechen zu können. Tom erklärte mir, dass er nach dem dritten nun das vierte Stadium seiner Krankheit erreicht habe. Er würde nicht länger mit Flolan behandelt werden können, es blieb nur noch die Möglichkeit einer Herz-Lungen-Transplantation.

Er sah mich an und wartete auf meine Reaktion. Ich spürte, dass er sich, als ich nicht da war, gefragt hatte, wie ich diese Neuigkeit aufnehmen würde. Es überraschte mich, dass er sich Gedanken um mich machte. Wie konnte ihm in diesem Moment daran liegen, was ich dachte oder fühlte? Ich wollte wissen, was er in mir sah. Die Nachricht war mir nicht gleichgültig, aber eine Herz-Lungen-Transplantation war eine so große Sache, dass mein Gehirn sie nicht erfassen konnte, so wie es niemals die Entfernung zu den Sternen, die Lichtjahre oder Zahlen mit mehr als neun Nullen würde erfassen können. Ich drückte Toms Hand und sprach mit ihm wie mit jemandem, dem eine Zahn-OP bevorstand.

»Wenn die Ärzte operieren müssen, sollen sie das machen. Mach dir keine Sorgen. Ich bin sicher, dass du auch das überstehst.«

Erst mehrere Stunden später begriff ich, was dieser neue Status quo bedeutete, das Risiko und die Ungewissheit, die er mit sich brachte: Niemand wusste, wann sich ein Spender finden würde. Das Einzige, was uns übrig blieb, war, im Krankenhaus den chirurgischen Eingriff und die anschließende Genesungszeit abzuwarten. Wenn alles gut ging, musste Tom nach der Transplantation noch sechs Monate liegen, bis er im Sommer entlassen werden könnte.

»Warum sollte er von hier wegwollen, wo es doch draußen so scheußlich ist?«, sagte Fred, der Krankenpfleger, um Tom aufzumuntern. Tom lächelte höflich. Sobald er wieder sprechen konnte, sagte er in scherzhaftem Ton zu mir:

»Siehst du? Genau das wollte ich, das Zimmer wechseln. Hier ist es wärmer und viel bequemer. Schau nur, wir haben sogar einen Fernseher.«

Letztlich schalteten wir das Gerät nie ein. Ab und zu sahen wir, wie früher, einen Film auf meinem Computer, aber die suchte stets ich aus. Im Nebenzimmer hingegen lief der Fernseher ununterbrochen in voller Lautstärke.

»Das ist mein Schicksal. Entweder betäubt mich das Radio meiner Nachbarin oder der Fernseher dieses Herrn aus dem Kongo.«

»Solange du dich nicht in ihn verliebst, sind wir auf der sicheren Seite … Woher weißt du, dass er aus dem Kongo stammt?«

»Der Pfleger klatscht gern. Er erzählt mir, was in den anderen Zimmern passiert. Monsieur Kilanga hat eine große Familie, die Kinder besuchen ihn abwechselnd, um Fernsehserien mit ihm anzuschauen.«

Fred war einer dieser Franzosen aus der Provinz, klein und korpulent, die sich durch ihre fröhliche Wesensart und ihre Freundlichkeit von den Parisern unterschieden. Er scherzte oft mit den Patienten und munterte sie mit seinen in schelmischem Ton erzählten Krankenhausanekdoten auf. Ein Mann, der zum Pflegedienst berufen war.

Noch am selben Nachmittag begann ich, das Zimmer von Monsieur Kilanga aufmerksam zu beobachten. Seine Verwandten waren mir auch schon ein paarmal begegnet, vor allem ein Mädchen in den Zwanzigern, das sehr häufig zu Besuch kam. Manchmal ließ Fred die Tür einen Spalt offen stehen, wenn er nach Monsieur Kilanga schaute, und man konnte hören, was sie miteinander sprachen. Monsieur Kilanga war ein sehr großer und kräftiger Mann, der für mich – weshalb, weiß ich nicht – wie ein Militär aussah. Ich dachte mir, dass er in seiner Heimat vielleicht einen hohen Posten bekleidete. Deshalb konnte er sich in Frankreich behandeln lassen und seine ganze Familie mitbringen. Wahrscheinlich aber waren sie Immigranten.

Der Pfleger nannte ihn *»chef«*, was Monsieur Kilanga zu gefallen schien.

»Ich brauche Licht«, sagte Monsieur Kilanga mit kräftiger Stimme. »Bitte ziehen Sie den Vorhang auf.«

Und Fred, als Zeichen des Gehorsams eine Hand auf der Brust, tat, wie ihm geheißen, auch wenn die Jalousien sich mit einer Fernbedienung bewegen ließen.

In diesen Tagen waren es vier oder fünf Grad unter null. Noch schneite es nicht, aber es fiel ein eisiger Regen, wie kleine Messer, die sich in die Haut bohrten. Ich tauschte meinen Trenchcoat gegen einen braunen Mantel mit einem großen flauschigen Kragen, der eleganter wirkte, als er eigentlich war. Durch die Anspannung der letzten Zeit und die Treppen in der Metro hatte ich mehrere Kilos verloren. Mir gefiel es, mein Spiegelbild in der Fensterscheibe des Busses, in Fahrstühlen und Metalltüren zu sehen. Auf meinem Gesicht lag ein zerbrechlicher und interessanter Ausdruck. Meine Magisterarbeit hatte ich immer noch nicht abgeschlossen, daher schleppte ich meinen Computer durch Metrogänge und über Krankenhausflure, von Toms Zimmer ins Besucherrestaurant, mit in den Bus und die RER-Bahn. Ich ließ mich an irgendeinen Tisch nieder, setzte die Kopfhörer auf und lauschte der tiefen und melancholischen Stimme von Meshell Ndegeocello, deren ergreifende Hässlichkeit mich an die Tochter von Monsieur Kilanga denken ließ.

Anders als die Patienten auf der Station der kardiorespiratorischen Krankheiten ließen die Kranken auf der Intensivstation ihre Zimmertüren offen. Da sich Toms Zimmer ganz am Ende befand, bekam ich zwangsläufig mit, was in den angrenzenden Zimmern geschah. So kam es, dass ich eine alte Frau sah, die ihre kranke Tochter fütterte, einen blonden jungen Mann, der an ein Beatmungsgerät angeschlossen war, und ein junges Hindu-Mädchen, das starr auf die Linie blickte, wo sich Wand und Decke trafen, und dessen Gesichtsausdruck einem das Herz brach. Damit diese Bilder mich nicht erdrückten, ging ich hinunter ins Besucherrestaurant, aber sobald ich da war, kamen mir die vielen Menschen, der Lärm von Tellern und Bestecken und das Handyklingeln unwirklich und unbegreiflich vor.

Von Mario erfuhr ich, dass Susana nur in Kuba geblieben war, um mich zurückzuerobern. Er war sehr eng mit ihrer Schwester befreundet und hatte lange mit ihr geredet, bevor die ganze Familie nach Spanien in den Urlaub gefahren war. Anfangs waren ihre Eltern dagegen gewesen, Susana allein zu Hause zu lassen, aber sie hatte so ein Theater gemacht, dass sie letztlich nachgegeben hatten. Diese Entscheidung sollten sie ewig bereuen. Es ist schwierig zu erklären, warum wir uns getrennt hatten, denn ich weiß genau, dass wir uns sehr liebten, mit der Kraft, die den ersten Liebesbeziehungen eigen ist. Was brachte mich also dazu, mich von ihr zu trennen? Zum einen – das denke ich jetzt – ist man als junger Mensch schnell gelangweilt. Ich war schon ein paar Jahre mit Susana zusammen und hatte mich in dieser Zeit perfekt in ihre Familie eingegliedert, für die deshalb feststand, dass wir irgendwann heiraten würden. Aber fürs Heiraten konnte ich mich absolut nicht begeistern. Zum anderen spielten Susanas Zweifel an meiner Sexualität, angestachelt durch die Offenbarung meiner absurden und unschuldigen Begegnung mit Facundo, eine entscheidende Rolle. Ich konnte es unmöglich dulden, ihren ständigen Verdächtigungen ausgesetzt zu sein.

Wenn die Angst, dass Männer mich anziehen könnten, Susana tief verunsicherte, so raubte ihr unsere Entfremdung vollkommen den Verstand. Ich wusste, dass sie litt. Wenn sie zu Hause geblieben war, anstatt mit ihrer Familie zu verreisen, dann, weil sie herausfinden wollte, ob ich die Entscheidung, mich von ihr zu trennen, noch einmal überdenken würde, sobald der Examensstress vorbei war. Doch mein Entschluss war unverrückbar, oder zumindest empfand ich es so in jenem Moment. Um ihr keine falschen Hoffnungen zu machen, hielt ich mich von ihr fern, obwohl sie mir Briefe schrieb, mich unangemeldet zu Hause besuchte und andauernd anrief. Wenn wir uns zufällig auf einer Party oder bei Freunden trafen, räumte ich sofort das Feld. Es war ein Fehler, Susana so zu behandeln. Ich hätte voraussehen müssen, dass sie, mit ihrem Temperament, eine solche Zurückweisung nicht überleben würde. Das sagte ich mir hundertmal an dem Nachmittag, als ihre gerade aus dem Urlaub zurückgekehrte Mutter bei uns zu Hause erschien, um zu fragen, ob Susana da sei. Es folgten drei Tage fassungslosen Entsetzens, in denen wir sie in der ganzen Stadt und Umgebung suchten; wir gingen zur Polizei und zur Küstenwache; wir fuhren sogar zum Leichenschauhaus und betrachteten unzählige Leichen, die nicht ihre waren; wir fragten bei allen ihren Freunden in Havanna und auch in anderen Städten nach, und um nicht vollends von Schuldgefühlen erdrückt zu werden, versuchten wir vor allem, uns Tag und Nacht abzulenken, womit auch immer. In den vergangenen Monaten war ich nicht bereit gewesen, Susana zu treffen, aber seit ihre Eltern aus dem Urlaub zurückgekehrt waren, wohnte ich bei ihnen wie ein weiteres Familienmitglied und ließ sogar zu, dass Susanas Mutter mich tröstete, wenn mich Angst und Gewissensbisse bestürmten – so abwegig das auch klingen mag. Weder damals noch später ist ihr, anders als vielen anderen Leuten, je eingefallen, mich für das Verschwinden ihrer Tochter verantwortlich zu machen. Trotzdem wusste ich genau, welche Rolle ich dabei gespielt hatte. Schließlich, am Ende dieser endlosen Zeit – die uns viel länger vorkam, als sie in Wirklichkeit war –, bat ich ihre Mutter, das Dienstbotenzimmer zu öffnen, in das Susana und ich uns früher zurückgezogen hatten, wenn die Familie im Haus war. Dort fand ich sie, schon halb verwest; sie hing an einem Strick, den Mund und die Augen geöffnet. Es waren diese weit aufgerissenen, blauen Augen, die mich in meinen schlaflosen Nächten in der Upper West Side verfolgten und die mich zwangen, jeden Morgen im Park Laufen zu gehen, um sie, zumindest für einen Teil des Tages, vergessen zu können.

LEBENSWICHTIGE ORGANE

Ein dichter, dunkler Regen ging über Clamart nieder. Ohne es zu bemerken, hatten wir aufgehört, über die Zukunft zu sprechen. Wir versuchten, freundlich, ja, sogar unbeschwert im Umgang miteinander und mit dem Personal zu sein. Das war unsere Art, optimistisch zu bleiben, und der Optimismus war ein Aberglaube, in den wir uns stillschweigend flüchteten. Als Tom einschlief, setzte ich mich wie gewöhnlich an meine Arbeit, aber es gelang mir nicht, mich zu konzentrieren. An diesem Abend wachte Tom nicht mehr auf und auch nicht am nächsten Morgen. Er war in einen Zustand der Bewusstlosigkeit gefallen, der nach Aussage des Arztes auf einen Abfall der Kaliumwerte zurückzuführen war. Seiner Meinung nach bestand kein Grund zur Sorge. Es genüge, Toms Infusion mehr Mineralsalze zuzufügen und auch die verabreichte Adrenalinmenge zu erhöhen, um den Schlag dieses erschöpften Herzens zu beschleunigen, das die Ärzte ihm bald herausnehmen würden. Ich setzte mich an sein Bett und wartete darauf, dass er aufwachte. Seit Tom ins Krankenhaus eingeliefert worden war, stand seiner Begleitung nur ein harter Aluminiumstuhl mit einer Plastiksitzfläche zur Verfügung. Valeria und ich wechselten uns im Laufe des Tages darauf ab.

»An die Besucher denkt hier keiner, finde ich«, sagte ich zu Fred, der die Urinflasche im Badezimmer leerte. »Sehen Sie mal, da sollen wir sitzen.«

»Die meisten Menschen halten es hier nicht länger als zehn Minuten aus«, antwortete er. »Schon gar nicht auf der Intensivstation. Sie kommen hier gestresst mit Schokolade und Blumen an, die ihnen an der Rezeption abgenommen werden, dann begrüßen sie den Patienten und gehen sofort wieder. Die Menschen können nicht einmal den Gedanken ans Krankenhaus ertragen. Und erst recht nicht, sich dort aufzuhalten. Sie, Cecilia, hätten ein Sofa im Zimmer Ihres Mannes verdient.«

Während ich mich mit Fred unterhielt, hörte ich Stimmen aus dem Zimmer von Monsieur Kilanga. Eine Frau rief: »Hau ab! Wir wollen dich hier nicht!« Zuerst dachte ich, dass es sich um einen Familienstreit handelte. Das Mädchen vom Flur und ihr Bruder stritten vor ihrem kranken Vater. Ich dachte, dass dies eine dieser Taktlosigkeiten gegenüber den Sterbenden war, die manchmal unvermeidlich sind. Nach und nach schalteten sich noch andere Stimmen in diesen, so schien es, Disput ein. Ich fing an, genauer hinzuhören. Bald konnte ich einzelne Wörter, dann ganze Sätze verstehen. Die Aufforderung, jemand solle weggehen, wurde mehrmals wiederholt. Nicht nur das Mädchen schrie, sondern noch ein oder zwei andere Personen. Wen wollten sie hinauswerfen? Und warum beharrte diese Person darauf dazubleiben? Konnte sie nicht einfach wiederkommen, wenn die Gemüter sich beruhigt hatten? Tom war immer noch nicht aufgewacht, deshalb verließ ich, von Neugier getrieben, das Zimmer, um durch die matte Glasscheibe zu spähen. Ich konnte kaum etwas erkennen, nur die Silhouetten einer Menschengruppe, die die vorgeschriebene Besucherzahl überstieg. Die Personen standen alle um das Bett von Monsieur Kilanga herum. Ich begriff, dass es sich um eine Zeremonie handelte. Doch trotz meiner Bemühungen, den Zweck dieses Rituals zu entschlüsseln, gelang es mir nicht herauszufinden, ob die Kinder ihrem sterbenden Vater, kurz davor, ein für alle Mal ins Jenseits hinüberzugehen, Trost spendeten oder ob sie, ganz im Gegenteil, den Tod vertreiben wollten. Ich war vollkommen in meine Gedanken vertieft, als Fred, der Krankenpfleger, mich taktvoll, aber bestimmt am Arm nahm und mich bat, nicht auf dem Flur stehen zu bleiben. Einige Minuten später verließen die Angehörigen von Monsieur Kilanga das Zimmer. Ich hörte sie lärmend Richtung Ausgang gehen. Nur das Mädchen, das immer da war, blieb. Es weinte vor dem Zimmer seines Vaters, während die Pfleger drinnen ihre Arbeit erledigten.

Es war auch Fred, der wenig später aus dem Zimmer kam, um dem Mädchen mitzuteilen, dass sein Vater gerade verstorben war. Als ich Toms Zimmer betrat, das auf gewisse Weise zu meinem eigenen Raum geworden war, sah ich, dass er die Augen geöffnet hatte. Ich fühlte eine tiefe Erleichterung, die ich lieber nicht äußern wollte. Ich beschränkte mich auf ein Lächeln und fragte ihn nach seinem

Befinden. Unter großer Anstrengung nahm Tom meine Hand und erwiderte mein Lächeln unter der Atemmaske. Da konnte ich nicht mehr an mich halten und erzählte ihm, was geschehen war.

»Monsieur Kilanga ist gestorben«, sagte ich mit einem Kloß im Hals. Tom drückte leicht mein Handgelenk.

»Ich will nichts davon hören.«

Wie gesagt, ich bin nicht religiös erzogen worden. Mein Vater, obwohl konservativ, war Atheist, und nach der Flucht meiner Mutter hatte er meiner Großmutter verboten, mich im Katholizismus zu unterweisen. Trotzdem fing ich jetzt zum ersten Mal in meinem Leben zu beten an, auf meine Art, zu jemandem, der da sein und uns helfen könnte. Im Eingang des Krankenhauses, im Bus nach Hause, auf der Straße, jedes Mal, wenn ich eine Sirene hörte oder einen Rettungswagen vorbeirasen sah, betete ich, dass Organe für Tom »auftauchen« würden. Einem Menschen den Tod zu wünschen, auch wenn er anonym bleibt, um sich wie die Geier die wichtigsten Teile aus einem Körper zu holen, ist etwas Schreckliches; ich war mir dessen sehr bewusst, aber nichts in der Welt hätte mich davon abhalten können. Ich fragte mich auch, ob jemandem den Tod zu wünschen wirklich das Gleiche war, wie jemandem etwas Schlechtes zu wünschen. Litten die Toten genauso wie wir? Vielleicht war es schlimmer, am Leben und furchtbar unglücklich zu sein … Wenn ich dafür betete, mein Freund möge am Leben bleiben, tat ich das mehr für mich als für ihn. Weil sein Zustand so ernst war, stand Tom ganz oben auf der Liste der Organspendeempfänger. Er würde nicht, wie viele andere Menschen, jahrelang warten müssen. Aber was würde passieren, wenn niemand, der so großzügig war, seine Eingeweide zu spenden, diese Welt in den nächsten Wochen verließ? Tom würde sterben. In dem Fall, sagte ich mir, müsste ich nur aus dem vierten Stock springen, um wieder mit ihm vereint zu sein. Diese Alternative war mir ein Trost. Ich dachte an unsere Unterhaltung über Nick Drake und die anderen Musiker. Ich kam zu dem Entschluss, dass ein Selbstmord nicht so verachtenswert war, wenn so geniale Persönlichkeiten sich dafür entschieden hatten.

Sobald sie erfuhren, dass er auf eine Transplantation wartete, kamen Toms Freunde einer nach dem anderen zu Besuch ins Krankenhaus. Außer den Parisern David oder Ricardo besuchten ihn auch andere Freunde, die im Ausland lebten. Keiner gab zu, dass er die Reise nur unternommen hatte, um Tom noch ein letztes Mal zu sehen, aber es war offensichtlich, dass sie sich verabschieden wollten. Vermutlich hatte Valeria die Freunde kontaktiert, um es ihnen nahezulegen. Ich konnte sie verstehen, von uns dreien war sie diejenige, die immer vernünftig und praktisch dachte. Und doch empfand ich ihr Tun als Verrat. In der folgenden Zeit lernte ich Cyd und seine Frau kennen, die mit ihren vier Kindern in einem Hippie-Haus am Stadtrand von London wohnten; Ghislaine und Maria, zwei rundliche, rotwangige und sehr herzliche Lesbierinnen, die uns Tee und Ingwerkekse aus Holland mitbrachten; Max, einen Freund aus Irland, der bei der IRA gewesen war und Tom einen iPod mit Musik aus den Siebzigerjahren schenkte. Ingeborg, eine deutsche Exfreundin von Tom, kam aus Boulder, Colorado, angereist, um mit ihm einen Sonntagmorgen zu verbringen, und sie drängte Valeria, mich ihr vorzustellen. Als wir einander gegenüberstanden, nahm sie meine Hände in ihre und sagte, dass sie gekommen sei, um jegliche Streitereien oder Schwierigkeiten aus der Vergangenheit hinter sich zu lassen.

Ich war beunruhigt darüber, wie Tom diesen Besuch aufgenommen hatte. Als Ingeborg endlich gegangen war, lief ich zu seinem Zimmer und erkannte verärgert, dass der Krankenpfleger ihm bei offener Tür eine Windel wechselte. Auf diese Weise erfuhr ich, dass er bereits keine Kraft mehr hatte, um seinen Schließmuskel zu kontrollieren. Toms Körper hörte mit rasender Geschwindigkeit auf zu funktionieren. Auf dem mageren Rücken war jeder einzelne Wirbel zu erkennen. Seine Arme und Beine, früher muskulös, waren jetzt nur noch Haut und Knochen, sein Krankenhausnachthemd fast immer verrutscht. Seine Augen wurden immer größer und ließen sein Gesicht fremd aussehen. Trotzdem beschwerte er sich nur sehr selten. Er ertrug alle diese Prüfungen mit einer mir unverständlichen Standhaftigkeit.

Ich habe nie erfahren, ob es seine Idee oder die seiner Kusine war, aber in dieser Zeit tauchten verschiedene religiöse

Gegenstände in seinen Regalen auf. Tom bat Valeria, eine Statue des heiligen Antonius von Padua, ein altes Familienerbstück, und ein Schmiedekreuz in Form eines Kleeblatts neben das Fenster zu stellen. Da es verboten war, im Krankenhaus Feuer zu machen, stellte Valeria statt einer Kerze eine kleine Lampe dazu. Auf der anderen Seite der Fensterscheibe schneite es, und der Widerschein dieses kleinen Altars verlieh Toms Zimmer eine neue, anheimelnde Atmosphäre. Als ich ihn dazu beglückwünschte, erzählte er mir mit besorgter Miene:

»Heute habe ich zweimal Blut gespuckt. Der Arzt hat gesagt, dass sich Eiter in meiner Lunge gebildet hat, der entfernt werden muss. Sie werden an einer meiner Leisten einen Katheter in meinen Körper einführen und ihn den Rücken hoch bis zu den Wunden schieben.«

Es war deutlich zu erkennen, dass er große Angst hatte.

»Du bekommst eine Narkose und wirst nichts spüren«, erwiderte ich mit gespielter Gelassenheit.

Dann klärte Valeria mich auf: Sein Herz war zu schwach, um eine Anästhesie zu überstehen.

Wenige Stunden später verließ Tom auf einer Krankentrage sein Zimmer in Richtung OP-Vorbereitungsraum. Ich begleitete ihn bis zu der weißen Automatiktür, wo ein Schild nicht autorisierten Personen den Zugang verweigerte. Der Krankenpfleger empfahl mir, nach Hause zu fahren. Niemand wusste, wann die Operation beendet sein würde.

Ich gehorchte widerspruchslos, aber auf der Heimfahrt nach Paris fühlte ich mich schuldig. Valeria hatte das Krankenhaus ebenfalls verlassen, und wahrscheinlich würde niemand, der ihm nahestand, da sein, wenn Tom zurück auf sein Zimmer gebracht wurde. Es schneite, als ich aus der Metro kam. Anders als in Petit Clamart waren die Straßen des XX. Arrondissement aufgrund der vom Verkehr produzierten Wärme sauber geblieben. Jetzt aber war auch der Boulevard Ménilmontant mit einer weißen Schneedecke überzogen. Ohne mir den Mantel auszuziehen, ging ich direkt in die Küche, um mir einen Tee zu kochen: eine beruhigende Kräutermischung gegen den Stress. Noch bevor ich meine Tasse ausgetrunken hatte, beschloss ich, den Schlüssel von Toms Wohnung zu suchen, den er mir gegeben hatte. Ich war sicher, dass ich in seinen Räumen die nötige Kraft finden würde, um weiter an eine gemeinsame Zukunft zu glauben. Abgesehen von der Kälte war alles genauso wie früher. Die Kanne auf dem Tisch, die Bücher, der Kamin. Es machte den Eindruck, als wohnte Tom noch hier und könnte jeden Moment zurückkehren. Ich schaltete die Stereoanlage ein und hörte die CD, die wir an unserem letzten gemeinsamen Morgen aufgelegt hatten: *Get Rhythm* von Ry Cooder. Optimistische und unbeschwerte Musik. Ich sagte mir, dass Tom ein Bad genommen hätte, wenn er an diesem Abend heimgekommen wäre, und so lange in der Wanne geblieben wäre, bis er sich entspannt hätte. Ich tat genau das Gleiche. Dank des heißen Wassers ließ meine Angst bald nach. Ich bedeckte mich mit dem weißen Schaum und zog danach den verwaschenen Pyjama an, den ich unter Toms Kopfkissen fand und den er aus Eitelkeit nicht ins Krankenhaus mitgenommen hatte. Der Geruch seiner Wohnung, so anders als der seines Körpers im Krankenhaus, war wie ein warmer und vertrauter Umhang und gab mir Mut. Ich war nicht müde und wollte den Kamin anmachen, um auf andere Gedanken zu kommen. Aber auch diesmal gelang es mir nicht, Feuer anzuzünden.

Um halb elf rief ich im Krankenhaus an, um zu fragen, ob die Operation beendet sei. Nachdem ich mich durch das Labyrinth der automatischen Telefonvermittlung des Krankenhauses geantwortet hatte, teilte mir ein Mensch aus Fleisch und Blut mit, dass die Operation seit fünfzehn Minuten beendet sei.

»Im Augenblick erholt er sich noch von der OP. In ein paar Stunden ist er wieder auf seinem Zimmer.«

Es schneite immer noch. Ich legte den Telefonhörer auf, zog mich wieder an und rief ein Taxi.

Ich kam um kurz vor zwölf an. Sein Bett war leer, und ich bekam Angst, aber gleich darauf erschien eine Nachtschwester, die ich noch nie zuvor gesehen hatte, und beruhigte mich.

»Er wird gleich auf sein Zimmer gebracht«, sagte sie mir. »Warten Sie hier auf ihn. Benötigen Sie Bettzeug?«, fragte sie, in der Annahme, dass ich die Nacht über im Krankenhaus bleiben würde.

Wenige Minuten später wurde Tom hereingefahren. Ich war erstaunt, ihn auf der Krankentrage sitzen zu sehen, während der Pfleger die Höhe des Betts einstellte, um Tom hinüberheben zu können. Er sah nicht wie ein Patient aus, der aus dem Operationssaal kam, sondern wie ein Soldat, der aus dem Krieg zurückkehrte. Seine Pupillen waren erweitert, und sein Kiefer war fest zusammengepresst. Sein Ausdruck verriet die enorme Menge Adrenalin, die gerade durch sein Blut zirkulierte. Ich weiß noch, dass ich dachte: Armer Tom, was machen sie nur mit ihm? Wenn ich vorher ein leichtes Misstrauen gegenüber den Ärzten verspürt hatte, die Toms Kaliumspiegel mal erhöhten, mal senkten, ebenso den Analgetikum- oder Flolan-Spiegel und wer weiß, was alles noch, fing ich in diesem Moment an, offene Feindseligkeit zu entwickeln. Zwar wusste ich, dass die Ärzte alles Mögliche taten, um Tom zu retten, ich wusste, dass sie ihm die Lunge ohne Betäubung kauterisierten, um zu verhindern, dass er an seinem eigenen Blut erstickte, und dennoch hasste ich sie dafür, dass sie ihn dermaßen quälten.

Tom bewegte leicht den Kopf. Das bedeutete, er war froh, dass ich bei ihm war. Dann hob er ein Papiertaschentuch an den Mund, spuckte aus, knüllte es zusammen und warf es mit verblüffender Zielgenauigkeit in den Papierkorb in der Zimmerecke. Er wirkte völlig verwirrt und gleichzeitig extrem wach. Ich beschränkte mich darauf, ihn liebevoll anzusehen. Er bedeutete mir, näherzukommen.

»Wer ist der Mann in der Tür?«

Ein Schauder durchzuckte mich. Außer uns beiden war niemand im Zimmer. Ich wollte ihm nicht sagen, dass er halluzinierte.

»Das muss ein Verwandter von irgendeinem Patienten sein«, antwortete ich.

Nach zwei oder drei Tagen, ich trieb mich gerade beim Ärztezimmer in der Nähe des Büros herum, bekam ich zufällig ein Gespräch zwischen den Bereitschaftsärzten mit. Sie schienen es sehr eilig zu haben, Doktor Tazarès ausfindig zu machen. Als sie ihn endlich telefonisch erreichten, erklärten sie ihm, dass ein Spenderorgan verfügbar sei. Sobald es mir möglich schien, ging ich hin und fragte, ob das Spenderorgan für Tom bestimmt sei. Die Ärzte antworteten mir, dass sie im Augenblick nicht befugt seien, mir darüber Auskunft zu geben, dass ich warten müsse. Glücklicherweise war auch Fred im Raum. Er nutzte die nächste Gelegenheit, mit mir zu sprechen, ohne dass die anderen es mitbekamen, und erklärte mir, dass man Tom noch einigen Untersuchungen unterziehen müsse, um die Verträglichkeit des Spenderorgans zu überprüfen.

»Drücken Sie die Daumen«, sagte er zu mir. »Vielleicht ist das sein Glückstag.«

Ich hatte das Gefühl, mein eigenes Herz würde gleich vor Angst platzen. Ich suchte Valeria, um ihr die Neuigkeiten mitzuteilen, aber sie war gerade in die Cafeteria gegangen.

Der Arzt kam herbeigeeilt und überprüfte Toms Vitalfunktionen. Danach verschwand er, und die Dinge nahmen wieder ihren gewohnten Lauf. Als Valeria wiederkam, erzählte ich ihr, was geschehen war, und sie ging zu den Krankenschwestern, um sich die Nachricht bestätigen zu lassen. Sie wirkte ruhig, ein wenig enttäuscht, als sie in den Flur zurückkehrte und mir mitteilte, was ich im tiefsten Innern schon wusste.

»Es gibt ein Spenderorgan, aber er bekommt es nicht, weil er zu schwach ist. Wir müssen warten, bis er sich erholt, erst dann können wir uns wieder um ein Spenderorgan bemühen.«

In dieser Nacht brachten sie einen anderen Patienten von der Intensivstation in den Vorbereitungsraum. Da die Person auf der Trage lag, konnte ich nicht sehen, wer der oder die Auserwählte war. Ich hoffte, dass es das junge indische Mädchen war, dem noch zehn weitere Lebensjahre geschenkt würden.

Später fuhr ich in Toms Wohnung. Ich legte mich zum Schlafen in sein eiskaltes Bett. Den Bettlaken und dem Kopfkissenüberzug haftete noch sein früherer Geruch an, deshalb schlief ich mit dem Kissen in den Armen. Der Tom aus dem Krankenhaus hatte nur wenig Ähnlichkeit mit dem, der in dieser Wohnung gelebt hatte und dessen Präsenz noch fortdauerte wie eine seltene und hochgeschätzte Substanz. Wen von beiden kannte ich besser? Unter all meinen Gedanken tauchte diese Frage auf, doch fand ich keine

Antwort darauf. Ich wusste nur wenig über Toms Vergangenheit und war kaum in der Lage, mir ein Bild seiner Familie und seiner wichtigsten Liebesbeziehungen zu machen. Wie ich es schon vor zwei Jahren während seiner Reise nach Sizilien getan hatte, fing ich an, in Toms Schränken zu schnüffeln, in den Kisten, die er auf dem obersten Regal des Wandschranks aufbewahrte, in den Fotoalben, die in einem seiner Bücherregale standen. Das war kein Voyeurismus, sondern der Versuch, Tom irgendwie festzuhalten, auch wenn ich dafür seine Geheimnisse stehlen musste, Fragmente des Lebens, das er geführt hatte, bevor ich ihn kannte. Ich war die ganze Nacht lang wach und sah die Fotos seiner Kindheit durch, seiner Jugend, seiner Reisen und seiner vielen Freundinnen. Woran dachte Tom in der Einsamkeit seines Krankenzimmers? Sehr wahrscheinlich an genau das, wonach ich in seiner Wohnung suchte. Er dachte an seine Vergangenheit, an das Ensemble seiner Existenz als ein Wandgemälde, das eine Geschichte in Bildern erzählt. Welchen Platz wies er mir, der Frau, die ihn am Ende seines Lebens begleitete, in dem Ganzen zu? Welches Gewicht hatten die Monate, die er mit mir verbracht hatte – und von denen drei die Hölle gewesen waren – im Vergleich mit so vielen glücklichen Jahren mit anderen Frauen? Ich konnte es unmöglich wissen. Während ich die Fotos anschaute, nahm ich den letzten Tee aus der Packung von Mariage Frères, die wir bei meinem ersten Besuch angebrochen hatten. Wie der Tee waren auch Toms Überlebensmöglichkeiten plötzlich rasend schnell aufgebraucht. Ich dachte wieder an das Spenderorgan, das man Tom verweigert hatte, und daran, wie absurd es war, unsere Geschichte hier zu kappen. Mit dieser Vorstellung konnte ich mich nicht abfinden. Ich war zu allem bereit, auch zum Selbstmord, wenn wir nur beieinanderblieben. Tatsächlich gab es nicht viel auf der Welt, an das ich mich klammern konnte. Meine Familie schien mir weit entfernt von meiner Realität. Der Schmerz, den mein Tod in meinem Vater auslösen würde, davon war ich überzeugt, wäre nicht so groß wie der, den ich gerade empfand. Wenn es unvermeidlich war, dass Tom diese Welt verließ, wollte ich mit ihm gehen. Zusammen gehen. Zusammen gehen. Zusammen gehen wie ein Paar, das auf einen anderen Kontinent emigriert. Ich konnte nicht einschlafen, deshalb begann ich diesen Satz lange Zeit wie ein Mantra zu wiederholen. Danach brachte mich die unberechenbare Logik der Schlaflosigkeit dazu, die berühmten Persönlichkeiten aufzuzählen, die in Paris verrückt geworden oder vor Traurigkeit gestorben waren: Éluard, Balzac, Doré, Montand … Die Stadt, das wusste ich, war dafür der geeignete Ort. Beethoven fiel mir ein und seine Halluzinationen. Der Abschied von Gustave Doré, der am Vorabend seines Todes alle seine Freunde in eine Brasserie einlud und hell jubelnd mit ihnen auf sein nahes Ende anstieß. Diese Szene erschien mir schon als Traum. Das runde Gesicht von Doré und das um den Hals gebundene Tuch. Später war es nicht mehr Doré, der diese Runde anführte, sondern Tom und ich, die an einem Tischende saßen. Und die Gäste? Haydée, Rajeev, David, Valeria und meine gesamte Gothic-Clique aus Oaxaca.

Am dritten Dezember teilte uns der Arzt in Toms Anwesenheit mit, dass sie nichts mehr für ihn tun konnten. Da eine Transplantation nicht möglich war, war es eine Frage der Zeit, wann sein Körper endgültig aufgeben würde. Niemand konnte sagen, wann es so weit sein würde. Von diesem Moment an, so der Arzt, würde er alle seine Anstrengungen darauf richten, die unerträglichen Schmerzen, die Tom in der Brust hatte, sowie das Gefühl der Asphyxie zu lindern. Tom wurde in ein normales Krankenzimmer fernab der Intensivstation verlegt, fernab dem Ort der Hoffnung, um sein Zimmer dort für einen anderen Patienten frei zu machen. Die Wände des neuen Zimmers waren hellgrün gestrichen, in der Farbe, die einige Menschen »türkis« nennen. Weder Tom noch Valeria, noch ich selbst konnten glauben, was mit ihm geschah. Sobald die Krankenpfleger, die ihn in das grüne Zimmer gebracht hatten, hinausgegangen waren, bat Tom Valeria, uns allein zu lassen.

»Ich möchte, dass du mir etwas versprichst«, sagte er und nahm die Atemmaske ab, damit ich ihn verstehen konnte. Auch ohne die Maske war das schwierig für mich. »Egal, wie unglücklich oder allein du dich fühlst, nimm dir nie das Leben.«

»Wenn ich sterben würde«, verteidigte ich mich, »könnten wir zusammenbleiben.«

»Wir werden uns näher sein, als du dir jetzt vorstellen kannst, und wenn du es wirklich willst, wirst du mich hören können.«

»Für mich ist das nicht genug«, sagte ich. »Ich werde mit dir gehen, auch wenn du das nicht willst.«

Ich gebe zu, dass meine Antwort schroff war und ich keinerlei Rücksicht auf seinen Zustand nahm, aber es blieb kein Raum mehr für Nachgiebigkeit. Wir waren ein Paar, das seine Zukunft verhandelte. Bei einer so wichtigen Frage würde ich nicht einlenken.

»Der Selbstmord«, sagte Tom ernst, so ernst, wie ich ihn noch nie gehört hatte. »Der Selbstmord ist ein Verbrechen, für das man teuer bezahlen muss. Wir alle haben im Leben eine Mission zu erfüllen, welche, das muss jeder für sich herausfinden. Auf dieser Welt zu sein, ohne sie zu entdecken, hieße, die eigene Existenz nicht zu nutzen. Wenn du willst, dass ich in Frieden sterbe, musst du mir versprechen hierzubleiben.«

Ich schwieg. Als ich beschlossen hatte, diese Welt mit ihm zu verlassen, hatte ich auf die spiritistischen Lehren über das Jenseits und die Möglichkeit, den geliebten Menschen in einer Zwischenwelt zu begegnen, vertraut. Wenn diese Prinzipien gegen mich waren, wurde mir die einzige Möglichkeit versagt, die ich hatte – eine ungewisse und verzweifelte Möglichkeit, das gebe ich zu, aber eine wertvolle, gerade weil es die einzige war. Ich hatte keine andere Wahl, als Tom das Versprechen zu geben, um das er mich bat. In diesem Moment unterzeichnete ich mein eigenes Urteil weiterzuleben.

Die Zeit bis zum Mittagessen verging unendlich langsam.

»Sprich mit mir!«, bat er. »Bitte, sag etwas!« Aber ich fand keine Worte.

Gegen fünf Uhr nachmittags bat Tom Valeria, seine in Paris lebenden sizilianischen Verwandten anzurufen, Kusins und Kusinen, Onkel und Tanten und Freunde der Familie, um zu fragen, wer ins Krankenhaus kommen könne. Abends versammelten sich alle in Toms Krankenzimmer, als handelte es sich um ein Familienfest und nicht um die verfrühte, hochdramatische Totenwache, die ich so fürchtete. Bis zum Morgengrauen sang die Runde Lieder aus ihrer Heimat. Obwohl wir kein Sizilianisch sprachen, verfielen wir alle in diesen der Trance ähnlichen Freudenzustand. Die Nachtpfleger drückten nicht nur ein Auge zu, sondern sie brachten uns noch Stühle und stellten uns ihre Kaffeemaschine zur Verfügung. Irgendwann sah ich auf den Monitor, der die Herzfrequenz meines Freundes maß: Zum ersten Mal, seit ich ihn kannte, hatte er wieder einen konstanten Herzschlag. Bei Tagesanbruch änderte sich die Situation. Die Krankenpfleger waren nicht mehr so verständnisvoll und ordneten an, dass wir das Zimmer räumen sollten, bevor die Ärzte zur Visite kamen. Toms Familienangehörige, zu denen jetzt auch ich zählte, verabschiedeten sich von ihm mit Tränen in den Augen, um zur Arbeit zu gehen.

Am Montag, dem vierten Dezember, um neun Uhr morgens verließ Tom diese Welt und gelangte an den Ort, den er gern das Viertel von gegenüber nannte. Valeria und ich baten die Ärzte, seinen Körper so lange wie möglich unberührt auf dem Bett liegen zu lassen, damit er sich besser an seinen neuen Zustand gewöhnen konnte – so wie es seinen Glaubensüberzeugungen entsprach. Seine sterblichen Überreste wurden zwischen dem Cimitero degli Angeli de Caltanissetta und dem Père-Lachaise aufgeteilt. Selbst, wenn es stimmte, dass Tom noch mehr Urnennischen auf verschiedenen anderen Friedhöfen hatte, wurde kein einziges Gramm seiner Asche in ein weiteres Land verschickt.

MARATHONLÄUFE

Ein ganzes Jahr verbrachte ich damit, durch die Welt zu reisen, auf der Suche nach neuen Herausforderungen. Nach Mexiko lief ich den Marathon in Chicago, dann in Berlin, in New York und auch den Silvesterlauf in São Paulo mit. Manche Teilnehmer versichern, dass sie während eines Laufs mystische Gefühle haben und so etwas wie eine Verbundenheit unter den Läufern entsteht. Ich hielt diese Behauptungen für Produkte einer überbordenden und sentimentalen Fantasie, wenn nicht gar für abscheuliche Lügen. Obwohl mir das Laufen Freude und Wohlbefinden brachte, dauerte es lange, bis ich die Abneigung überwinden konnte, die die Menschen in mir hervorriefen. Während eines Marathons müssen die anderen Läufer unsichtbar sein und einzig und allein als potenzielle Konkurrenten betrachtet werden. Das zu erreichen ist nicht leicht. Denn wenn wir es zulassen, können der Schweiß und sogar die fremde Atmung ein unkontrollierbares Ekelgefühl in uns hervorrufen. Läufer schwitzen und spucken unentwegt sämtliche Körpersubstanzen aus. Ich muss gestehen, dass der Atem eines Läufers in meiner Nähe mir häufig Brechreiz verursachte. Einmal musste ich den Lauf sogar unterbrechen und mich hinter einem Baum übergeben. Und dennoch sind nicht die Läufer das Schlimmste, sondern das Publikum, eine aufgeputschte Menge, oft betrunken, die sich amüsieren will, hinter der Absperrung idiotische Lieder grölt, Plakate hochhält, Hamburger und Hotdogs isst, und zwar mit einer Haltung, die dem Sportsgeist vollkommen widerspricht. Trotzdem verschafft ein Marathon große Befriedigung, weil er dazu antreibt, Grenzen zu überschreiten, nicht nur die körperlichen, sondern auch die mentalen. Wenn es mir auch nicht gelang, meine Abneigung gegen diese Massen zu überwinden, so schaffte ich es mit Willenskraft und Mut immerhin irgendwann, meine Empfindlichkeit gegenüber ihren Ausdünstungen zu bezwingen. Und darauf war ich stolz. Wenn es mir gelang, die Anwesenheit der anderen zu ignorieren, konnte ich mich besser auf mich selbst und meine Leistungsfähigkeit konzentrieren. Ich kenne kein größeres Vergnügen als das, meine eigenen Rekorde zu brechen. Mehr noch als die Endorphine, über die in Zeitschriften so viel berichtet wird, versetzt mich die Gewissheit, ein starker und widerstandsfähiger Mensch, eine Art moderner Titan zu werden, in Euphorie und fördert meine Sucht nach Sport. Doch während eines Marathonlaufs, auf den ich mich sehr gefreut und für den ich ununterbrochen trainiert hatte, änderte sich meine Einstellung von Grund auf. Ich war nur noch wenige Kilometer vom Ziel entfernt – und ich möchte nicht verschweigen, dass ich einer der Ersten war, die dort ankamen –, als eine große rothaarige Frau vor mir zu Boden fiel, die offensichtlich gerade einen epileptischen Anfall erlitt.

Als ich ihren steifen, den Zuckungen und Krämpfen ausgelieferten Körper sah, der Speichel lief ihr aus dem Mund wie einem tollwütigen Hund, empfand ich eine Mischung aus Angst und Abwehr. Für einen blitzartig kurzen Moment überlegte ich, stehen zu bleiben und der Frau zu helfen. In der Schule hatte ich gelernt, was man für krampfende Personen tun kann: Man muss sämtliche Gegenstände und Kleidungsstücke entfernen, mit denen sich die Betroffenen verletzen oder erwürgen könnten, und sie in die Seitenlage bringen, bis der Anfall vorüber ist. Doch an diesem Morgen widerstand ich der Versuchung, ein Held zu sein, und gab der stoischen Ruhe des auf seine Leistung konzentrierten Sportlers den Vorzug. Niemand würde mich daran hindern, so schnell wie möglich ins Ziel zu kommen. Ich wich der Frau also aus, wie man einer Orange oder einem anderen fauligen Stück Obst ausweicht, und setzte meinen Lauf fort. Wenige Meter weiter wurde ich plötzlich durch die Luft geschleudert, eine Explosion riss mich fort, die nicht nur die Menschen erschütterte, die an jenem Tag dort waren, sondern auch die Läufer und die Presse auf der ganzen Welt. Im Notarztwagen wachte ich wieder auf, aus dem Lautsprecher drangen die Stimmen der Rettungssanitäter, die mit der Anzahl der Verletzten nicht fertig wurden. Dann kam der Chirurg und informierte mich darüber, dass man mir das Bein ab dem Knie amputieren müsse.

Ich blieb sechs Monate lang im Boston Medical Center; die Versicherung des Verlags kam nur zum Teil für die

Kosten des Aufenthalts auf. In meinen schlaflosen Nächten sah ich immer wieder, mit geschlossenen Augen und ohne der Angst Herr werden zu können, Roboter zusammenbrechen wie die Zwillingstürme am 11. September. Ich dachte oft an die epileptische junge Frau, die zusammengebrochen war. Wenn ich ihr geholfen hätte, wäre ich der Explosion und ihren schrecklichen Folgen entkommen. Ich dachte an Susana, an Ruth, an Cecilia und an alle Frauen, um die ich mich zu gegebener Zeit nicht richtig gekümmert hatte. Vom Verfolgungswahn gepackt, sagte ich mir, dass jede Frau eine Gelegenheit gewesen war, mich vor mir selbst zu retten. Ich dachte auch an meine Mutter und wünschte mir, sie würde nie von der Verfassung, in der ich mich jetzt befand, erfahren. Ich fände es schamlos, mich jetzt über die Angstzustände auszulassen, unter denen ich litt, und es wäre auch eines Menschen unwürdig, der sein Leben lang die Regeln des Anstands hochgehalten hat. Ich kann aber sagen, dass es die Angst davor war, den Rest meines Lebens im Rollstuhl zu sitzen, die mich dazu brachte, eine sehr kostspielige Prothese zu kaufen, eine Art Titansäule, die über einen Drehmechanismus verfügt und Bewegungen ausführen kann, zu denen ein menschliches Bein nicht in der Lage ist. Im Krankenhaus bot man mir psychiatrische Hilfe an. Statt des lobenswerten Doktor Menahowsky kam eine kleine, breithüftige Ärztin, die mich mitleidig anblickte. Meine Alternative zu den Antidepressiva hatte sich in Luft aufgelöst. Mir blieb nichts anderes übrig, als die Tabletten zu schlucken, die mir angeboten wurden.

Ich blieb fast ein Jahr lang in Boston. Während dieser Zeit vernarbte die Wunde so weit, dass die Prothese implantiert werden konnte. Danach begann die lange Phase der Rehabilitation. Auch wenn mir das eine Bein fehlte, konnte es schmerzen, brennen und sich entzünden; manchmal war das unerträglich. Damit der Patient das Bein nicht mehr spürt, muss sein Gehirn das Fehlen des Körperteils verarbeiten und eine neue mentale Landkarte seines Körpers anfertigen. Gegen die anderen Athleten hatte ich Abneigung empfunden, aber die Nähe zu den Krüppeln war mehr als das – absolut niederschmetternd. Es machte mich wütend, wenn sie während der Physiotherapie zu weinen anfingen oder ihr Schicksal beklagten. Wenn ich genügend Geld gehabt hätte, hätte ich ohne darüber nachzudenken für Einzelstunden bezahlt. Zwei Menschen boten an, sich während der Rekonvaleszenz um mich zu kümmern: mein guter Freund Mario und die aufopferungsvolle Ruth Perelman. Sie übernahm die Wohnungssuche und mietete ein Apartment im Erdgeschoss eines Wohnhauses nur wenige Straßen vom Krankenhaus entfernt. Sie fand auch eine Hausangestellte, die für mich kochte und die Wohnung putzte. Ruth verbrachte jede freie Minute, die ihr die Arbeit und die Kinder ließen, an meiner Seite. Sie kam mit Büchern, Zeitschriften und polnischen Delikatessen zu mir, die sie kurz vor ihrer Abreise aus New York bei Kutsher's gekauft hatte, damit sie frisch blieben. Wie sehr ich New York vermisste! Die Straßen, die Parks, Restaurants und Buchhandlungen. Jeder Gegenstand und jede nach New York schmeckende Speise, die man mir nach Boston brachte, war Balsam für meine Seele.

Nach dem Unfall hörte ich auf, von dem Haus im Wald und vor allem, von der Traumfrau, die für mich bestimmt war, zu fantasieren. Ich nahm es als Tatsache hin, dass dieser Traum nicht mehr in Erfüllung gehen würde. So wie ich ein paar Monate zuvor verstanden hatte, welchen Platz Susana in meinem Leben einnahm, fing ich an, Ruths Rolle zu erahnen. Obwohl ich unsere Verbindung anfangs nicht sehr ernst genommen hatte, es war ein ständiges Auf und Ab gewesen, und ich war auch mehrmals auf Distanz gegangen, war unsere Beziehung so stabil, dass nicht einmal meine Geschichte mit Cecilia oder deren Besuch in New York zur Trennung geführt hatten. Ruth und ich wussten um diese Stabilität, und wir wussten auch, dass uns nicht mehr unbegrenzt Zeit blieb. Ruth war fünfzehn Jahre älter als ich, aber in besserer gesundheitlicher Verfassung. Außerdem leben Frauen fast immer länger als Männer. Meinen Berechnungen zufolge hatten wir ungefähr die gleiche Lebenserwartung. Eines Abends, wir saßen auf der Terrasse der Bostoner Wohnung, schlug Ruth mir vor, wie schon damals im Hotel Lutetia, zu ihr zu ziehen. Sie würde alles Notwendige tun, damit ich mich in dem Loft sicher und heimisch fühlte. Sie bot sogar an, ihre Kinder ein Jahr lang auf eine *finishing school* in die Schweiz zu schicken, damit wir beide uns aneinander gewöhnen konnten. Die Idee war nicht neu, Ruth hatte mit ihren Kindern schon öfter darüber gesprochen.

Dieses Mal dachte ich ernsthaft über ihren Vorschlag nach. Abgesehen davon, dass Ruth mich umsorgen würde, fand ich die Tatsache, dass ihr Haus über einen Fahrstuhl verfügte und die Wohnung geräumig war, äußerst verlockend. Denn obwohl meine Freundin sehr großzügig war, fraß der Unfall einen Gutteil meiner Altersvorsorge auf, die ich über viele Jahre hinweg unter großen Einschränkungen aufgebaut hatte. Der Übergang zwischen dem Erwachsenenleben – jenes Alter, wenn man noch große Erwartungen, Träume und Hoffnungen hat – und dem Beginn der Altersschwäche geschieht unerwartet schnell, in meinem Fall noch schneller als gewöhnlich. Wenn man das begreift, beginnt einen der eigene Körper, auf den wir so vertraut hatten, zu verraten. Die Falten vermehren sich wie Spinnennetze, das Schlimmste aber ist, dass alle Menschen, uns selbst ausgenommen, das als einen natürlichen, logischen, unabänderlichen Vorgang hinnehmen. Mich damit abzufinden, dass ich nie wieder laufen würde, und die vielen neuen Einschränkungen hinzunehmen, die ich ertragen musste, hatten meine Beherrschung auf eine harte Probe gestellt. Während meiner Genesung las ich immer wieder Seneca, und als ich mich endlich an mein Titanbein gewöhnt hatte, kehrte ich nach New York zurück. Ich war nicht stärker, wie ich es mir bei meiner Abreise erträumt hatte, aber ich akzeptierte mit würdevoller Gelassenheit das, was Mario emphatisch »unsere conditio humana« nennt.

FRIEDHÖFE

Toms Bestattung war weitaus trostloser und nichtssagender als alle anderen, die ich auf dem Père-Lachaise miterlebt hatte. Das sizilianische Gelärm war schon im Krankenhaus vergessen. Weder Valeria noch ich brachten die Energie auf, eine Feier zu organisieren. Daher beschlossen wir, nur wenigen Leuten Bescheid zu sagen. An diesem Morgen fiel in Paris ein starker, eisiger Regen, der für Dezember ungewöhnlich war. Wir stellten Toms Asche ohne jegliche Zeremonie in die Urnennische. Danach flüchteten wir uns in ein Café in Ménilmontant, um uns aufzuwärmen. Valeria nahm einen *double crème* und ich einen *vin chaud*. Als ich wieder zu Hause war, blieb ich vierundzwanzig Stunden lang unter meiner Daunendecke. Mein Mund war von der Heizungsluft vollkommen ausgetrocknet, aber mir fehlte die Kraft, in die Küche zu gehen und Leitungswasser zu trinken, sonst gab es keines in der Wohnung. Wenige Tage später kamen Toms Kusins mit einem Umzugswagen, um seine Sachen abzuholen. Ich weiß nicht, was sie damit machten. Da ich noch die Schlüssel hatte, ging ich in Toms Wohnung, sobald die Kusins das Haus verlassen hatten. Ich wollte die leere Wohnung sehen. Eine masochistische Geste, vielleicht, aber eine notwendige. Ich sammelte ein paar Sachen auf, die auf den Boden gefallen waren: einen Pullover mit Löchern, eine Pyjamahose, die ich monatelang getragen hatte, ein paar Zeitschriften und einen Stapel CD-Rohlinge. Ich ging in meine Wohnung zurück und betrachtete diese Sachen wie ein Aasfresser einen Kadaver.

Nach Toms Tod gab ich die Magisterarbeit auf, ich gab die Absicht auf, einen akademischen Titel zu erlangen, und überließ mich den Ressentiments und der Traurigkeit. Ich aß irgendwas irgendwann und auch nur, wenn ich mich daran erinnerte, dass der Körper Nahrung braucht, um weiterzuleben. Mehrere Wochen lang wusch ich mich nicht. Wenn ich die Wohnung verließ, bemerkte ich mit einem gewissen Vergnügen die Abneigung, die mein Aussehen und mein Geruch bei den Leuten hervorriefen, vor allem bei meinen Nachbarn. Mein Körper war der Anker, der mich in einer Welt festhielt, wo Tom nicht mehr war, und ihn zu vernachlässigen kam einer Art Rache gleich. Unter diesen Umständen wäre es das Vernünftigste gewesen, nach Oaxaca zurückzukehren, wo meine Großmutter mich mit spirituellen Reinigungen und anderen Mittelchen heilen könnte. Aber damals war ich für alles Vernünftige schon nicht mehr zugänglich. Ich hatte nur den einen Wunsch, von der Welt zu verschwinden, und den konnte ich mir nicht erfüllen. Ich hatte mein Versprechen gegeben.

Ich ging nach draußen, aber ich überquerte nur ein Mal den Boulevard, um zu der Nische im Kolumbarium zu gelangen, wo Toms Name eingraviert war. Stundenlang verharrte ich vor dem grauen Stein und bat Tom um ein Zeichen. An anderen Tagen irrte ich auf dem Friedhof umher und horchte auf die Stimmen, die laut Tom zwischen den Grabsteinen zu hören waren. Jeder Ort erschien mir freundlicher als meine eigene Wohnung. Bei Wind und Wetter blieb ich stundenlang auf dem Père-Lachaise und prägte mir die Menschen ein, die den Friedhof besuchten, wann sie kamen und gingen und wie sie sich verhielten. Jetzt tat ich das nicht mehr von der hoch gelegenen Wohnung aus, sondern zu ebener Erde, auf halbem Weg zwischen der Stadt und denen, die unter ihr ruhten. Wenn der Friedhofswärter an mir vorbeilief und die kleine Glocke schlug, um die Schließung anzukündigen, zwinkerte er mir zu und gestand mir wortlos noch ein paar Minuten zu. Lucien war ein guter Kerl, sehr verständnisvoll. Außer seinem Namen erfuhr ich auch die der Reinigungskräfte. Diese Menschen waren meine neuen – und einzigen – sozialen Kontakte. Dazu zählten auch die Obdachlosen, die in den offen stehenden Mausoleen Zuflucht fanden, und die Totengräber, zwei Brüder mit Namen Creuzet – was wie »graben« klang –, denen die Clochards vergnügt »»*Allez, creusez, les Creuzet!*« zuriefen, während die beiden mit ernsthafter Miene ihre Arbeit verrichteten. Auch die Brüder sahen mich bald als einen Stammgast an, mit dem man plaudern oder den Mittagsimbiss teilen konnte. Ich brachte Brot mit, manchmal auch Pastareste vom Vorabend, die ich aus Trägheit, aber auch als Ehrerbietung immer noch jeden Abend zubereitete. Trotz der Kälte blieb ich nicht gern zu Hause, wo Toms Abwesenheit deutlicher zu spüren war als irgendwo sonst. Einige Wochen nach der Bestattung hatte Madame Loeffler ein rot-weißes Schild ins Fenster gestellt, auf dem stand, dass die Wohnung zu vermieten war. Die Dinge geschahen mit einer mir unbegreiflichen Geschwindigkeit, wie wenn man einen Film vorspult. Ebenso schnell erschien eines Morgens ein zweiter Umzugswagen, und ein Studentenpaar trug an nur einem Tag unendlich viele Kisten die Treppen hoch. Sie sahen glücklich aus. Sie lachten und redeten laut. Nachts vögelten sie neben der Wand zu meinem Zimmer und hinderten mich am Einschlafen. Ich lauschte und stellte mir vor, dass wir dort drüben wären und dass meine Wohnung ein verlassenes Haus wäre, wo ein Geist wohnte. Unmerklich begann ich während meiner Besuche im Kolumbarium, Tom davon zu erzählen, was in dieser Wohnung, die für mich immer noch seine war, passierte. Manchmal ironisch und verblüfft, manchmal anklagend. Ein paarmal sprach ich zärtlich von diesem jungen Paar, als ob ich von uns beiden und nicht von zwei Unbekannten berichten würde. Dann wechselte ich das Thema und beschrieb Tom meine Träume und andere Begebenheiten meiner düsteren Existenz.

In der Zeit, als ich aufmerksam die Friedhofsbesucher beobachtete, wurde mir klar, dass es nichts Außergewöhnliches war, mit einem Verstorbenen zu reden. So wie viele Leute mit ihren Hunden reden, während sie mit ihnen Gassi gehen, sprechen die einen mit sich selbst und die anderen unterhalten sich mit den Toten. Das geschieht fast immer im Stillen, nur ab und zu entwischen diesen Menschen ein paar Brocken der Unterhaltung, die sie im Geiste führen, und wenn man aufmerksam ist, schnappt man sie auf. Diejenigen, die sich nicht um die Meinung der Leute scheren, so wie ich, reden die ganze Zeit laut vor sich hin. Ich musste nur in ihre Gesichter blicken, um die Wunden zu erkennen, die die Einsamkeit gerissen hatte. Die meisten waren traurige Menschen, Opfer fremder Gewalt, die sie aber auch auf andere ausübten. Sobald jemand sie kritisierte oder einen Scherz über sie machte, gingen sie auf ihn los; das waren Menschen, die so nach Zuneigung dürsteten, dass sie wie Vampire die Freundlichkeit und die Höflichkeit ihres Gegenübers aufsaugten. Ich stellte mir vor, wie diese Menschen abends wieder in ihre Wohnungen oder in ein Wohlfahrtsheim gingen, wo sie etwas kochten, das sie im Stehen aßen, direkt aus dem Topf, während sie sich reflexartig selbst bemitleideten. Es waren Menschen jeden Alters dabei: Ältere, die sich kaum noch fortbewegen konnten, und Junge, deren Leben durch Drogen, ein Scheitern der beruflichen oder akademischen Laufbahn oder auch eine unglückliche Liebe zerstört worden war. Jeder von uns konnte der Tropfen sein, der dieses Fass zum Überlaufen brachte. Viele Verhaltensweisen, die mich anfangs empört hatten, schienen mir inzwischen gerechtfertigt. Ich gehörte selbst zu dieser Horde von Neurotikern und Schizophrenen, die die Touristen erschreckten, aber das war mir gleich. Obwohl ich allein war, hatte sich mein persönlicher Bereich beträchtlich vergrößert. Er war nicht mehr auf dreißig Quadratmeter in einem uralten Haus begrenzt, wo es nach Feuchtigkeit roch. Mein persönlicher Bereich waren die Straßen von Paris, jede Treppe und jeder Unterschlupf. Meine Kameraden waren die Außenseiter, die Gescheiterten, die Obdachlosen und der Rest der Parias.

ANRUFUNG

Ich wünsche mir absolute Stille, ich will herausfinden, ob es stimmt, dass du mir etwas zu sagen hast, ob du der Ansicht bist, unseren Dialog nicht abrupt unterbrochen zu haben, oder ob du, im Gegenteil, für immer verschwunden bist, so wie ich es befürchtet habe. Ich weiß nicht, ob das Sterben für dich ein Projekt oder eine Aufgabe war oder einfach etwas, das dir passierte. Ob du am Ende diese Mission im Leben gefunden hattest, von der du mir während deiner letzten Stunden erzählt hast, oder ob etwas unerledigt blieb. Ich weiß, dass du nicht gehen wolltest, du wolltest den Vorhang hier nicht hinter dir zuziehen. Ich habe gesehen, wie du mit allem gekämpft hast. Vielleicht hast du geglaubt, dass du auf irgendeine Weise dableiben könntest oder dass ich lernen würde, dich wahrzunehmen, deine Stimme unter den Stimmen der Toten herauszuhören. Seit Wochen warte ich auf deine Antwort, aber die Wahrheit ist, dass ich nichts höre, weder in der Wohnung noch auf dem Friedhof. Du hast diese Liebe, die so lebendig und so gegenwärtig ist, in ein kurzes und gleichzeitig intensives Epitaph verwandelt, während ich mich in der Welt des Unmöglichen winde, weil es nichts für mich zu tun gibt, und das bringt mich um, genau wie das unerträgliche Bedürfnis nach jemandem, der nicht mehr existiert, zumindest nicht in der bisherigen Gestalt. Die Lebenden interessieren mich nicht. Auch die Toten nicht. Ich finde es sinnlos, ohne dich das Schauspiel des täglichen Lebens zu beobachten. Nur du bist mir wichtig. Aber ich glaube, dass das schon lange so ist. Und auch wenn ich manchmal schreien möchte: Wie konntest du mich nur allein lassen?, weiß ich tief drinnen, dass du nicht gehen wolltest. In deinem Fall sollte das Verb *sterben* in der Passivform gebraucht werden. Du wurdest von den Ärzten gestorben und ihrer als Weisheit getarnten Unfähigkeit. Und ich? Habe ich es mir ausgesucht, dich zu begleiten, oder ist mir das einfach passiert? Ich hätte irgendwann aufgeben können, ich hätte eine andere Stadt, ein anderes Schicksal wählen können, aber dieser Gedanke kam mir nie in den Sinn. Du warst da, und das machte mich glücklich. Es genügte mir, deine Hand zu halten und dich zu riechen, dich unter der Sauerstoffmaske schnell und heimlich zu küssen. Wir dachten, wir hätten noch zehn Jahre. Wir glaubten sogar an die Möglichkeit einer Herztransplantation. Jetzt scheint alles so kurz und auch so klein wie ein Spielzeugzirkus, mit dem man kaum Zeit hat zu spielen. Ich fühle mich naiv, wie jemand, der vom schwankenden Willen eines erbarmungslosen Gottes überrascht wurde. Es gibt nur sehr wenig, woran ich mich jetzt festhalten kann, und dazu zählt die Ernüchterung. Die möchte ich nicht aufgeben. Sie hat etwas Beruhigendes, deswegen mag ich sie. Diese Ernüchterung, die ich früher an dir bemerkt habe, ohne sie begreifen zu können. Ich hatte nicht genügend Zeit, um dir das zu geben, was ich dir gern gegeben hätte. Ich habe nicht aufgehört, dich besser kennenzulernen, so viel fehlt. Ich konnte dir zum Beispiel nicht mehr erklären, dass du mich entzweigerissen und als emotionalen Krüppel in dieser Welt zurückgelassen hast, ein verlassenes, unvollständiges Wesen, das nichts mit sich anzufangen weiß. Ich habe dir das nicht gesagt, weil ich dir nicht wehtun wollte, aber auch weil ich zu stolz war. Ich habe meinen unendlichen Schmerz nicht herausgeschrien, und jetzt weiß ich nicht, was ich mit diesen Gefühlen anfangen soll. Ich habe mal gehört, dass das Leid Heilkräfte besitzt. Sollte man zulassen, dass es sich im Körper gleich einer ätzenden Säure ausbreitet? Ich weiß nicht, ob du mich tatsächlich hören kannst. Ich höre deine Stimme nicht. Wenn es dir niemand verbietet, dann bitte ich dich, mir zu helfen, deine Präsenz zu spüren. Ich möchte gern glauben, dass wir unseren Dialog wiederaufnehmen können, dass er sich in meinen Träumen fortsetzt oder in einem unbewussten Gehör, dass es irgendwann eine Erklärung für all das geben wird.

Obschon ich mich bemühte, hörte ich nie die Stimmen, wie Tom es mir versprochen hatte. Stattdessen vernahm ich die Stimmen einer Menge Menschen, die zum Alleinsein verdammt waren und sich nach einem Verstorbenen im Jenseits sehnten. Ich lernte zig solcher und ähnlicher Leute kennen. Ich lernte Eleanor Rigby und Father McKenzie kennen, Kranke, die auf ihren Todestag warteten wie Gefangene auf das Ende ihrer Haftstrafe und die, wie Tom, weit im Voraus die Grabnische gekauft hatten, wo ihre Asche eines Tages ruhen sollte. Ich lernte Menschen ohne jede Hoffnung kennen, mit denen ich lange Gespräche führte, die ich wenige Minuten später vergessen hatte, nicht wegen ihrer Belanglosigkeit, sondern wegen meines katatonischen Zustands. Ich wohnte sogar der Beerdigung eines dieser Menschen bei. Sobald der Friedhof seine Pforten schloss, kehrte ich in meine Wohnung zurück, wo ich mich auf ein paar Bettlaken fallen ließ, die ich niemals wusch. Das Radio brauchte ich jetzt nicht mehr. Morgens verließ ich das Haus, um Brot oder Lebensmittel zu kaufen, aber letztlich ging ich immer auf den Père-Lachaise, als ob dieser Ort ein magnetischer Pol wäre, um den meine Existenz kreiste. Danach fing ich an, mich für die Geschichten jener Menschen zu interessieren, die wie ich zwischen den Gräbern umherliefen, aber mehr noch für die Verstorbenen und ihre Biografien. Mir fiel auf, dass ich mich nur einem Grabstein nähern musste, wo jemand stehen geblieben war, um ein Gespräch über den Verschiedenen zu beginnen. Damit ich mich das traute, musste vieles zusammenkommen. Zum Beispiel war es wichtig, dass die betreffende Person freundlich und offen aussah, der Name auf dem Grabstein musste mich ansprechen, und ich musste in der richtigen Stimmung sein.

»Sie kannten ihn?«

Das war die Schlüsselfrage, die die Türen zu den Verwandten öffnete und mir ermöglichte, eine Geschichte, eine Enthüllung, ein bisschen Menschlichkeit zu erfahren. Gräber ließen sich nicht nur in Grabnischen und Gemeinschaftsgräber, sondern auch in verschiedene Kategorien einteilen: Da gab es die touristischen wie die von Oscar Wilde oder Jim Morrison, die stets von Amerikanern oder Japanern, von Fotoapparaten und lächelnden Besuchern umzingelt waren, dann waren da noch die Gräber von anderen talentierten, aber weniger verehrten Künstlern und schließlich die, die mich interessierten: Gräber unbekannter Menschen, Freiberufler, Hausfrauen, Händler, Angestellte wie Tom, mit deren Freunden und Familienangehörigen ich ein paar kurze, helle Augenblicke lang sprechen konnte. Ich hörte unzählige Geschichten von Kindern, die ihre Eltern vermissten oder immer noch einen kindlichen Groll gegen sie hegten, von Verliebten jeden Alters, die sich nicht mit dem Alleinsein abfinden konnten, von reumütigen Geschwistern, treuen Freunden. Auch ich wurde mehrmals an Toms Urnennische angesprochen. Auch ich erzählte unsere Geschichte zur Freude vieler einsamer Menschen. Diese von fremdem Schmerz durchdrungenen Geschichten zu erfahren war eine Art Wunderbalsam für mich. Entgegen aller Erwartung gelang es mir, für einige Minuten, manchmal sogar Stunden, die klaffende Lücke in meiner Brust zu vergessen, und natürlich fühlte ich mich auch nicht mehr so einsam. Doch nachts in meinen Träumen tauchten weder die Verstorbenen noch ihre Besucher auf. Ich hatte immer dieselben Albträume, und meist handelten sie von den Patienten, die ich im Pavillon der Intensivstation kennengelernt hatte, ein indisches Mädchen, Monsieur Kilanga und all die anderen, die bis ans Ende ihrer Kräfte gekämpft hatten, um in dieser Welt zu bleiben, mit der ich mich immer weniger verbunden fühlte. Bei der Erinnerung an jene Todkranken fühlte ich mich schuldig, weil ich nicht das nutzte, was sie sich gewünscht hatten und wovon ich mehr als genug hatte: Gesundheit und Zeit. In den frühen Morgenstunden warfen mir ihre Gesichter die Leichtfertigkeit, Ernüchterung und Verschwendung meines eigenen Lebens vor. Doch sobald es hell wurde, verschwanden die Gespenster, die mich im Morgengrauen gequält hatten. Mit dem Kissen auf dem Gesicht und Wachsohrstöpseln gegen den Lärm meiner Nachbarn schlief ich bis elf Uhr, dann überquerte ich den Boulevard, um wieder auf den Friedhof zu gehen.

Eines Abends, gegen halb sieben, hörte ich beim Nachhausekommen die Stimme von Rajeev, der genau in dem Moment eine Nachricht auf dem Anrufbeantworter hinterließ. Er berichtete sehr aufgeregt, dass seine Tochter zu früh zur Welt gekommen sei und nun im Brutkasten versorgt werde. Es sei aber alles in Ordnung und Haydée sei überglücklich. Rajeev hinterließ mir auch die Adresse des Krankenhauses, falls ich Haydée besuchen wollte. Ich hob den Hörer nicht ab. Doch am nächsten Morgen duschte ich zum ersten Mal seit mehr als einem Monat, zog frische Sachen an und nahm meine viel zu langen Haare in einer Art Knoten zusammen. Ich versuchte, meine Nachlässigkeit der letzten Zeit hinter einer übertrieben schicken Aufmachung zu verstecken, und ich glaube, das Ergebnis konnte sich sehen lassen. Seit Toms Tod hatte ich die Metro nicht mehr betreten. Glücklicherweise musste ich nun in eine andere Richtung und mit einer anderen Linie fahren und aus dem gegenteiligen Grund wie früher. In Montparnasse stieg ich aus und lief zu Fuß zum Krankenhaus. Nachdem ich mich am Empfang angemeldet hatte, nahm ich den Aufzug in den fünften Stock, wo sich die Säuglingsstation befand: zwei Reihen mit Inkubatoren, die den Aquarien im Jardin des Plantes ähnelten. Die Neugeborenen bewegten sich so langsam wie Seeanemonen unter Wasser. Es war eine Brutstätte – es gibt kein Wort, das den Eindruck, den dieser Ort auf mich machte, besser beschreiben könnte. Ich fragte, welches Baby das Kind meiner Freunde sei, und die Schwester zeigte mir einen schönen kleinen Körper, dunkel wie der von Rajeev, der in eine rosa Decke gehüllt war. Sobald ich das Mädchen sah, fing ich an zu weinen. Die Schwester nahm sofort an, dass das Freudentränen waren, und auch wenn ich es nicht genau wusste, glaube ich, sie hatte recht. Ich hatte keine Kraft, mein Verhalten zu erklären, und auch nicht den nötigen klaren Verstand. Deshalb beschloss ich zu gehen, ohne in dem Zimmer vorbeizuschauen, wo Haydée sich von dem Kaiserschnitt erholte. Als ich das

Krankenhaus verließ, war ich verwirrt. Das Bild des Mädchens begleitete mich die ganze Nacht hindurch wie ein stetes, sanftes Licht.

Eineinhalb Monate später kamen Haydée und Rajeev mit dem Baby zu mir, denn sie waren es leid, ständig vergeblich bei mir anzurufen. Wie so häufig hatte ich am Morgen beim Hinausgehen die Tür offen gelassen, ohne es zu merken. Haydée sagte, dass der Geruch drinnen unerträglich gewesen sei. Da die Kleine schlief und das Wetter mild war, lüfteten die beiden die Wohnung gut durch. Dann standen sie über eine Stunde am Wohnzimmerfenster und warteten auf meine Rückkehr. Rajeev entdeckte mich zufällig auf einem der Fußwege zum Kolumbarium, sagte aber kein Wort zu Haydée. Er bat sie, kurz auf ihn zu warten, und verließ ohne weitere Erklärung die Wohnung, um mir entgegenzugehen. Ich erinnere nichts mehr davon. Ich weiß weder, wie er mich aufhielt, noch, was er sagte, um mich davon zu überzeugen, nach Hause zu gehen. Das einzige Bild, das ich noch im Kopf habe, ist von Haydée: Sie sitzt auf dem Sofa und hat ihre Tochter, die inzwischen wach ist, auf den Knien. Ich weiß auch noch, dass ich bei ihrem Anblick dieselbe Zärtlichkeit verspürte, die mich auf der Säuglingsstation zum Weinen gebracht hatte. Ohne Fragen zu stellen, packten Haydée und Rajeev eine Tasche mit meinen Sachen und fuhren mich im Auto zu ihrer Wohnung. Sie wohnten nicht mehr in der Rue Levy, wo auch ich nach meiner Ankunft in

Frankreich gelebt hatte, sondern waren in eine etwas größere Wohnung im XV. Arrondissement, ein langweiliges, kleinbürgerliches Viertel, weit weg von allen Friedhöfen, umgezogen. Anfangs tat ich nichts anderes, als Haydée mit dem Baby und der Wohnung zu helfen. Ich hatte überhaupt kein Bedürfnis, nach draußen zu gehen. Haydée und Rajeev flehten mich jeden Tag an, nicht wieder zum Père-Lachaise zu gehen. Als ich Madame Loeffler informierte, dass ich aus der Wohnung ausziehen würde, packte Rajeev meine Sachen in Kartons, fuhr sie in die neue Wohnung und verstaute sie in dem geräumigen Keller. Anders als die Wohnung in der Rue Levy war diese hell und sehr viel moderner. Es gab noch ein zweites großes Zimmer, wo die Kleine schlafen sollte, wenn sie älter war. In der Zwischenzeit richtete ich mich dort ein. Ich überwies Haydée achtzig Prozent meines Stipendiums, um mich an den Ausgaben für Miete und Essen zu beteiligen. Sathya war meine einzige Quelle des Glücks in dieser Zeit – vielleicht sogar die größte, die ich je hatte. Wenn ich sie lächeln sah, wenn sie mit den Händchen auf die Tischplatte klopfte oder auf dem Teppich krabbelte, machte das meinen Aufenthalt in dieser Welt erträglicher.

DIE RÜCKKEHR

Ich kehrte an einem Samstagnachmittag nach New York zurück. Mario hatte mich in einem Mietwagen in Boston abgeholt, und während der CD-Player *Kind of Blue* spielte, legten wir schweigend unseren Weg zurück. Er half mir, meine Sachen die Treppen hinaufzutragen, dann begann er, in meiner Wohnung umherzulaufen wie ein Tier im Käfig. Der Gedanke, mich allein zu lassen, schien ihn nervös zu machen. Als er schließlich ging, setzte ich mich in den Sessel im Wohnzimmer und sah meine Post durch. Das meiste waren Abrechnungen und ausstehende Zahlungen. Den ganzen Nachmittag verbrachte ich mit Sortieren. Unter den Umschlägen fand ich auch einen Brief von meinem Lieblingsneffen, in dem er mir von seinen Noten in der Schule berichtete. Er war ein Musterschüler. Er beschrieb mir auch detailliert seinen Alltag, und am Schluss des Briefs, kurz vor dem Abschiedsgruß, bat er mich, ihn in Kuba besuchen zu kommen. Traurig legte ich den Brief in den Umschlag zurück. Trotz meiner Verfassung, von der er selbstverständlich nichts ahnte, tat es mir leid, dass ich jetzt, da er in einem so entscheidenden Alter war, nicht an seiner Seite sein konnte. Ich fragte mich, ob es gerecht war, dass ich allein in New York alt wurde, während er, voller Tatendrang und in der Blüte seiner Jugend, keinerlei Unterstützung bekam. Später hörte ich die Nachrichten auf dem Anrufbeantworter ab und erkannte Ruths Stimme, die mich in New York willkommen hieß. Auf sanfte und freundliche Art drängte sie mich, die Nacht bei ihr zu verbringen. Wie immer in den besten Momenten unserer Beziehung war es ihr mädchenhafter Tonfall, der mich überzeugte. Ich nahm den Hörer ab und wählte ihre Nummer.

»Ich bin gerade angekommen«, sagte ich. »Gib mir eine Stunde, um zu duschen und den Koffer auszupacken. Dann bin ich zum Abendessen bei dir.«

Bevor ich unter die Dusche ging, nahm ich die Prothese ab. Während ich mich wusch, saß ich auf einem Plastikhocker und stützte mich auf einen Stock. Verbittert bewunderte ich die technologische Raffinesse meines Beins und erinnerte mich daran, dass ich vor einiger Zeit aus einem Restaurant verwiesen worden war, weil ich gerufen hatte, ich wolle ein Roboter sein. Als ich im Taxi nach Tribeca fuhr, dachte ich daran, wie schwer es für uns Menschen war, die körperliche und psychische Stabilität aufrechtzuerhalten. Mir fielen wieder die Worte von Ribeyro ein, einem sehr berühmten Landsmann von César Vallejo, den ich über Cecilia entdeckt hatte: »Als unvollkommene Wesen, die in einer unvollkommenen Welt leben, sind wir dazu verurteilt, stets nur Stückchen vom Glück zu finden.« Was ist die Alternative? Vielleicht sollten wir unsere Grenzen akzeptieren, unsere Widersprüche, unsere vielen Bedürfnisse, vielleicht sollten wir versuchen, stärker zu sein als die Last unserer ganzen Schuld. Wir sollten unsere Geschicklichkeit auf die Dinge lenken, die wir am besten können, und unseren Verstand auf das, was wir am besten verstehen: *One thing at a time. One life at a time.* Wir sollten leben, ohne im Rahmen unserer Möglichkeiten die Fähigkeit zu verlieren, zu einer Mitte zurückzukehren, von wo aus wir vertrauen, hoffen, trotz allem glücklich sein können, trotz des Schmerzes und der Gewissheit, dass das Leben im Grunde Unmöglichkeit und Schmerz ist. Das alles ging mir durch den Kopf, während ich im Taxi saß. Als ich bei Ruths Haus ankam, tippte ich den Türcode ein, überrascht, dass ich mich immer noch daran erinnerte. Ihre Stimme ertönte durch die Gegensprechanlage, und ich bemerkte diese zitternde Erregung darin, die ich viele Monate nicht gehört hatte. Sobald Ruth die Wohnungstür geöffnet hatte, empfing mich der Duft des Apfelstrudels und das dankbare Gefühl desjenigen, der nach einer langen Reise nach Hause kommt.

Ich beschloss, in Paris zu bleiben, zum Teil, um mein Studium fortzusetzen, aber vor allem wegen Sathya. Ich hatte größte Mühe, mich zu konzentrieren, um die Magisterarbeit zu beenden, und als ich fertig war, begann ich eine Doktorarbeit bei einem neuen Professor. In letzter Zeit habe ich festgestellt, dass ich nicht nur wissenschaftliche Arbeiten, sondern auch andere Sachen gern schreibe. In einem roten Heft mit festem Einband habe ich eine Art Tagebuch begonnen, wo ich häufig auch die wichtigsten Erinnerungen oder Szenen aus meinem Leben aufschreibe, die mir, aus dem ein oder anderen Grund, ständig im Kopf umhergehen. Ich beschreibe zum Beispiel gern Menschen, mit denen ich einmal zusammengewohnt habe, die ich jetzt aber nicht mehr treffe. Ich mache sie zu meinen Figuren. Manchmal vermische ich ihre Persönlichkeiten und denke mir für sie ein glaubhaftes, gütiges oder makabres Schicksal aus. Ich weiß nicht, welchen Wert diese Zeilen als Biografie oder als Literatur haben, aber ich weiß, dass das Schreiben mir Freude bereitet, und das genügt mir. Haydée hält das für eine gute Idee. Ihrer Meinung nach muss ich noch viele Erlebnisse verarbeiten und kann aus der Introspektion großen Nutzen ziehen. Seit ich umgezogen bin und Haydée zum zweiten

Mal schwanger wurde, sehe ich sie immer seltener, aber das ändert nichts daran, dass wir die Zeit, die wir zusammen verbringen, intensiv genießen. Am Samstagvormittag war ich mit ihr und der Kleinen in Châtelet spazieren. Wir kauften ein paar Sandwiches und einen Salat und improvisierten ein Picknick im Jardin de la Tour Saint Jacques. Während ihre Tochter neben uns krabbelte, legten wir uns ins Gras und ruhten uns aus. Wir sprachen an diesem Tag über vieles, und unter anderem fragte Haydée mich, ob ich etwas von Claudio gehört hätte.

»Er schreibt mir schon lange nicht mehr«, antwortete ich ihr.

»Sicher läuft er immer noch wie Forrest Gump«, sagte sie, und wir brachen beide in eine Art liebevoll-hämisches Gelächter aus.

Haydées Stimme wurde immer schwächer, bis sie endgültig vom Schlaf überwältigt wurde. Ich passte auf Sathya auf. Während ich beobachtete, wie sie in der Nähe des Sandkastens spielte, kam mir der Gedanke, dass all die Kinder früher nie mein Interesse erregt hatten. Seit einigen Monaten habe ich den Eindruck, auf einmal viel mehr Schwangere auf der Straße zu sehen, angefangen bei meiner besten Freundin. Bevor wir zum Jardin de la Tour Saint Jacques kamen, schoben wir den Kinderwagen über die Place Joachim-du-Bellay, wo eine Horde Kinder wild umherlief, genau an dem Ort, wo sich früher einmal der alte Cimitière des Innocents befunden hatte. Mir kam der Gedanke, dass, so wie der Frühling uns Jahr für Jahr die Härte des Winters vergessen lässt, es immer Kinder geben wird, die spielend über unsere Toten laufen. Und es waren die Kinder, die, indem sie die Verstorbenen nicht dem Vergessen anheimgaben, besser als irgendjemand sonst unsere Lebenslust weckten, trotz der schmerzenden Abwesenheit geliebter Menschen.

INHALT

I

II

Am 3. November 2014 wurde Guadalupe Nettel für ihren Roman *Nach dem Winter* der 32. *Premio Herralde de Novela* verliehen. Die Jury bestand aus Salvador Clotas, Paloma Díaz-Mas, Marcos Giralt Torrente, Vicente Molina Foix und dem Verleger Jorge Herralde. Ebenfalls in die Endausscheidung gelangte der Roman *El imperio de Yegorov* von Manuel Moyano.